茅盾文学奖获奖者
散文丛书

离开就是一种归来

阿来 著

张学昕 编选

江苏凤凰文艺出版社

图书在版编目(CIP)数据

离开就是一种归来 / 阿来著. — 南京:江苏凤凰文艺出版社,2019.1(2023.7重印)
(茅盾文学奖获奖者散文丛书)
ISBN 978-7-5399-9490-1

Ⅰ.①离… Ⅱ.①阿… Ⅲ.①散文集-中国-当代 Ⅳ.①I267

中国版本图书馆 CIP 数据核字(2016)第 171185 号

离开就是一种归来

阿来 著

出 版 人	张在健
责任编辑	蔡晓妮
责任校对	于 莹　李红红
责任印制	刘 巍
出版发行	江苏凤凰文艺出版社
	南京市中央路 165 号,邮编:210009
网 址	http://www.jswenyi.com
印 刷	江苏凤凰新华印务集团有限公司
开 本	880 毫米×1230 毫米　1/32
印 张	8.125
字 数	220 千字
版 次	2019 年 1 月第 1 版
印 次	2023 年 7 月第 2 次印刷
书 号	ISBN 978-7-5399-9490-1
定 价	58.00 元

江苏凤凰文艺版图书凡印刷、装订错误,可向出版社调换,联系电话 025-83280257

目 录

第一辑 青铜岁月

003—德格:湖山之间,故事流传

019—大地的语言

030—非主流的青铜

040—哈尔滨访雪记

044—离开就是一种归来

052—西藏是一个形容词

055—灯火旺盛的地方(节选)

第二辑 草木的理想国

107—贴梗海棠

112—丁香

117—鸢尾

121—栀子

127—荷

135—紫薇

139—女贞

第三辑　尘埃未落

147__我只看到一个矛盾的孔子——病中读书记一

151__善的简单与恶的复杂——病中读书记二

164__不是解构,不是背离,是新可能——病中读书记三

171__道德的还是理想的——关于故乡,而且不只是关于故乡

175__落不定的尘埃——《尘埃落定》后记

第四辑　音乐与诗篇

183__音乐与诗歌,我的早年——《阿来文集·诗集》后记

189__为什么要写作小说——《格拉长大》后记

191__《格萨尔王传》:一部活着的史诗——小说《格萨尔王》再版后记

204__随风远走——茅盾文学奖颁奖礼上的答词

207__我只感到世界扑面而来——在渤海大学的演讲

218__文学的叙写抒发与想象(上)——在四川2015年中青年作家高级培训班的演讲

234__文学的叙写抒发与想象(下)——在四川2015年中青年作家高级培训班的演讲

第一辑　青铜岁月

德格：湖山之间，故事流传

王啊，今天我要把你的故事还给你，我要走出你的故事了。这是一个小说家的宿命，从一个故事向另一个故事漂泊。

总摄大地的雪山

我在小说《格萨尔王》中，如此描写了康巴这片大荒之野：

康巴，每一片草原都犹如一只大鼓，四周平坦如砥，腹部微微隆起，那中央的里面，仿佛涌动着鼓点的节奏，也仿佛有一颗巨大的心脏在咚咚跳动。而草原四周，被说唱人形容为栅栏的参差雪山，像猛兽列队奔驰在天边。

躺在一片草原中央，周围流云飘拂，心跳与大地的起伏契合了，因此，由于共同节律而产生出某种让人自感伟大的幻觉。站起身来，准备继续深入时，刚才还自感伟岸的人立时就四顾茫然。往前是宽广的草原,往后是来路,往左,是某一条河和河岸边宽阔的沼泽带,往右,草原的边缘出现了一个峡口,大地俯冲而下。来到峡口边缘,看见河流曲折穿行于森林与草甸之间。河流迅速壮大,峡谷越发幽深开阔,从游牧的草原上,看到了峡谷中的人烟,看到农耕的田野与村庄渐次出现。

这是我在青藏高原无休止的旅行中常常出现的情形,身后是那顶过了一夜还未及收拾的帐篷。风在吹,筑巢于浅草丛中的云雀乘风把小小的身子和尖利的叫声直射向天空。其实,要重新拾回方向感很简单,只需回到山下,回到停在某一公路边的汽车旁,取出一本地图,公路就是地图上纵横曲折的红色线条。

但除了这种抽象的方位感,我需要来自大地的切实的指引。

因此,要去寻找一座巍然挺立的雪山。

康巴大地,唯有一座雪山能将周围的大地汇集起来,成为一个具有召唤性的高地。作为这片大地宿命的跋涉者,向着雪山靠近的本能是无从拒绝的。于是,从海拔3000多米的草原逆一条溪流而上。4000米左右是各色杜鹃盛开的夏天。再往上,山势越发陡峭,流石滩闪耀着刺眼的金属光泽,风毛菊属和景天属的植物在最短暂的东南季风中绽放。巨大的砾石滩下面,看不见的水在大声喧哗。由此知道,更高处的峭壁上,冰川与积雪在融化。从来没想要做登山家,也不想跟身体为难,只想上到5000多米的高度,去极目四望。在好些地区,这就是总摄四方的最高处。但在康巴,那些有名的雪山都是大家伙,海拔往往在6000米以上,仅在我追踪格萨尔踪迹的路上,从东南向西北,就一路耸立着木雅贡嘎、亚拉、措拉(雀儿山),再往西北而去,视野尽头,是黄河萦绕的阿尼玛卿。那我就上到相当于这些高峰的肩头那个位置。地图上标注的海拔总是这些山的最高处,而从古到今,不要说是人,就是高飞的鹰,也并不总是从最高处翻越。后来,总要发明什么的人发明了登山,才使很多人有了登顶的欲望。古往今来，路人只是从两峰之间的山口，或者从山峰的肩头越过某一座山。

在我，靠近一座雪山，不仅是路过，更是为了切实感受康巴大地的地理。特别是当我进行重述英雄史诗《格萨尔王传》的写作时，更需要熟悉其中一些雪山。因为这神话传奇产生的时候，大地上还没有地图所标示的那些道路，甚至也没有地图。在藏族人传统的表述中，康巴地区是"四水六冈"。"六冈"就是高原上六座雪山所总领的更高地，是奔涌大地的汇集，人们瞩望的中心，更是上古时代就已经出现在人心灵之中的山神的居所。英雄格萨尔的故事产生的时候，古代的人们就这样感知大地。

因此，我必须要靠近这些雪山。

追寻格萨尔故事的踪迹，真正要靠近的就是措拉（雀儿山）。但到真的进入这个故事，真实的地理就显得虚幻迷离了。

光影变幻的高原湖：玉隆拉措

从成都西行，走国道318线，过康定，越折多山口，川藏线分为南北两路。

我上北路——国道317线，一路上可以遥望两座有出世之美的晶莹雪峰。一座是号称蜀山之王的木雅贡嘎，一座是四周环绕着如今丹巴、康定和道孚三县上万平方公里峡谷与草原的亚拉雪山。要在过去的旅行中，我早已停留下来了。但现在，我紧踩油门，只是从车窗里向外瞭望几眼。近三年来的目的地还在几百公里之外，是格萨尔的故事流传最盛，也是史诗中主人公诞生的地方：德格，被措拉雪山总摄的德格。

一天半后，终于到达了德格的门户，海拔3880米的小镇玛尼干戈。在加油站旁边的小饭馆吃完午餐，就可以遥望那座雪山了。这里，道路再次分岔，往西北，是格萨尔的出生地阿须草原。我并不急着就去故事的起始之地，我要在外围地带徘徊一番，多感受些气氛。一个寻找故事的人想体验一番被故事所撩拨的感觉。

而心绪真的就被撩拨了。

如果说神山是雄性的，那么总是出现在雪山下方，由冰川融水所滋养的湖泊就是阴性的。出玛尼干戈镇几公里，刚刚望见雪山晶莹的峰顶和飞悬在峭壁上的冰川，那面名叫玉隆拉措的湖就出现了。"措"在藏语里是阴性的，是湖泊的意思，也是女人名字里常用的一个词。这个湖还有一个汉语的名字：新路海（新道路边的海子？）。春夏时节，湖水并不十分清澈，融雪水带来的矿物质使湖水显出淡淡的天青色。湖岸上站立着柏树与云杉，云影停在湖中如在沉思。如果起一阵微风，花香荡漾起来，波光立时让一切明晰的影像失去轮廓。安静的湖顷刻间就纷乱起来，显出魅惑的一面。

故事里，这个湖是和格萨尔的爱妻珠牡联系在一起的。珠牡，据说是整个岭国最美丽的女子。故事里的男主人公刚刚出生，她就是令岭国众英雄垂涎的姑娘了。后来，格萨尔经历诸多磨难登上岭国王位，珠牡姑娘依然保持着青春，这才和另外十二个美女同时嫁给了年轻的国王。故事里，美丽的女人往往也是善良的。自古到今，传说故事的人们会无视现实中外在的美貌与内在的心灵之美常常相互分离的事实，总给漂亮的女人以美丽的心灵，或者说，给善良的女人以美丽的外貌。这或者是出于对美丽女人的崇拜，我更以为可能出于对心灵美好却容貌平凡的女子们的慈悲。

仅仅是这样的话，故事里的女主角还不够生动。

为了让故事生动，从古到今，讲故事的人已经发展出很多套路。在措拉雪山的冰川还很低很低，冰舌可能直接就伸入湖中的时候，那些讲故事的人们就知道这些伎俩了。于是,故事里那个常在这个漂亮湖泊里沐浴的珠牡,就常常面临着种种诱惑而抗拒着,也动摇着,身不由己。她曾亲自动身前去迎接格萨尔回来参加赛马大会和叔父争夺岭国王位。就在这样严肃的时刻,在去完成重要使命的路上,她就被路遇的印度王子弄得芳心激荡,因为"王子的眼窝仿佛幽深的水潭"。

这种软弱让故事中的女人复杂起来。

珠牡也常常被嫉妒所折磨。如果不是这样,她的姐妹王妃梅萨不会被魔王掳去,珠牡自己也不会被出卖给北方霍尔国的白帐王。在有些格萨尔故事的版本里,珠牡被掳后被白帐王强做夫妻的一幕真是活色生香。珠牡不从,但不是誓死不从,只是千方百计逃避被白帐王强占身体。这个有些神通的女人千变万化,化成种种动物与物件。但万物相生相克,那白帐王神通更胜一筹,自然就能变幻成能降服珠牡所变动物或物件。不觉间,带着悲愤之气的故事变成了男女征逐的游戏,而且这游戏还颇具情色意味。珠牡最后变幻成一枚针,便于藏匿,锋利扎人又不伤性命。好个白帐王,摇身一变,成了一根线,一根透迤婉转的线。线要穿过针,针要躲避线。缠绕,跳跃,躲闪,磕碰……终于那根坚硬的针却被柔软的线所穿过了。

岭国王后珠牡成了霍尔国王的妻子。九年之后,格萨尔才杀掉白帐王,把她夺回身边。

好多人问我,说一个国王怎么还会把这样的女人留在身边,而且继续给她万千宠爱。我想,他们的意思是说,一个国王怎么可以容忍别的男人占有自己女人的身体。这是我无从回答的问题。珠牡也没有让这样的问题困扰过自己,回到岭国很多年后,故事里的她似乎仍然没有老去,其美貌依然沉鱼落雁。珠牡唯一一次为国出征,是和梅萨一起去木雅国盗取通过雪山的法宝。就在这样的重要时刻,她经不住另一面湖水的诱惑,一定要下去裸泳一番。弄不清楚讲故事的人是要写她爱个人卫生,还是想展示一下美丽的胴体。故事总是要包含些教训的,因此珠牡王后的这番身体展示让王妃梅萨被拘,使格萨尔这个妻子二度成了别国国王的爱宠。

在为了重述《格萨尔王传》这部史诗而奔波于康巴高原的将近三年时间里,每一次,当我经过如今被更多人叫作新路海的玉隆拉措时,我都会在湖边凝视一番,想一想这个湖,更是想一想故事里那个因为有过错、有缺点,反而因此生动起来的叫作珠牡的女人,这个被今天的藏族人所深爱的女人。

湖边,长得仿佛某种杜鹃的瑞香正在开花,浓烈到浑浊的香味使眼前的一切都有一种迷幻般色彩。英雄故事的阳刚部分还未显现,其阴柔的部分就已在眼前。

每次都是这样,都是先遭逢这个柔美的女性的湖,然后,才攀登上男性的有骁勇山神居住的措拉雪山。

德格:土司传奇

措拉(雀儿山)其实不是一座,而是一群雪山,5000 米以上的山峰就有 17 座,主峰绒麦峨扎海拔 6168 米,耸立于尚未汇流东南向的金沙江与雅砻江两大峡谷之间。

国道 317 线从 5000 米出头一点的山口穿过。

东面的冰川造就了那个光影变幻的玉隆拉措,越过山口向西,大地带着一股凌厉之气急剧地俯冲而下,冰川与融雪哺育了一条河:濯曲。"曲"是藏语里又一个基本的地理名词,即汉语中的河。濯曲迅即下降,壮大,十几公里的距离内,汇集了高山草甸区伏地柏、红柳和鲜卑花灌丛纠结地带的众多溪流,很快就变成了一条白浪喧腾的河。有了力量的水,更迅疾地造出下降的地势,在坚硬的岩石中切出幽深的峡谷。桦树与杉树的峡谷,花楸树和栎树遮天蔽日的峡谷。快到德格县城更庆镇时,就20公里左右,已经陡然下降了两千来米,河道和沿河公路两边壁立着万仞悬崖,按住头上的帽子仰面才能看到青天一线。冲出谷口,地势骤然平缓开敞,耕地、村落和寺庙依次出现。

藏学家任乃强先生二十世纪二三十年代曾到此游历考察,著有《德格土司世谱》,其中记载了这段峡谷的人文史。说在格萨尔王建立岭国几百年后,有一个岭国勇士,名叫洛珠刀登,"有女美而才,岭王求以为妃,许给一日犁地的聘礼。乃率其仆,沿濯曲南犁,暮达龚垭之年达,得长70里之河谷。岭王因赐之。遂,得为有土地之独立小部落。"

"唯此段河谷,有30余里为石灰岩之绝峡,仅半段为可耕地,亦甚促狭……当时民户,不超过三十家。"

到清朝中叶,奉格萨尔为祖先的岭部落日益衰落,洛珠刀登于濯曲弹丸之地起始的德格家族的势力却日益壮大,雍正年间,被清廷招抚,授安抚司衔。其辖地最盛时曾经领有金沙江两岸今德格、白玉、江达、石渠等县数万平方公里的土地和人民。

"洛珠刀登既受七十里之河谷封邑,卜宅于今德格县治所在。卜宅之初,曾筑渺小之花教寺庙……其后此寺发展为德格更庆寺,为康区一大花教(萨迦派)中心。"后更依托此寺,创建了德格印经院。

登巴泽仁土司执政时期,于筹建印经院建筑的同时,筹划印版的刻制工作。从雍正七年(1729)至清乾隆三年(1738)的近10年间,较大规模的刻版工作全面铺开,完成了《甘珠尔经》的编校、刻版和《丹珠尔经》的印版刻制。同时还完成了一些其他典籍的印版刻制工作,印版总数近10万块。此后,历代土司家族又主持编辑和刻制的重要文献数十部,共计340多函，使德格印经院印版数超过20万块。

到今天，德格印经院已有270多年的历史，院藏各类典籍830余部，木刻印版29万余块。院中浩瀚的印版、典籍对研究藏族历史、政治、经济、宗教、医学、科技、文学、艺术等具有极高的学术价值，引起海内外学界瞩目，成为一个保存并传布藏族传统文化的中心。

因了印经院的文化传播之需，德格地区的雕版术、手工制纸和印刷术得以保存发扬，成为当地引以为傲的非物质文化遗产。

颇有意思的一个现象是，德格土司家族崛起的历史，也是将格萨尔王奉为祖先，并将格萨尔王所开创的岭国视为基业的林葱土司家族逐渐衰亡的历史。这种此消彼长的关系应该包含着强烈的敌对因素。但在德格土司统辖的土地上，却依然将岭部落的祖先格萨尔视为一个伟大的英雄，像自己的祖宗一样引以为傲。

在德格印经院中，就珍藏有格萨尔画像的精美雕版，常有崇拜英雄的百姓去那里印刷，请回供奉，或作为珍贵礼物馈赠亲友。一位二十世纪三十年代进藏区学佛求法的汉族人也到过德格，他写道："西康有一种风俗，印经的人要自备纸墨，另外还要付给印刷工人工资，这样就可以挑选自己喜欢的经版进行印刷。"

龚垭：千年城堡的废墟

离开德格县城沿濯曲（德格河）向西南方而下，在国道317线962公里处，一个地名叫作龚垭的地方，在河谷旁边山坡上一座规模不大的寺庙四周，和寺庙的基础上，有遥远时代遗留的许多土夯残墙。民间都相信，这里曾经是格萨尔同父异母的兄长，嘉察协噶当年镇守岭国南部的城堡残留。在寺院对面的山冈上，一道城墙的残迹宛然在目，顺山坡蜿蜒而上，连接着冈顶上一座四方形的破败城堡。看起来，这座还颇具形态的小城堡应该是主城堡的拱卫。嘉察协噶是格萨尔的父亲和其汉人妻子所生。在故事里，他也是一个善妒的角色，但这个汉藏混血的儿子，在岭国三十大将中最是正直勇猛，内心洁净而气度宽广。当年轻的国王沉迷于女色的魅惑，王妃珠牡被掳，身为重臣的叔父晁通背叛国王。在这样的危局下，嘉察协噶率军与霍尔大军抗衡，以少抗多，殒命沙场，留得忠烈之名世世传扬。庙里的喇嘛骄傲地向我展示两样东西。一只可以并列五只利箭的箭匣（称匣而不称袋，因为盛箭之物确是一个木雕的长方形盒子），说是嘉察的遗物。这种遗存，凡是格萨尔故事流传地区，到处皆有，我更相信其中纪念英雄的强烈情感。

另一个遗存，却使我吃惊。喇嘛指给我看护法神殿围墙上几块赭红色的石头，说那是嘉察协噶筑此城堡时的墙基。拿下一块来，沉甸甸的，却见赭红的带气泡的物质中包裹着大小不一的碎石。陪我寻访的当地专家泽尔多吉老师说，嘉察协噶城堡的墙基用熔化的铁矿石浇铸而成，发掘出来就是眼前这赭红而坚硬的东西，如石如铁。看来那个时代，熔铁的温度并不太高，所以这些含铁的矿石只是处于半熔解的状态，将其倾入挖好的地基，也足以牢牢地黏合在一起，在冷兵器时代牢不可破。

在外人的概念中，一到康定便算是进入了西藏，但本地人自古便不自称西藏，而称这片雪山耸峙、农耕的峡谷与游牧的草原相间的地方叫康巴。离开龚垭，沿濯曲往西南，就到了金沙江边。隔江望见一孤立的临江巨石上，两个用红漆描过的大字：西藏。金沙江在行政区划上，正是四川与西藏之间的界江。过去的牛皮船渡口，如今有一座冈托大桥相连。

濯曲（德格河）从此地汇入金沙江。

故事里的格萨尔远比实在的岭国国王勇武百倍，其疆域西接大食，南到印度,北接霍尔蒙古,东邻汉地,至少是整个青藏高原,甚至比之于青藏高原还要广大。而历史上作为故事底本的那个岭国实际疆域却要小很多。那时候,因为交通不便,空间封闭,人们居住在一个小小的国中也会以为疆域广大。从原岭国疆域中崛起的德格土司占有如今几个县几万平方公里的土地后,也自诩为"天德格,地德格",意思就是天地之间都是德格。

无论格萨尔还是后起的德格土司的伟业,同样都变成了日益遥远的故事,带着神秘与缥缈的美感。实实在在的是,河岸边的台地上,即将收割的麦子一片金黄。

金沙江边的兵器部落

没有过江的计划,便沿江岸而下,目的地是金沙江东岸的河坡乡。

那里,家户生产的"白玉藏刀"享誉藏区。传说这个峡谷中原本没有人烟,只有鸟迹兽踪,森林蔽日,瘴气弥漫。因为岭国有了冶铁之术,并在峡谷中发现了铁矿和铜矿,格萨尔便从西北部的黄河边草原上迁来整个部落,让他们在这里冶炼矿石,打造金属兵器。之后,岭国军队兵锋到处,所向披靡。

第一次到达这里,已是黄昏。

那些堡垒般的民居中,传来叮叮当当敲打铜铁的声音。在拜访的第一户人家天台上,摆放的不是兵器,而是寺院定制的金顶构件:铜瓦脊,铜经幢。

第三户人家在打造各型刀具。

我把拜访兵器部落的经过写在了小说《格萨尔王》里。只是我已经成了小说里的说唱人晋美:

那天,长者带他来到山谷里一个村庄。长者的家也在这个村庄。金沙江就在窗外的山崖下奔流,房子四周的庄稼地里,土豆与蚕豆正在开花。这是个被江声与花香包围的村庄。长者一家正在休息。三个小孩面孔脏污而眼睛明亮,一个沉稳的中年男子,一个略显憔悴的中年妇女。他们脸上都露出了平静的笑容。晋美想,这是和睦的一家三代。长者看看他,猜出了他的心思,说:"我的弟弟,我们共同的妻子,我们共同的孩子,大儿子出家当了喇嘛。"长者又说:"哦,你又不是外族人,为什么对此感到这般惊奇?"

说唱人不好意思了,在自己出生的村庄,也有这种兄弟共妻的家庭,但他还是露出了惊奇的神情。好在长者没有继续这个话题,他打开一扇门,一个铁器作坊展现在眼前:炼铁炉、羊皮鼓风袋、厚重的木头案子、夹具、锤子、锉刀。屋子里充溢着成形的铁器淬火时水汽蒸腾的味道,还有用砂轮打磨刀剑的刃口时四处飞溅的火星的味道。未成形的铁,半成品的铁散落在整个房间,而在面向窗口的木架上,成形的刀剑从大到小,依次排列,闪烁着寒光。长者没等他说话就看出了他的心思,说:"是的,我们一代一代人都还干着这个营生,从格萨尔时代就开始了,不是我们一家,是整个村子所有的人家,不是我们一个村子,是沿着江岸所有的村庄。"长者眼中有了某种失落的神情,"但是,现在我们不造箭了,刀也不用在战场了。伟大的兵器部落变成了农民和牧民的铁匠。我们也是给旅游局打造定制产品的铁匠。"长者送了他一把短刀,略为弯曲的刀把,比一个人中指略长的刀身,说这保留了格萨尔水晶刀的模样。

我是在去往河坡的路上遇到这个老者的。我也将路遇这个老者的情形搬演到了小说里：

> 在路上，说唱人遇到了一个和颜悦色的长者，他的水晶眼镜片模糊了，就坐在那里细细研磨。长者问他："看来你正苦恼不堪。""我不行了。"他的意思是，听到的好多故事把自己搞糊涂了。
>
> 长者从泉眼边起身说："不行了，不行了。"他把说唱人带到大路旁的一堵石崖边，"我没戴眼镜看不清楚，你的眼睛好使，看看这像什么。"那是一个手臂粗的圆柱体在坚硬的山崖上开出的一个沟槽，像一个男性生殖器的形状。但他没有直接说出来，他只说："这话说出来太粗鲁了。"
>
> 长者大笑，说："粗鲁？神天天听文雅的话，就想听点粗鲁的……"
>
> 长者给他讲了一个故事。当年格萨尔在魔国滞留多年，在回到岭国的路上，他想自己那么多年日日弦歌，夜夜酒色，可能那话儿已经失去威猛了。当下掏出东西试试，就在岩石上留下了这鲜明的印痕。长者拉过他的手，把那惟妙惟肖的痕迹细细抚摸。那地方，被人抚摸了千遍万遍，圆润而又光滑。然后，长者说："现在回家去，你会像头种马一样威猛无比。"

后来，我向老者表达过我的疑问——格萨尔征服了霍尔回来不可能经过这个地方。因为霍尔在北方，岭国的王城也在北方。这里却差不多是南方边界，是嘉察协噶镇守过的边疆。

老者不说话，看着我，直到我和他分手，离开他的民间知识视野所覆盖的地盘，他才开口问我："为什么非要故事就发生在真正发生的地方？"

我当然无从回答，但对一个写小说的人来说，这句话给了我很大的启发。

从河坡继续沿金沙江而下可到白玉。从白玉沿金沙江继续南下可到川藏南路的巴塘。从白玉转向东北，可以到甘孜。在白玉和甘孜界山南坡，有一大自然奇观，古代冰川退缩后，留下的巨大的冰川漂砾滩。浅草长在成阵的巨石之间，质地坚硬的褐色苔藓覆盖了石头的表面。高原的风劲吹，天空低垂，一派地老天荒之感。

格萨尔故乡：阿须草原

但我不走这两条道路，我退回德格。由西向东翻越措拉（雀儿山）山口，回玛尼干戈镇，离开国道，上省道217线，再次从措拉（雀儿山）左肩翻越去西北方向。

我喜欢感觉到雪山总摄了大地。德格在措拉的西南，而我现在要去的地方是在雪山的西北，龙胆科和飞燕草花期的草甸，雪山，冰川。就在冰川舌尖下面，是远近闻名的宁玛派名刹竹庆寺。

旅游指南上说："寺院所在的雪山上下布满成就者的修行山洞与道场，是极具加持力的修行圣地。"还看到一则材料，说这个寺院僧人并不多，但因为在藏传佛教各教派中，这个寺院不热心参与政治，所以喇嘛们潜心修持，有成就者不在少数，他们利乐众生，其影响远在藏区之外。我就曾在某年八月，躬逢法会，数万信众聚集而来，聆听佛音，信众中有许多是远道而来的港台信徒。在格鲁派寺院中禁止僧人念诵格萨尔这个本土神人故事的时候，这个寺院却创作了一出格萨尔戏剧，不时排演。我没有遇到过大戏上演，但看见过寺院演剧用的格萨尔与其手下三十大将的面具，各见性情，做工精良。

说德格是格萨尔故乡，一来是指格萨尔似乎真的出生于此，更重要是，此领域内对这个神化了的英雄人物百般崇奉。一次，我们停下车来远眺雪山，路边一个康巴汉子猛然就向汽车扑来。同车人大惊，以为有人劫道，结果那条康巴大汉扑到车上只是为了用额头碰触贴在车窗上的格萨尔画像。

现在，我们到了措拉（雀儿山）的西北方。道路在下降，这下降是缓缓地盘旋而下。从山口下降1000米左右，然后，草原与河谷两边的浑圆山丘幅面宽阔地铺展开去，仿佛一声浩叹，深沉又辽远。

这就是阿须草原，史诗中主人公的生身之地。

丛生的红柳和沙棘林，掩映着东南向的浩荡雅砻江水。每次来到这里，都是这个月份，草原上正是蓝色花的季节：翠雀、乌头、勿忘草。但纯粹是"拈花惹草"，并不需要如此深入康巴的腹地。高原边缘那些正迎着东南季风的地带，多种多样的植物往往带来更多的变化与惊喜。我三到阿须，都是为了追寻英雄故事的遗迹。

第一次到阿须是一个下午，岔岔寺的巴伽活佛在格萨尔庙前搭了迎客的帐房，僧人们脱去袈裟，换上色彩强烈的戏服，为我们扮演格萨尔降魔的戏剧。那次我没有主动去与活佛认识，而急于央人带我去寻找格萨尔降生时在这片草原上留下的种种神迹。

牧区的妇女都不在家中分娩，看来是古风遗传。在阿须，格萨尔作为神子下界投胎时，其落地处就在阿须草原一块青蛙状的岩石下面。这个地方，在千年之后还在享受百姓的香火。

还有一个遗迹当地百姓也深信不疑，草原上一块岩石上有一个光滑的坑洼，正好能容下一个小孩的身躯。人们说，那是格萨尔刚刚出生不久，其叔父晁通要置将来的国王于死地，把那孩子在岩石上死命摔打，结果，格萨尔有神灵护佑，毫发无伤，倒是柔软的身躯在岩石上留下了等身的印痕。直到今天，这还是格萨尔具有神力的一个明证。

如此长存于岩石上的还有一个格萨尔屁股的印痕。他刚刚出生三天,有巨大的魔鸟来此作恶,神变小子背倚岩石弯弓搭箭,射死了魔鸟,也许是用力过度,将此印痕长留人间。

英雄故事的悠长余韵留给后人不断回味,功业却不能持久保留。所谓霸业江山比之于地理要经历更多的沧海桑田。

学者们差不多一致推断,格萨尔生活在一千多年前。到了清道光年间,将格萨尔奉为祖先的林葱家族只是清朝册封的一介小土司了,作为英雄之后,回味一下祖先的荣光也是一种合理的精神需求。土司家族便在有上述遗迹的河滩草地上建起了一座家庙,供奉祖先和手下诸多英雄的塑像。据说庙中曾珍藏有格萨尔的象牙印章,以及格萨尔与手下英雄使过的宝剑和铠甲等一应兵器。老庙毁于"文化大革命",林葱家族也更加衰败。直到1999年,由附近的岔岔寺巴伽活佛主其事,得政府和社会资助,这座土司家族的家庙以格萨尔纪念堂的名义恢复重建。加上纪念堂前格萨尔身跨战马的高大塑像,成为当地政府力推的一个重要景点。前不久,我还在成都见了巴伽活佛,在一家名叫祖母厨房的西餐馆里就着牛排感慨一番那个后继乏人的英雄家族。

还曾在那座塑像前听说唱艺人演唱格萨尔故事的片段。

第三次去阿须,小说《格萨尔王》即将出版。我第一次走进了那座安静的小庙。在院中柳树荫下,安卧着一只藏羚羊,它面对快门咔嚓作响的相机不惊不诧。护院人说,这野物受了伤被人送到庙里,现在伤好得差不多了,该放其归山了,但看样子,它倒不大想离开了。

这是我第一次走进这座小庙,在格萨尔塑像前献了一条哈达,我没有祈祷,我只是默念:王啊,今天我要把你的故事还给你,我要走出你的故事了。这是一个小说家的宿命,从一个故事向另一个故事漂泊。完成一个故事,就意味着你要离开了。借用艺人们比兴丰沛的唱词吧:

雪山老狮要远走,
是小狮的爪牙已锋利了。
十五的月亮将西沉,
是东方的太阳升起来了。

在小说的结尾,我也让回到天上继续为神的格萨尔把说唱人的故事收走了。因为那个说唱人已经很累了。

说唱人把故事还给神,也让我设计在了这个地方。

失去故事的说唱人从此留在了这个地方。他经常摸索着去打扫那个陈列着岭国君臣塑像的大殿,就这样一天天老去,有人参观时,庙里会播放他那最后的唱段。这时,他会仰起脸来凝神倾听,脸上浮现出茫然的笑颜。没人的时候,他会抚摸那支箭,那真是一支铁箭,有着铁的冰凉,有着铁粗重的质感。

大地的语言

人类操着不同的语言,而全世界的土地都使用同一种语言。一种只要愿意倾听,就能懂得的语言——质朴、诚恳,比所有人类曾经创造的,将来还要创造的都要持久绵远。

一

朋友来电话,招呼去河南。从来没有去过河南,从机场出来,上高速,遥遥地看见体量庞大的郑州市出现在眼前。

说城市体量庞大,不只是说出现在视线中那些耸立的高大建筑,而是说一种感觉:那隐没在天际线下的城市更宽大的部分,会弥散一种特别的光芒,让你感觉到它在那里。声音、尘土、灯光,混同、上升、弥散,成为另一种光,笼罩于城市上方。这种光,睁开眼睛能看见,闭上眼睛也能看见。这种光吸引人眺望、靠近、进入、迷失。但我们还是一次次刚刚离开一座城市就进入另一座城市。重复的其实都是同一种体验:在不断兴奋的过程中渐渐感到怅然若失。我们说去过一个省,往往就是说去过省会城市。所以，此行的目的地我也以为就是眼前已经若隐若现的这座城市。汽车拐上了另一条高速路，这时才知道此行的目的地，是下面的周口市，以及再下面的淮阳县。

还在车上，热情的主人已经开始提供信息，我知道了将要去的是一个古迹众多的地方。这些古迹可不是一般的古迹，都关乎中华文明在黄河在这片平原萌发的最初起源。这让我有些心情复杂。当"河图""洛书"这种解析世界构成与演化的学问出现在中原大地时，我的祖先尚未在人类文明史上闪现隐约的身影。所以，当我行走在这片文明堆积层层叠叠的大地之上时，一面深感自己精神来源短暂而单一，一面也深感太厚的文明堆积有时不免过于沉重。而且，所见如果不符于想象时，容易发出"礼崩乐坏"的感叹。

我愿意学习，但不论中国还是外国，都不大愿意去那种古迹众多的地方。那种地方本是适于思想的，但我反而被一种莫名的能量罩住了，脑袋木然，不能思想。这也是我在自由行走不成问题的年代久久未曾涉足古中州大地的原因吧。

拜血中的因子所赐，我还是一个自然之子，更愿意自己旅行的目的地，是宽广而充满生机的自然景观：土地、群山、大海、高原、岛屿，一群树、一棵草、一簇花。更愿意像一个初民面对自然最原初的启示，领受自然的美感。

在那些古迹众多之地，自然往往已经破碎，总是害怕面对那种一切精华都已耗竭的衰败之感。更害怕大地的精华耗竭的同时，族群的心智也可怕地耗竭了。所以，此行刚刚开始，我已经没有抱什么特别的希望。

二

行车不到十分钟，就在我靠着车窗将要昏昏然睡去时，超乎我对河南想象的景观出现了。

这景观不是热情的主人打算推销给我们这群人的。他们精心准备的是一个古老悠久的文化菜单，而令我兴奋的仅仅是在眼前出现了宽广得似乎漫无边际的田野。

收获了一季小麦的大地上，玉米，无边无际的玉米在大地的宽广中拔节生长。绿油油的叶片在阳光下闪烁，在细雨中吮吸。这些大地在中国肯定是最早被耕种的土地，世界上肯定也少有这种先后被石头工具、青铜工具、铁制工具和今天燃烧着石油的机具都耕作过的土地。人类文明史上，好多闪现过文明耀眼光辉，同时又被人类自身推向一次次浩劫的土地，即便没有变成一片黄沙，也早在过重的负载下苟延残喘。

翻开一部中国史，中原大地兵连祸接，旱涝交替，但我的眼前确实出现了生机勃勃的大地，这片土地还有那么深厚的肥力滋养这么茁壮的庄稼，生长人类的食粮。无边无际的绿色仍然充满生机，庄稼地之间，一排排的树木，标示出了道路、水渠，同时也遮掩了那些素朴的北方村庄。我喜欢这样的景象。这是令人感到安心的景象。

如今是全球化、城市化时代，在我们的国家，数亿农民耕作的田野，吃力地供养着越来越庞大的城市。农业，在经济学家的论述中，是效益最低，在国内生产总值统计中越来越被轻视的一个产业。在那些高端论坛上，在专家们演示的电子图表中，是那根最短的数据柱，是那根爬升最乏力的曲线。问题是，他们当中的任何一个人，又不能直接消费那些爬升最快的曲线。不能早餐吃风险投资，中餐吃对冲基金，晚间配上红酒

/ 021 /

的大餐不能直接是房地产,尽管厨师也可以把窝头变成蛋糕,并把巧克力蛋糕做成高级住宅区的缩微景观,一叉,一座别墅;一刀,半个水景庭院。那些能将经济高度虚拟化的赚取海量金钱的聪明人,能把人本不需要的东西制造为巨大需求的人,身体最基本的需求依然来自土地,是小麦、玉米、土豆,他们几十年生命循环的基础和一个农民一样,依然是那些来自大地的最基本的元素。他们并没有进化的可以直接进食指数、期货、汇率,但他们好像一心要让人们忘记大地。这个世界一直有一种强大的声音在告诉人们,重要的不是大地,不是大地哺育人类那些根本的东西。

一个叫利奥波德的美国人在半个多世纪前就质疑过这种现象,并认为造成这种现象的原因是几千年的人类历史只发展出"处理人与人之间关系"的伦理观念,一种人与财富关系的伦理观念。并认为这种观念大致构成两种社会模式,一种用"金科玉律使个人与社会取得一致",一种则"试图使社会组织与个人协调起来"。"但是,迄今为止没有一种处理人与土地,以及人与在土地上生长的动物和植物之间关系的伦理观。"

伦理观是关乎全人类的,不幸的是,我们并不生活在一个一切社会规则以全体人类利益为考量的世界上。现在的价值体系中,世界上所有的一切都只是资源。人是资源,土地也是资源。当土地成为资源,那么,在其上种植庄稼,显然不如在其上加盖工厂和商贸中心。这个体系运行的前提就是,弱小的族群、古老的生活方式需要为之付出巨大的牺牲。

农业需要作出牺牲,土地产出的一切,农民胼手胝足的劳动所生产出的一切,都是廉价的,因为有人说这没有"技术含量"。几千年才培育成今天这个样子的农作物没有技术含量,积累了几千年的耕作技术没有技术含量,因为古人没有为了一个公司的利益去注册专利。玉米、土豆在几百年前从美洲的印第安人那里传入了欧洲与亚洲,但墨西哥的农民还挣扎在贫困线上,他们离井背乡,在大城市的边缘地带建立起全世界最大的贫民窟,只为了从不得温饱的土地上挣脱出来,到城市里去从事最低贱的工作。我曾经在墨西哥那些被干旱折磨的原野上,在一株仙人掌巨大的阴凉下黯然神伤。我想起了《拉丁美洲:被切开的血管》,一本描述拉丁美洲如何被作为一种资源被跨国资本无情掠夺的书。如果书名可以视为一种现实的描述,那么,我眼前这片原野的确已经流尽了鲜血。眼前的地形地貌,让我想起胡安·鲁尔福描写乡村破败的小说《教母坡》中的描述:"我每年都在我那块地上种玉米,收点玉米棒子,还种点儿菜豆。"但是,风正在刮走那些地里的泥土,雨水也正冲刷那些土地里最后一点肥力。

三

今天,在远离它们故乡很远很远的地方,我看见一望无际的玉米亭亭玉立,茎并着茎,根须在地下交错,叶与叶互相摩挲着絮絮私语,它们还化作一道道的绿浪,把风和自己的芬芳推到更远的地方。在一条飞速延展的高速公路两边,我的视野里始终都是这让人心安的景象。

转上另外一条高速路,醒目的路牌标示着一些城市的名字。这些道路经过乡野,但目的是连接那些巨大的城市,或者干脆就是城市插到乡村身上的吸管。资本与技术的循环系统其实片刻不能缺少从古至今那些最基本的物质的支撑。但在这样的原野上,至少在我的感觉中,那些城市显得遥远了。视野掠到身后,以及扑面而来的,依然是农耕的连绵田野。

我呵气成雾,在车窗上描画一个个汉字。

这些象形的汉字在几千年前,就从这块土地上像庄稼一样生长出

/ 023 /

来。在我脑海中，它们不是今天在电脑字库里的模样，而是它们刚刚诞生出来的时候的模样，刚刚被刻在甲骨之上的模样，刚刚被镌刻到青铜上的模样。

这是一个个生动而又亲切的形象。

土。最初的样子就是一棵苗破土而出，或者一棵树站立在地平线上。

田。不仅仅是生长植物的土壤，还有纵横的阡陌、灌渠、道路。

禾。一棵直立的植株上端以可爱的姿态斜倚着一个结了实的穗子。

车窗模糊了，我继续在心里描摹从这片大地上生长出来的那些字：麦、黍、瓜、麻、菽。

我看见了那些使这些字具有了生动形象的人。从井中汲水的人，操耒犁地的人，以臼舂谷的人。

"爰采麦矣？沬之北矣。"

眼下的大地，麦收季节已经过去了，几百年前来到中国大地上的玉米正在茁壮生长。那些健壮的植株上，顶端的雄蕊披拂着红缨，已然开放，轻风吹来，就摇落了花粉，纷纷扬扬地落入下方那些腋生的雌性花上。那些子房颤动着受孕，暗含着安安静静的喜悦，一天天膨胀，一天天饱满。待秋风起时，就会从田野走进农家小小的仓房。

就因为在让人心生安好的景色中描摹过这些形状美丽的字眼，我得感谢让我得以参加此次旅行的朋友。

就在这样的心情中，我们到达了周口市淮阳县。我是说到达了淮阳县城，因为此前已经穿过了大片属于淮阳的田野。让人心安的田野，庄稼茁壮生长的田野，古老的、经历了七灾八难仍然在默默奉献的田野，还未被加工区、开发区、新城镇分割得七零八落的田野。

四

没想到此地有这么大个还活着的湖。

我说活着的意思,不只是说湖盆里有水,而是说水还没有被污染,还在流动循环。晚上,住在湖边的宾馆里,浏览东道主精心准备的文化旅游菜单,就可以闻到从窗外飘来水和水生植物滋润清新的气息。

有了这份菜单上的一切,淮阳人可以非常自豪,对我而言,不要菜单上这一切的一切,我也可以说我爱淮阳,爱窗外广大的龙湖,爱曾经穿越的广阔田野,爱那些茁壮生长的玉米。想着这些的时候,电视里在播放新闻,是世界性粮食危机的消息。其实,不要这样的消息佐证,我也深爱仍有人在勤勉种植,仍然有肥力滋养出茂盛庄稼的田野。但这样的消息能让人对这样的土地加倍地珍爱。

席上,主人向我们介绍淮阳、太昊、伏羲、神农、八卦、陈、宛丘。虽然在肉体上不是汉族,但在精神上却受此文明深厚的滋养,但我更愿意这种滋养是来自典籍浩然的熏染,而不是在一个具体的地点去凭吊或膜拜。饭后漫步县城,规模气氛都是那种认为农耕已经落后、急切地要追上全球化步伐的模样——被远处的大城市传来的种种信息所强制、所驱迫的模样。这是一个以农耕供养着这个国家,却又被忽视的那些地方的一个缩影。

晚上,在宾馆房间里上网搜寻更多本地资讯。单独的词条都是主人热心推荐过的,就是在本地政府网站上,关于土地与农业的介绍也很简略,篇幅不长可以抄在下面:

> 淮阳县地处黄河冲积扇南缘,属华北平原的一部分……地势由

/ 025 /

西北向东南倾斜。西北海拔50米,东南海拔40米……全县总土地面积220.18万亩,其中耕地面积177.32万亩,占总土地面积的80.53%,土壤主要有两合土、沙土、淤土三大类。土质大都养分丰富,肥力较高,疏松易耕,适于多种农作物和林木生长。县境内地势基本平坦,但由于受黄河南泛多次沉积的影响,地面呈"大平小不平"状态,造成了许多面积大小不等深度不一的洼坡地,其面积约48万亩,占总耕地面积的27%。这些洼坡地昔日是大雨大灾,小雨小灾,"雨后一片明,到处是蛙声。"十年九不收。新中国成立后,党和政府带领全县人民对洼坡地连年进行治理,现已是沟渠纵横交错,排水系统健全,历史上的涝灾得到了根治,昔日"十年九不收"的洼坡地已变成"粮山""棉海"。

正是这样的存在让人感到安全。道理很简单,中国的土地不可能满布工厂。中国人自己不再农耕的时候,这个世界不会施舍给十几亿人足够的粮食。中国还有这样的农业大县,我们应该感到心安。国家有理由让这样的地方,这些地方的人民,这些地方的政府官员,为仍然维持和发展了土地的生产力而感到骄傲,为此而自豪,而不因另外一些指标的相对滞后而气短。让这些土地沐浴到更多的政策的阳光,而不是让胼手胝足生产的农民都急于进入城市,不是急于让这些土地被拍卖、被置换、被开发、被污染,并在其耗尽了所有能量时被遗弃。

我相信利奥波德所说的:"人们在不拥有一个农场的情况下,会有两种精神上的危险。一个是以为早饭来自杂货铺,另一个是认为热量来自火炉。"其实,就是引用这句话也足以让人气短。我们人口太多,没有什么人拥有宽广的农场,我们也没有那么多森林供应木柴燃起熊熊的火炉。更令人惭愧的是,这声音是一个美国人在半个多世纪前发出来的,而如今我们这个资源贫乏的国家,那么多精英却只热衷传递那个国度华尔街上的声音。

我曾经由一个翻译陪同穿越美国宽广的农耕地带,为的就是看一看那里的农村。从华盛顿特区南下弗吉尼亚,常常看见骑着高头大马的乡下人,伫立在高速公路的护坡顶端,浩荡急促的车流在他们视线里奔忙。他们不会急于想去城里找一份最低贱的工作,他们身后的领地那么深广:森林、牧场、麦田,相互间隔,交相辉映。也许他们会想,这些人匆匆忙忙是要奔向一个什么样的目标呢?他们的安闲是意识到自己拥有这个星球上最宝贵的东西时那种自信的安闲。就在不远处,某一座小丘前就是他们独立的高大房子,旁边是马厩与谷仓。在中西部的密西西比河两岸,那些农场一半的土地在生长小麦与大豆,一半在休息,到长满青草的时候,拖拉机开来翻耕,把这些青草埋入地下,变成有机肥让这片土地保持长久的活力。

就是在那样的地方,突然起意要写一部破碎乡村的编年史《空山》。我就在印第安纳大学旅馆里写下最初那些想法。看到大片休耕的田野,我写道:"这是在中国很难看到的情形,中国的大地因为那过重的负载从来不得休息。"

在那里,我把这样的话写给小说里那个故乡村庄:"我们租了一辆车,从67号公路再到37号。一路掠过很多绿树环绕的农场。一些土地正在播种,而一些土地轮到休息。休息的土地开出了这年最早的野花。"

从那里,我获得了反观中国乡村的一个视点。

我并不拒绝新的生活提供新的可能。

但我们不得不承认,城市制造出来的产品,或者关于明天,关于如何使当下生活更为成功更为富足的那些新的语汇,总是使我们失去内心的安宁。城市制造出来了一种蔑视农耕与农人的文化。从城市中,我们总会不断听到乡村衰败的消息,但这些消息不会比股指暂时的涨落更让人不安。我们现今的生活已经不再那么简单了,以至于很多的东西不能用一个字来指称,而要组成复杂的词组,词组的最后一个字都是"化",城市化、工业化、市场化、商品化、全球化。这个世界的商业精英们发明了一套方法,把将要推销的东西复杂化,发明出一套语汇,不是为了充分说明它,而是将其神秘化,以此十倍百倍地抬高身价。

粮食危机出现了,但农业还是被忽视。这个世界的很多地方饿死人了,首先饿死的多半是耕作的农民。比如,我们谈论印度,不外乎说旱灾使多少农民饿死,多少农民离乡背井,大水又淹没了多少田野。对这个疯狂的世界,这是可以忽略不计的大概率事件。媒体与精英们最热衷的话题是这个国家又为欧美市场开发了多少软件,这些软件卖到了怎样的价钱。我不反对谈论软件,但是不是也该想想那些年年都被洪水淹没的农田与村落,谈谈那些天天都在种植粮食却饿死在逃荒路上的人们。或者当洪水漫灌,国家机器开动起来救助一下这些劫难中的供养人时,城里人是不是总要以拯救者的面目像上帝一样在乡村出现。

五

平粮台。

这是淮阳一个了不起的古迹。名副其实,这是一个在平原上用黄土堆积起来的高台,面积一百亩,被认定为中国最古老的城池——宛丘。

子之汤兮,宛丘之上兮。

洵有情兮,而无望兮。

从那么久远的古代,原始的农耕就奉献出所有精华来营造城市,营造由自己供养、反过来又慑服自己的威权了。这个龙山文化时期就出现的城市雏形如果真的被确认,无疑会在世界城市史上创造很多第一,从而修正世界城市史。几千年过去了,时常溢出河道的黄河水用巨量的泥沙把这片平原层层掩埋。每揭开一层,就是一个朝代。新生与毁灭的故事,陈陈相因,从来不改头换面。但这个高丘还微微隆起在大平原上,它为什么不仍然叫宛丘,不叫神农之都,却叫平粮台?是不是某次黄水袭来的时候,人们曾经在这个高地储存过救命粮食,放置过大水退后使大地重生的宝贵种子?在这个已然荒芜的土台上漫步时,我很高兴这片土地仍然具有生长出茂盛草木的活力。那些草与树仍然能够应时应季开放出花朵。草树之间,还有勤勉的村民开辟出不规则的地块,花生向下,向土里扎下能结出众多子实的枝蔓,芝麻环着节节向上的茎,一圈圈开着洁白的小花。人类不同的历史在大地上形成了不同的文化,但大地的奉献却是一样。我记起在俄罗斯的图拉,由森林环绕的托尔斯泰的庄园中,当大家去文豪故居中参观时,我没有走进那座房子,看干涸的墨水瓶、泛黄变脆的手稿,我走进了旁边的一个果园。树上的苹果已经收获过了,林下的草地还开着一些花。淡蓝的菊苣,粉红的老鹳草,再有就是与中国这个叫平粮台的荒芜小丘上轮生着白色小花一模一样的芝麻。人类操着不同的语言,而全世界的土地都使用同一种语言。一种只要愿意倾听,就能懂得的语言——质朴、诚恳,比所有人类曾经创造的,将来还要创造的都要持久绵远。

非主流的青铜

中国文化太老了,太老的文化往往会失去对自身存在有力而直接的表达能力,所以,居于主流文化中的人走向边地,并被深深打动而流连忘返,自身都未必清楚的原因,一定是在这块土地上,在这些边地的非主流文化中感受到了这种表达的力量。

一

置身在抚仙湖岸上,无论是细雨霏霏光线暧昧的黎明,还是夕阳衔山时湖面显得一派辉煌的黄昏,看到湖水拍岸时,总听到一个声音在天与地这个巨大的空间中鼓荡。

是的,无论晨昏,无论天光晦暗喑哑还是辉煌明亮,在抚仙湖这个特定的空间里,我总在这特别的光色中感到青铜的质地,进而听到青铜的声音。一波波的水浪拍击湖岸,那是有力的手指在叩击青铜,水波互相激荡,仿佛一只巨掌在摩挲青铜。那是谁的手?谁的指与掌?我不想说那是造物主之手,我想说,那手的主人就是时间。在进化论者看来,造物主就是无形时间的一种拟人化的直观显现。

没来由地就想起了戴望舒的诗句:"我用残损手掌/摸索……"

时间与天地共始终,所有时间之手即便都用青铜铸就,穿越了那么漫长的岁月,它的指与掌一定都磨损得相当厉害了。从现代物理学的观点来看,时间岂止是与这片天地共始终,即便这片天地消失了,它还要在我们所能理会的世界之外独自穿越。于是,伫立于雨雾迷蒙的湖岸,我想起了自己的诗句:"手,疲惫而难于下垂的手……"同时,恍然看到一尊有些抽象的青铜塑像站在面前,发出一声轻轻的喟叹。

我很奇怪,产生这种感觉的地方,不是历史在泥土中沉淀为一个又一个文化层的古老的中原,而是在这里,在抚仙湖,在云岭之南。

二

必须说,过去我驻足于抚仙湖畔时,山即是山,水便是水,并没有这样多的联想。

那时,我也像许多来去匆匆的游客一样,站在这样一片通神般的湖光山色之间,却不知道近在咫尺,有一座小小的红土山丘叫作李家山。更不知道,李家山出土的那些奇迹一般的青铜器。

直到我稍稍离开湖岸一点,来到李家山,与那些青铜遭逢,一切才得以改变。

其实,又何止是我呢?

对多数一直受着一元论教育成长起来的中国人来说,青少年时代读过的教科书中,青铜所铸的物件都是"国之重器",属于黄土与黄河,那是中华文化的正源。云南这样的边疆地带,可以书写的历史,在有着众多盲点的正统史观中,如大观楼的长联所写,无非是"唐标铁柱""宋习楼

/ 031 /

船"而已。当然我们也在正统的历史之外听闻过云南的青铜,那就是一些流传于边地的铜鼓。这些铜鼓的存在与使用,不过使民族风情更为浓郁和神秘而已。当一个人想起月夜下的隐约迢递的鼓声,就已经神游在原始与蛮荒的风情之中了。所以,人类学家说:"鼓发出各种信息,或具有仪式的性质。"鼓声传达的信息,对别人总是难解,而鼓声在不同仪式上所具有的神秘性质,更是助长了我们关于一些古老风情的想象。

但现在不一样了,我看到了李家山出土的青铜。再站在抚仙湖边,感受就复杂起来了。其实,我之所以多次来到抚仙湖边,并不仅仅因为这湖光山色的胜景,而是因为这些青铜给我的震撼与启示。

比如,在这里,我发现了一只铜鼓。

这只铜鼓在一些庄重神秘的场合肯定被无数次地使用过,而且因为这频密的使用而老旧了。于是,人们让它重新回到曾经浇铸它的工场,开口以传出声音的那一面被一片青铜封闭起来,再加上一个小小的开口,一只具有礼器庄严的铜鼓,立即变成了很世俗的东西:贮贝器。顾名思义,就是储存贝壳的容器。贝是古代的货币。一面通灵的鼓使用经年后,再次来到匠人手中,变成了一只存钱的罐子!

对匠人来说,这个举动也许是不经意的,但这个行为却无意间构成了一个巨大的颠覆!今天,一句用滥了的话叫:走下神坛。很多时候,使用这个短句的人其实是在替这个过于庸常的时代开脱,也是每一个身陷于世俗泥淖者的自我开脱。但在意识中满世界都飘荡着各种神灵的古代,让一面可以通灵的鼓走下神坛,将其变成一只日常的器具,的确是一个伟大的举动——至少比今天我们不为自己的庸常开脱还要伟大。

就这样,李家山的青铜在中国的青铜中成了一个异数。如果那些试图上通于天的青铜代表了主流,那么,李家山这些努力下接于地的青铜就因为接近民生而成为非主流,我就会肯定地说,我所热爱的就是这种非主流的青铜。

三

正因为如此,我才不止一次来到抚仙湖边,不止一次走向那座博物馆,走向那些青铜中的异数,异数一般的青铜。

不是铸为祭器与礼器的青铜,不是为了铭刻古奥文字记录丰功伟绩的青铜,也不是铸为刀枪剑戟的青铜。所以这些青铜,在中国历史书写中不是主流。

这并不是说李家山的青铜器中没有这样的东西,比如铜鼓,比如此地视为标志性的牛虎铜案,比如众多的兵器——而且在刀枪剑戟之外,还有"叉"与"啄",有狼牙棒这样别处青铜陈列中未见的兵器。同时,我还第一次看见"啄"与"狼牙棒"这样的兵器顶部还连铸有造型生动的动物雕饰,兵器的威力未减,但在观感上,却有了一点日常用具的亲切。但我更想说的是另一些非常生活化的物件与雕饰,复活了古代滇人的生产与生活场景。如果不是这些青铜器的出土,也许古代滇人的存在就永远是一个似是而非的传说,也许在对他们的猜想中,我们眼前出现的就是一群茹毛饮血者的形象——这是中心对边缘的想象,也是所谓文明对蛮荒的想象。但是,这些青铜从沉睡千年的李家山的红土中现身了,使我们看到了一种曾经辉煌的文明。从此,站在抚仙湖边,或者在云南的少数民族中行走,就能时时感觉到今天云南各族文化与生活中还有那些青铜的余响,在思考中原之外非主流的历史的时候,就有了一条可以追踪的线索。

所以,我不止一次静静地站立在这些青铜的面前。

我曾经写过一篇文章,叫作《让岩石告诉我们》。理由就是,如果"一

/ 033 /

段历史未能通过某种记录方式进入人类的集体意识时,这个历史就是不存在的"。在一元史论和某些文化中心论的遮蔽下,边地的历史总是在有意无意间被忽略,被遗忘。所以,很多族群的历史就此湮灭,即使留下一点隐约的传说,也像是天空深处那些闪烁不定的星光一般。但是,游牧民族会在石壁上留下岩画,隔着空旷的草原和遥远的时间,给我们留下一些当年生活的信息。行走在那些已经成为荒漠的昔日草原上,心中一片空茫,恍然间会看到一个骑士的剪影,正挥鞭驱赶着刻画在石头上那些牛与羊——那些因为风化而轮廓日渐模糊的牛与羊。一个远古人群的身影就复活了。

那些昔日在广大地域上游牧的人群在石头上留下这些刻画的时候,另外一些人在铸造青铜。从黄河岸边那些古代都城,到三星堆,再到李家山。

从长安到三星堆,那么多让人感到神秘与庄重的"重器",至今还能让人喘不过气来。那些东西的产生与存在,仿佛就是为了别人在精神上匍匐在地。然后,抬头向它仰视,或者连仰视都不敢。那些器物的精神核心是"天赋王权",而不是"天赋人权"。从浇铸那些青铜的时候开始,经过数千年主子与奴才的共同努力,关于一个个逐次升高的等级与等级之塔顶端无可置疑与动摇的王权制度的建设已经日臻完善。谁说中国人没有宗教?等级塔尖上的王位就是最高的神坛。有时,君临天下者也需要"走下神坛",那也是"微服私访"的性质,有点像今天的作家"深入生活"。完了,还是要回去的。那些下什么坛的,也只是偶尔下来一回,最终还是安坐在各种各样的坛上,安享供奉。

所以,不要说看见,我们就是想到青铜,以致后来产生的铜的雕塑,内心里产生的就是一种沉重的情绪。

但这是在一向被视为边疆的云南,在云南高原的抚仙湖,在抚仙湖的李家山。一旦看到这些青铜器出现在眼前，你就轻松地走进了一种可以复原出细节与场景的过往的生活中间，从而真切地接触到一段鲜活的历史。

四

就来看看古代滇人是如何装饰了那些体形丰满的贮贝器，也就是他们存钱的罐子吧。

至少是那些展示出来的贮贝器顶盖上，无一例外都铸造上了神态生动的各色人等和不同的动物。而且，不是某个单一的存在，而是一组人，一组兽，或一组人与兽，相互之间因为呈现当时人类社会某一种活动或某一个生活场景而构成一种关系。这种关系或者紧张，或者松弛；这些场景或者和谐庄重，或者亲切幽默，都让我们这些总在思考一些文化与历史命题的脑子，产生一些新的感触与想法。前面说过，当我们在考察一些有别于我们当下存在的过往或异族的生活与历史时，往往会发现——不，不是发现而是总结出一种相当单一的特征，以至这种特征最后又抽象为隐晦的象征。这种情形，人类学家玛格丽特·米德早就批评过了："他们个体生活的个性的侧面，总是泯灭于对群体的文化生活的系统描述之中……这种描述是标准化的……像是制定确定的艺术风格的规则，而不是艺术家能够纵情地表达他的美学观念的方法。"

但现在，在这些贮贝器的顶盖上一组组精美的群雕中，你看到的不是这种象征性的符号，而是一种有温度的场景，你感受到的是仍然在呼吸的生活。可惜那些陈列的青铜器没有系统的分类，命名或编号，所以，说到这些器物也就无法准确地指称。但的确有这样一件贮贝器，在直径不到30厘米的盖子上，中央铸造了一根铜柱，以铜柱为中心，一共铸造了35个人物。而且,这些人物都处于行动当中,或头顶束薪,或手持陶罐,或肩扛农具,或提篮携筐,甚至一个人好像正在展开一块织物,这些行动中的人物站、蹲、坐、行,清晰地呈现出各自不同的装束与神态。就在这小小的一方天地中间,居然还出现了由四人抬行的一具肩舆,舆内一位妇人端坐在一柄宝伞下面。看到一篇考据文章说,这组群雕描画的是春耕前祭祀的场景,但我看这组群雕,却意不在此。当真切地看到一些人身着那时的衣裳,做着那时的事情,一个时代的一角就以原本的面貌呈现了来,至于他们是去往市集之上进行物物交换,还是正在进行祭祀,倒显得不那么紧要了。

我是凭着记忆写这篇文章的。现在,我又想起了另一只贮贝器上的驯马群雕。一共七个佩剑男子正在驯马,一人一马绕圈而行,正好吻合了圆形顶盖的形状。圆圈的中央,是一个踞坐于高座上的男子,怒目而视,双手舞动,显然是这场驯马的指挥。这其实已经用非常直接的描述告诉我们,当时使用这些青铜器的人们,其畜牧业发展已经达到了怎样的一种水平。还有一组雕塑也相当直接地说明当时畜牧业的状况:一个头戴长檐帽,身着紧袖长衫,胸前挂着显然是用作容器的葫芦,一手揽着拴牛的绳子,一手正把什么东西送进牛的口中。研究者的解释是,这人是一个兽医(或者一个懂些医学常识的人),正在给牛喂药。

这组雕塑来自李家山青铜器中和贮贝器一样最为特别的一类:扣饰。

某年,我在美国弗吉尼亚的乡间旅行。某日,在一个镇子上进了一个特别的商店,这个商店出售各种马具,比如相当于一部汽车价格的一副马鞍。但真正使我感兴趣的,是店里出售的各式各样银质的精美扣饰。所有扣饰质地与式样各异,但都有一个共同的表现对象——马,我花80美元也买了一枚作为此行的纪念。所以,在李家山看到那些青铜扣饰时,不用看文字说明,我立即就明白了这是些什么东西。

隔着玻璃展柜,我久久端详着它们。

想象那些无名的工匠如何在完成了这些皮扣的实用功能后,没有草草结束他们的工作,而又沉溺于美的创造,最终使一件件实用的器物变成了精美绝伦的艺术品。

扣饰之一,一个骑士驱驰着骏马猎捕野鹿,那只奔跑中的鹿昂起头来向前飞奔,一对犄角所有向后流动的线条为整个扣饰增加了流畅的动感,我仿佛看到它驱驰在遥远时空中,耳边掠过风的呼喊。

扣饰之二,四只猛虎刚刚把一头身量巨大的牛扑倒在地上……猎食者的凶猛与被猎食者的挣扎都表现得活灵活现。

还有之三,之四……但我毕竟不是为这些青铜撰写解说词,就此打住吧。所以愿意在具体器物描绘上多花一些笔墨,无非也是想让这些非主流的青铜得到更多的关注。

更值得一说的,还有那些青铜的农具。

从中国这块古老的,层层文化互相掩盖的地下,已经发掘出了那么多的青铜器,但哪里会有这么多的农具?

目前,李家山出土的器物并没有完备的陈列与展示,据发掘资料介绍,光是生产工具就多达十余种。除了至今还以铁器的面目在乡间被广泛使用的那些工具,我特别注意到有一类有较大面积的工具,上面都有整齐的镂孔,这显然是为了适应湿地作业而产生的发明创造。这其中,还有一件研究者至今也没有弄清楚其用途的带把的镂空的勺形器具,器具前端还有一个造型生动的蛇头。如此直接的一个用具,却给今人留下了一个难解的谜团。

看到这些精雕细琢的农具,使人敢于相信古代的农耕生活肯定具有比今天更多的诗意,而在今天中国广大的乡野之间,焦灼的田垄与村庄

/ 037 /

中间,那些温润如玉的东西却日渐枯萎了。

遂想起《诗经·郑风》中的诗句:"女曰鸡鸣,士曰昧旦。子兴视夜,明星有烂。将翱将翔,弋凫与雁。"

五

看到李家山各种青铜器物上对生活场景,对牲畜与野兽的精细刻画,恍然间,我真的感到《诗经》用富于歌唱性的文字所描述过的生活与劳动场景,以及那些场景中的人的情怀,在某一个瞬间真的复活了。

"皎皎白驹,在彼空谷。"我看到了《白驹》中那匹白马在扬蹄奔跑。

"谁谓尔无羊?三百维群。"这是《无羊》中一个牧人关于丰年的梦想。

再看一段《伐木》:"伐木丁丁,鸟鸣嘤嘤。出自幽谷,迁于乔木。嘤其鸣矣,求其友声。相彼鸟矣,犹求友声。矧伊人矣,不求友生?神之听之,终和且平。"这里,仅从美丽的声音就烘托出劳动者怡然的心情,而更在场面的描写中升华出关于人际关系的温情的思考。

怀着《诗经》的情致读这些非主流的青铜,就能感到在辛勤劳动中生发美好与欣怡的流风余韵。在云南的乡村,无论是来自中原的汉族,还是世居的或同样是迁徙而来的少数族群,在他们的劳动生活中还多少保留着一些属于古代的乡村的诗意。一句话,生存的努力中还有让人感到温馨的"终和且平"的美感。过去,我对这种感觉无以名之,就叫作"云南的古意"。现在,有了李家山,我就感到这种"古意"其来有自,而又布于广远了。如果仍拿青铜说事,李家山出土的那种形制独特的小型编钟,在数百里外的红河岸边也曾出土。编钟出土的热带河谷里,生活其间的花腰傣,那些穿行于槟榔林间或稻田之间的女人,身上叮咚作响的金属饰品，在我看来，正是那编钟的悠扬余韵。

我喜欢云南，无非是两个原因。

一是云南的多样性——自然生态的多样性与民族文化的多样性。

再者，就是前述所谓"云南的古意"。这种古意其来有自，这个"自"，部分当然源于中原文化。但这个"自"却也自有其特点。这个特点就是人类文化中最为质朴最为直接的那个部分，始终存活在民间生活中间，而在中原文明的发祥地，文化进入庙堂后成为一种玄秘的象征，而在民间生活中，流风余韵已经相当渺远。

现在我发现，自己对李家山青铜的喜欢，居然跟喜欢云南的原因如此一致地重叠在一起。中国文化太老了，太老的文化往往会失去对自身存在有力而直接的表达能力，所以，居于主流文化中的人走向边地，并被深深打动而流连忘返，自身都未必清楚的原因，一定是在这块土地上，在这些边地的非主流文化中感受到了这种表达的力量。太多的形而上的思辨，在诉诸形而下的生存时，往往缺少一种有力的表达。

正因为这个原因，"礼失而求诸野"。人们来到云南，发现了美丽风景之外的云南，就会更加爱上这个像李家山青铜一样深藏不露的云南。

哈尔滨访雪记

在中国这个老的国家里,每一座城市都很古老。这些古老的城市,现在都变得千人一面般的年轻。哈尔滨是个年轻的城市,却舒服地保留了一些老城市的味道。

夏天,不管你走到什么地方,除非荒漠,总是绿色覆盖了原野。夏天的绿色像一个帝王,把整个国家至少从地理上统一起来。到处都是雨水,到处都是浩大的水流。而冬天就不一样了,从北到南,气温分成了一个又一个的梯次,从低到高,改变了大地的色调。与此同时,水在枯萎,同时也变化出了丰富的形态:冰,雪,霜,雨,雾。仅仅凭借于此,整个国度就分出了南方与北方。2005年元旦,我从成都出发的时候,就担心弥漫在四川盆地里灰蒙蒙的雾气使飞机不能正常起飞。温润的空气里绿色植物继续生长,但雾气长期阻断视线却使人心情黯淡。

飞机在耐心的极限到来之前起飞了,降落在作为这次旅途中转站的北京。地理书告诉我们,北京是在冰雪的北方。但是,这里没有冰雪,没有水的另一种形态与气息。只有大堆的房子,干冷的风。好在今天,这里只是一个中转,只是从飞机场转到火车站时经过的一个地方。天很蓝,枯萎的树却是灰蒙蒙的一片。

夜晚的火车向着哈尔滨进发。火车穿越寒冷而又干燥的大地,除了偶尔一声汽笛,没有原野的辉光与声音。铁轨与车轮合奏的单调音节与同一节奏的摇晃,把人扔到床上,沦陷于睡眠。

夜半之后,我醒来,不是因为吵闹,而是因为安静。火车行进中那单调的声音越来越低,低到犹如梦境一般了。然后,我听到了一种巨大的差不多是无边的安静,那安静就是原野的声音。有这么巨大安静声音的必出自更为宽广的原野。这样的原野上,必有河流浩大,犹如一株枝叶舒展的巨树一般。一些山冈蹲守在远处,犹如神灵。我没有睁眼,那寂静就已经让我看见。睁开眼,就看见透过窗户的稀薄的光亮。披衣走出包厢,走到更宽大的车窗前,光亮像水一样弥漫而来。我看见了南方雾气中久违不见的月亮!那月亮不发光,像只银盘滑行在天上。光是从地上弥散开来的,准确地说,是从地面的雪,地面的冰上弥散开来,把天空、树木、村庄、山冈照得微微发光,好像天地万物在这个夜晚,从自己的内部发出了光芒,而新鲜的寒冷的空气运行在这些光芒中间。我想,这才是真正的北方!想象中的冬天的北方或者北方的冬天。生活在这个世界上,我们总在想象一些事物的面貌,也总在发现这些事物与想象的差距。但是,在2005年开始的这个夜晚,我看到了与我想象契合的景象。

我呆立在窗前,列车的声音低下去,低下去,梦境一般穿越着冰封雪覆的原野。静谧的月光,穿过云层,穿过树林,越过村庄,梦境一般跟随着列车穿越。直到天渐渐放亮,月亮才隐去。此行是应哈尔滨市有关方面之邀前去观光,所以,我不能说哈尔滨之旅的高潮已经提前到来,但我可以说,哈尔滨之旅的调子已经定下了。

我的目的不是喧闹驳杂的城市,而是静谧广大的原野。南方冬天晦暗的雨雾中,田野已经很疲惫了,但仍然要生长粮食,生长蔬菜,生长鲜花,而不得休息。但在东北大地上,田野盖上洁净的雪被静静地休息了。我喜欢这种安静的休息,我们所有人的内心都渴望这样安静而且洁净的休息。

在中国这个古老的国家里,每一座城市都很古老。这些古老的城市,现在都变得千人一面般的年轻。哈尔滨是个年轻的城市,却舒服地保留了一些老城市的味道,而这些老城市的味道,并没有作为什么遗产,被圈禁起来。仅仅因为这个,哈尔滨就应该让我们喜欢,更何况还有大江穿过,更何况还有冰灯闪烁。更何况,还有程式夸张,内在质朴,语涉低俗,幽默机智却浑然天成的二人转在人们心头唱着,但我还是固执地喜欢着汇集在这个城市四周的旷野。

所以,友人带我逛街时,我特别想到冰封的松花江上。

好客的主人同我去访萧红故居,车经过一条河,我便被疏朗宽展的河床,河道中冰封的蜿蜒水流,河岸两边虬劲沉默的大树,以及背后夕阳的光芒感动了。主人指引说:"呼兰河。"我甚至说,可以兴尽而返,不去看什么故居了。相信哺育了萧红的不是那个故居的地主院落,而是这条呼兰河。当然,后来还是去了故居,果然是一个生气已失的院落。有意思的细节是,看到壁上的名人字画中,有特别不像书法的一幅,四个没有布局也没有力度的大字:"怀念萧红。"落款是美国汉学家葛浩文的手迹。葛也是我小说的英译者,回成都后我发了封邮件给他说这件事情,他以前所未有的速度回了一信:"二十多年以前,呼兰县的人员先把我灌醉,之后让我一生中唯一的一次用毛笔写字。怀念萧红。够丢脸吧。"

所以,一行人到哈尔滨郊区滑雪时,我想到的是,回到南方便无雪可滑,所以不必费力去学。然后,就被滑雪场四周疏朗的松林,松林中厚厚的积雪所吸引,一路踩着雪向着这个山冈的顶部走去。这山看上去很低,攀爬起来,却显得越来越高。太阳的光斑稀稀落落,积雪在脚下吱吱作响,呼吸越来越深,越来越多前所未有的凛冽,但也前所未有的新鲜刺激的空气涌入了胸腔。休息时,我脱下手套扒开深雪,现出了干枯的草和绿色的松树苗,但似乎没有想看见的东西。问题是有一时半会儿,我也想不起来,自己想在深深的积雪下扒出什么。我躺在雪地上,身上,脸上,洒着斑驳的阳光。在这冰雪覆盖的绵远大地上,身上无法感到阳光的热量,但闭上眼睛,却会感到透彻的明亮,听见阳光落在树上,落在雪地上,发出细密的声响。这种声音里,宽广的大地,白雪覆盖的大地晶光闪耀,向四方铺展。

起身继续往上时,我想起来,前些时候,看过迟子建一篇小说,说是东北的秋天短促,冬天来得迅猛,所以,积雪下会封冻住很多颜色鲜艳的野生浆果。我扒开积雪其实就是想看看下面有没有秋天未及凋落就已被冷藏的浆果。回哈尔滨看冰灯的时候,好像给迟子建谈了这事,她好像大笑,说,有,但在更深的山里,在她的家乡那边。确实,那天穿过的松林都很整齐,树都太小,而且品种单一,只是躺下来透过一些树冠看天的时候,有点森林的感觉。

爬上那座小山冈,举目看见更广大的雪野,更多的连绵起伏的山冈,休息的田野,封冻的长河。然后,一列火车,蜿蜒着穿过寂静大地,从远处而来,又向远处而去,使大地更加洁净与空阔,而道路辐辏,会聚于目力所及那片烟云氤氲热气腾腾处,那座叫作哈尔滨的城市。白天活力四射,傍晚,夜幕落下,然后点上盏盏冰灯,拢着那么晶莹的光,在整个白山黑水梦境的中央。

离开就是一种归来

那是七八年前的事了,我从一座小寺庙里出来。住持让手下唯一的年轻僧人送我一程。他把我送出山门。

下午斜射的阳光照耀着苍黛的群山,蜿蜒的山脉把人的视线延伸到很远的地方。山下奔涌不息的大渡河水也被阳光镀上了一层闪烁不定的金光。

我对这个年轻的僧人说:"请回去吧。"

他的脸上流露出些依依不舍的表情,说:"让我再送送你吧。"

我知道这并不意味着通过这四五个小时的访问,我们之间已经建立起了多么深厚的友谊,这是不可能的。在我做客的大部分时间里,我都在跟他的上司——这座山间小寺的住持僧人争论。因为一开始他就对我说,这座小庙的历史有一万多年了。宗教从诞生之初,就具有对日常生活的超越能力。但很难设想产生于历史进程中的宗教能够超越历史本身。于是,我们就开始争论起来。这个争论持续了一个多小时,而没有取得任何结果。

那时,这个年轻僧人就坐在一边。他一直以一种恭敬的态度为我们不断续上满碗的热茶,但他的眼睛却经常从二楼狭小的窗口注视着外面的世界。

现在,我们来到了阳光下面。强烈的阳光刺得人有些睁不开眼睛。我们踏入了一片刚刚收割了小麦的庄稼地。剩下的麦茬发出许多细密的声响。那个年轻僧人还跟在后面。我还看见,那个多少有些恼怒的住持正从二楼经堂的窗口注视着我。我在他的眼里,是一个真正异端吗?

我再一次对身后的年轻僧人说:"请回去吧。"

他固执地说:"我再送一送你。"

我在刚收割不久的麦地里坐了下来。麦子堆成一个一个的小垛,四散在田野里。每一个小垛都是一幢房子的形状。在这一带,传统建筑样式都是碉楼式的平顶房子。而这种房子式的麦垛却有一道脊充当分水,带着两边的坡顶。在这片辽阔山地里,还有一种小房子也是这么低矮,有门无窗,也有分水的脊带着两边的坡顶。那就是装满叫作"擦擦"的泥供的小房子。这些叫作擦擦的东西,一类是宝塔状,一类则像是四方的印版,都是从木模里模制出的泥坯。这些泥坯陈列在不同的地方,是对很多不同鬼神的供养。

麦地边的树林与草地边缘,就有一两座这种装满供养的小房子。

而地里则满是麦子堆成的这种小房子。

这时,坐在我身边的小僧人突然开口说:"我知道你的话比师父说得有道理。"

我也说:"其实,我并不用跟他争论什么。"但问题是我已经跟别人争论了。

年轻僧人说:"可是我们还是会相信下去的。"

我当然不必问他明知如此,还要这般的理由。很多事情我们都说不出理由。

这时,夕阳照亮了一川河水,也辉耀着列列远山,一座又一座青碧的山峰牵动着我的视线,直到很辽远的地方。

年轻僧人眯缝着双眼,用他那样的方法看去,眼前的景象会显得漂浮不定,从而产生出一种虚幻的感觉。

"其实,我相信师父讲的,还没有从眼前山水中自己看见的多。"

我的眼里显出了疑问。

他脸上浮现出一丝犹疑的笑容:"我看那些山,一层二层的,就像一个一个的梯级,我觉得有一天,我的灵魂踩着这些梯子会去到天上。"这个年轻僧人如果接受与我一样的教育,肯定会成为一个诗人。

我知道,这不是一个可以讨论的问题,对方也只是说出自己的感受,并不是要与我讨论什么。这些山间冷清小寺里的僧人,早已深刻领受了落寞的意义,并不特别倾向于向你灌输什么。

但他却把这样一句话长久地留在了我的心上。

我站起身来与他道别:"请向你师父说得罪了,我不该跟他争论,每个人都该相信自己的东西。"

我走下山道回望时,他的师父出来,与他并肩站在一起。这时,倒是那在夕阳余晖里,两个僧人高大的剪影,给人一种比一万年还要久远的印象。

一小时后,我下到山脚时,夜已经降临了。

坐上吉普车,发动起来的引擎把一种震颤传导到整部车子的每一个角落,也传导到我的身子上。我从窗口回望山腰上那座小小的寺庙。看到的只是星光下一个黝黑的剪影。不知为什么,我期望看到一星半点的灯光。但是,灯火并未因为我有这种期望才会出现。

那座小庙的建立很有意思。数百年前的某一天,一个犁地的农民突然发现一面小山崖上似乎有一尊佛像显现出来。到秋天收割的时候,这隐约的印迹已经清晰地现身为一尊坐佛了。于是,他们留下了一名游方僧人,依着这面不大的山崖建起了一座宝殿。石匠顺着那个显现的轮廓,把这尊自生佛从山崖里剥离出来。几百年来,人们慢慢为这座自生佛像装金裹银,没有人再能看到一点石头的质地,当然也就无从想象原来的样子了。

在藏区,这不是一种偶然的现象。

在布达拉宫众多佛像中,最为信徒崇奉的是一尊观音像。这不但是因为很多伟大人物,比如吐蕃王国历史上有名的国王松赞干布就被看成是观世音的化身,而且因为这尊观音像也是从一段檀香木中自然生成的。只是在布达拉宫我们看到的这尊自生观音,也不是原本的样子了。

这尊自生观音包裹在了一尊更大的佛像里,里面到底是什么样子,我们只能自己进行判断或猜想了。

从此以后,我在群山中各个角落进进出出,每当登临比较高的地方,极目远望时,看见一列列的群山拔地而起,逶迤着向西而去,最终失去陡峻与峭拔,融入青藏高原的壮阔与辽远时,我就会想到这个有关阶梯的比喻。

我一直认为,这是一个好的比喻。

一本有关藏语诗歌修辞的书中说,好的比喻犹如一串珠饰中的上等宝石。而在百姓日常口头的表达中,很难打捞到这样的宝石。我有幸找到了一颗,所以,经常会在自己再次面对同样自然美景时像抚摸一颗宝石一样抚摸它。而这种抚摸,只会让真正的宝石焕发出更令人迷醉的光芒。

当然,如果说我仅凭这么一点来由,就有了一个书名,也太弱化了自己的创造。

我希望自己的书名里有足够真切的自我体验。

大概两年之后,我为拍摄一部电视片,在深秋十月去攀登过一次号称蜀山皇后的四姑娘山。这座海拔六千多米的高山,就耸立在距四川盆地不过百余公里直线距离的邛崃山脉中央。我们前去的时候,已经是水冷草枯的时节。雪线正一天天下降到河谷,探险的游客已断了踪迹。只在山下的小镇日隆的旅馆墙上留下了"四姑娘山花之旅"一类的浪漫词句。

上山的第四天,我们的双脚已经站在了所有森林植被生存线以上的地方。巨大岩石的阴影里都是经年不化的冰雪。往上,是陡峭的冰川和蓝天,回望,是一株株金黄的落叶松,纯净的明亮。此行,我们不是刻意登顶,只是尽量攀到高一点的地方。当天晚上,我们退回去一些,宿在那些美丽的落叶松树下。那天晚上下了一场大雪。早上醒来,雪遮蔽了一切。树,岩石,甚至草甸上狭长的高山海子。

我又一次看到被雪覆盖的山脉一列列走向辽远,一直走到与天际模糊交接的地方。这时,太阳出来了。

不是先看到的太阳。而是遽然而起的鸟类的清脆欢快的鸣叫一下就打破了那仿佛亘古如此的宁静。然后,眼前猛地一亮,太阳在跳出山脊的遮挡后,陡然放出了万道金光。起先,是感觉全世界的寂静都汇聚到这个雪后的早晨了。现在,又觉得这个水晶世界汇聚了全世界的光芒与欢唱。

"太阳攀响群山的音阶。"

我试图用诗概括当时的感受时,用了上面这样一个句子作为开头。从此,我就把这一片从成都平原开始一级级走向青藏高原顶端的一列列山脉看成大地的阶梯。

从纯粹地理的眼光看,这是把低海拔的小桥流水最终抬升为世界最高处的旷野长风。

而地理从来与文化相关,复杂多变的地理往往预示着别样的生存方式、别样的人生所构成的多姿多态的文化。

不一样的地理与文化对于个人来说,又往往意味着一种新的精神启示与引领。

我出生在这片构成大地阶梯的群山中间,并在那里生活、成长,直到三十六岁时,方才离开。之所以选择这个时候离开,无非是两个原因。首先,对于一个时刻都试图扩展自己眼界的人来说,这个群山环抱的地方时时会显出一种不太宽广的固守。但更为重要的是,我相信,只有在这个时候,这片大地所赋予我的一切最重要的地方,不会因为将来纷纭多变的生活而有所改变。

有时候,离开是一种更本质意义上的切进与归来。

我的归来方式肯定不是发了财回去捐助一座寺庙或一间学校,我的方式就是用我的书,其中我要告诉的是我的独立的思考与判断。我的情感就蕴藏在全部的叙述中间。我的情感就在这每一个章节里不断离开,又不断归来。

作为一个漫游者,从成都平原上升到青藏高原,在感觉到地理阶梯抬升的同时,也会感觉到某种精神境界的提升。但是,当你进入那些深深陷落在河谷中的村落,那些种植小麦、玉米、青稞、苹果与梨的村庄,走近那些山间分属于藏传佛教不同教派的或大或小的庙宇,又会感觉到历史,感觉到时代前进之时,某一处曾有时间的陷落。

问题的关键是,我能同时写出这种上升与陷落吗?

当我成人之后,我常常四出漫游。有一首献给自己的诗就叫作《三十周岁时漫游若尔盖大草原》。

记得其中有这样的句子:

> 我们嘴唇是泥,
> 牙齿是石头,
> 舌头是水,
> 我们尚未口吐莲花。
> 苍天啊,何时赐我最精美的语言。

今天,当我期望自己做出深刻生动表达的时候,又感到自己必须仰仗某种非我的力量。在历史上,每一个有学识的僧人在开始其著述时,都会向四方的许多神佛顶礼……

然后,他转而向诗歌与文艺女神继续祝颂:

> 乍见美妙喜悦的尊颜,疑是皎洁的月轮出现。
> 你那表示消除一切颠倒与惶惑的标志——
> 是你那如蓝吠琉璃色彩般长悬而下垂的发辫。
> 妙音天女啊!愿我速成语自在王那样的智慧无边!

"语自在",从古到今,对于一个操持语言的人来说,都是一种时刻理想着的,却又深恐自己难以企及的境界。

现在,虽然全世界的人都会把藏族人看成是一个诚信教义,崇奉着众多偶像的民族,但是,做了一个藏族人的我,却看到教义正失去活力,看到了偶像的黄昏。

那么,我为什么又要向非我力量发出祈愿呢?因为,对于一个漫游者,即或我们为将要描写的土地给定一个明晰的边界,但无论是对一本书,还是对一个人的智慧来说,这片土地都过于深广了。江河日夜奔流,四季自在更替,人民生生不息,所以这一切,都会使一个力图有所表现的人感到胆怯甚至是绝望。第二个问题，如果不是神佛，那这非我力量所指又是什么？我想，那就是永远静默着走向高远阶梯一般的列列群山；那就是创造过，辉煌过，也沉沦过，悲怆过的民众，以及民众在苦乐之间延续不已的生活。

西藏是一个形容词

当我带着一本有关西藏的新书四处走动时,常常会遇到很多人,许多接近过西藏或者将要接近西藏的人,问到许多有关西藏的问题。我也常常准备有选择地进行一些深入的交流。却发现,提出问题的人,心里早有了关于西藏的定性:遥远、蛮荒和神秘。更多的定义当然是神秘。也就是说,西藏在许许多多的人那里,是一个形容词,而不是一个应该有着实实在在内容的名词。

前不久,在昆明的一个电视颁奖晚会上,主持人想与我这个得奖作者有所交流。因为我的作品的西藏背景使主持人对这种超出她知识范围的交流有了莫名的信心。她的问题是,阿来你是怎么表现西藏的神秘,并使这种神秘更加引人入胜云云。我的回答很简单,说,我的西藏里没有一点神秘,所以,我并没有刻意要小说显得神秘。我进一步明确地说:"我要在作品里化解这种神秘。"

这样老实的回答却有点煞人的风景,至少在当时,便使人家无法把这个话题继续下去了。一个形容词可以附会许多主观的东西,但名词却不能。名词就是它自己本身。

但在更多的时候,西藏就是一个形容词化了的存在。对于没有去过西藏的人来说,西藏是一种神秘,对于去过西藏的人来说,为什么西藏还是一种神秘的似是而非的存在呢?你去过了一些神山圣湖,去过了一些有名无名的寺院,旅程结束,回到自己栖身的城市,翻检影集,除了回忆起一些艰险,一些自然给予的难以言明的内心震荡,你会发现,你根本没有走进西藏。因为走进西藏,首先要走进的是西藏的人群,走进西藏的日常生活。但是,当你带着一种颇有优越感的好奇的目光四处打量时,是绝对无法走进西藏的。强势的文化想要以自己的方式突破弱势文化的时候,它便对你实行鸵鸟政策,用一种蚌壳闭合的方式对你说:不。

这种情形,并不止于中原文化之于西藏。更广泛地见于西方之于东方。外国人有钱有时间,来了又去,去了又来,但中国对于他们,仍然充满了神秘之感。原因十分简单。他们仅仅只是去过中国的许多地方,但他们未曾进入的那个庞大而陌生的中国人群,和他们只学会大着舌头说谢谢与你好两个问候语的中国语言,永远地把他们关在了大门之外。这些年见过一些在外国靠中国吃饭的所谓汉学家,反而从他们身上感到了中国的神秘。

所以,我更坚定地要以感性的方式,进入西藏(我的故地),进入西藏的人群(我的同胞),然后,反映出来一个真实的西藏。《大地的阶梯》就是这种努力的一个成果。因为,小说的方式,终究是太过文学,太过虚拟,那么,当我以双脚与内心丈量着故乡大地的时候,在我面前呈现出来的是一个真实的西藏,而非概念化的西藏。那么,我要记述的也该是一个明白的西藏,而非一个形容词化的神秘的西藏。当然,如果我以为靠自己的几本书便能化解这神秘,那肯定是一个妄想。

根本的原因还在于,许许多多的人并不打算扮演一个文化人类学者的角色。他刻了意要进入的就是一个形容词,因为日常状态下,他太多的时候就生活在太多的名词与动词中间,缺失了诗意,所以,必然要进入西藏这样一个巨大的形容词,接上诗意的氧气袋贪婪地呼吸。在拉萨八廓街头一个酒吧里,我曾用了整整一个下午翻阅游客们的留言,就更加深切地感受到了这一点。

灯火旺盛的地方(节选)

藏族人为人为物为地方命名特别具有一种祈求吉祥的倾向。解释马尔康这个藏语组合词作为地名的意义时,应该注重其衍生出来的"灯火旺盛的地方"这样一种特别的意义。

一、马尔康地名释义

在藏语中,"马尔"这个词是油、酥油的意思。"康"的意思是房子、地方。所以,很多人按直译的意思,认为马尔康这个地方的意思是酥油房子。

这种释名法,并不违背词义,但在情理上并不顺。藏族人为人为物为地方命名特别具有一种祈求吉祥的倾向。而酥油房子并不是一种经久的东西。在藏族艺术中,酥油构成的东西都不是一种永久的东西,比如正月庙会时节供奉于佛前的酥油花。

所以,一种更为广泛,也更为大多数人认同的说法是:解释马尔康这个藏语组合词作为地名的意义时,应该注重其衍生出来的"灯火旺盛的地方"这样一种特别的意义。

在大渡河上游的支流梭磨河上,现在的马尔康被誉为高原新城。梭磨河上的水电站提供的源源不竭的电能,确实把这片山谷变成了一个名副其实的灯火明亮的地方。但这仅仅是中华人民共和国成立后四十多年间才有的景象。

有一次,我去拜访一个据说很有学识的老喇嘛,从他山坡上的家里告辞出来的时候,已经是黄昏时分。他指着山下镇子上的万家灯火说,早先为马尔康命名的就是一个喇嘛,那时候,这位高人就预见到了今天万家灯火的景象。

他说真正有德行的高僧能够预言未来。

他说的是预言,而不是占卜未来。

我想向老僧讨教这个传说起自哪个年代,那个高僧叫作什么名字。但我知道这样做会使大家都非常扫兴,于是便望着山下明亮的灯火,在黑暗中默然而笑,未置可否。

我只是知道,马尔康这个地名由来已久。

在那些年代里,马尔康宽广的河滩曾是狐狸的天堂。

马尔康得到这个名字,完全是因为,在此宽广的河滩上,有一座叫作马尔康的寺庙。寺庙本身在那时荒芜的河滩上,相对说来确实也算是一个灯火明亮的所在。

光明与黑暗,在任何时候,都不能不是一个相对的概念。

一座佛寺起这样一个与光明有关的名字,肯定还有其意欲在蒙昧的时代里开启民智这样一种象征的意义。佛教典籍的名字中,就不断有与灯火相关的字眼出现。

前面我们说过,第一次给嘉绒土地带来文化与智慧光芒的是出生于西藏的毗卢遮那。从此之后,大渡河中上游地区,和岷江上游的部分地区便形成了一种相对统一的嘉绒文化区,在整个藏族文化中一直保持着自己鲜明的地方文化特征。

……但马尔康这个寺名,却一直没有变化。到了二十世纪三四十年代,也是因了这座寺院,在寺庙前宽广平坦的白杨萧萧成林的河滩上,形成了一个季节性的市场。商人们来自嘉绒各个土司的领地。在鲜花遍及群山的美丽夏季,各路的商人们络绎而来,一夜之间,花草繁盛的河滩地上,就冒出了许多漂亮的帐篷。有老年人回忆那时的情形说:就像一个雨夜之后长出许多蘑菇一样。我触及这种回忆,是在阿坝州政协一年一度会议的饭桌上。我因为写了一些文字的缘故,成了州政协常委会的一员。所以,常常不甚费力就能从老先生们口中套出一些早年的回忆。这些老先生中有些人,早年间就是其中一些帐篷的主人。

这种回忆就好比会议供应的好酒。

另一位老先生听到关于帐篷与蘑菇的比喻,便愉快地笑了。他说:"蘑菇。有两年,只要晚上下雨,我的帐篷边上就会生出蘑菇来。那时我有一个女人,她把这些蘑菇用牛奶煮了,那味道……啧啧。"

人们把这个繁荣一时的季节性街市也叫作马尔康。

中华人民共和国成立后,因为地缘政治的需要,这里建成了永久性建筑,并渐渐成为一个颇具规模的镇子时,地名也叫作马尔康。

而那座曾经辉煌的寺院,倒是日益被遗忘了。

二、怀想一个古人

说到寺院,我们将再次回到过去的年代,回到十五世纪,怀想一个嘉绒大地上的古人,怀想一个嘉绒人民永远不会忘记的古人。他就是在嘉绒历史与毗卢遮那一样有名望的僧人——查柯·温波·阿旺扎巴。

在这音节连绵的一长串汉字中,只有阿旺两个字是这个人本来的名字,其他的都是一种附加成分。查柯,是藏文典籍中嘉绒地区的别名,这两个字出现在阿旺的名字前,自然表示了他的出生之地。实际上,他就出生在马尔康县境内,当时梭磨土司的辖地柯觉。柯觉是他出生之地的藏语名字。近几十年,那个四周山坡上长满白桦、云杉和箭竹的小山寨和山寨背后的山沟又有了一个新的名字:203。

这个名字在中华人民共和国成立后才出现的伐木工人、道班工人和长途汽车司机口中流传。对同一个地方,使用不同语言的人使用着不同的地名。

203,是一个伐木场的名字。这个伐木场数百上千的工人,在这个地方砍伐了几十年原始森林。随着森林资源的枯竭,这个伐木场已经撤销,但这个名字却就此流传下来了,也许还会永远流传下去。

还是回头再说此地几百年前出生的那位明灯般的人物阿旺扎巴吧。

他名字中的第二个词"温波"是苯教中法师的称谓。这也就是说,他是查柯地方的一位苯教巫师。直到有一天,他突然走出了自己熟悉的山水,和这个地区的许多追求智慧的人物一样,沿着越走越小的大河,沿着越来越高的雪山,走向了青藏高原,走向了西藏,走向了拉萨。也正是在西藏高原顶部更为浓烈的佛教氛围中,成为一个佛教信徒。他是为了让心中智慧的明灯更加明亮而去到西藏,结果,却改变了自己的信仰。所以,他的名字后面又出现了两个字:扎巴。扎巴这个词,正是藏族佛教寺院中,对于刚刚接触教义不久的和尚的称谓。

现在,我们知道了,查柯·温波·阿旺扎巴的意思,就是来自查柯地方的当过苯教巫师的阿旺和尚。

可以想象,这肯定是阿旺扎巴在西藏皈依新的教义后,一心向学的朋友们给他取的一个颇为亲切的名字。

当我站在梦笔山口,背对着即将离开的小金,眺望着公路盘旋着穿过森林,慢慢深入山谷,山沟向着低处直冲而下,看见了我的家乡的时候,我就想起了那个高僧的名字。

心中默念时,耳边就好像响起了一串悦耳的音节。

而且,我的眼前突然就出现了一泓清泉。那泓泉水就在梦笔山马尔康那一面一个向阳的小山坡上。山坡草地上,疏疏落落站立着一些柏树。

很老的柏树,树枝很虬曲,但枝干却非常挺拔的柏树。

我去过那个被许多嘉绒人视为圣地的地方。

最近一次是在两年之前。那是一个深秋天气,我们把一辆丰田吉普车从马尔康开出来,不到一个小时,就到了梦笔山下那个一路向下俯冲的山沟里。过去,这条山沟曾经是猎人的天堂。只有几十户亦农亦牧亦猎的人家散布在数十公里长的一条山沟里。这条山沟叫作纳觉。如果我没有意会错的话,这个名称的意思就是很深的山沟。但是说起来,在从四川盆地向青藏高原逐级抬升的邛崃山系中,这样的一条山沟并算不上有多么深远。所以留下这样一个名字,肯定是因为当年这条山沟里的森林。白桦、红桦、杉树、松树、柏树以及高山杜鹃组成的树林蓊郁如海,使这条山沟显得分外神秘与深广。

于是,人们才给了这条山沟这样一个名字。

于是,这条山沟里稀稀落落散布着的村寨也获得了同样的名字。

二十世纪下半叶,以建设的名义,以进步的名义,伐木工人开进了这条山沟,于是,伐木场的建立给这个寂静的山寨带来了二十多年的喧嚣与繁荣。代价当然是蓊郁森林的消失。然后,伐木场撤销,曾经上演了现代生活戏剧的那些工段部、伐木场部又变得一片静寂,最后一座临时搭建的木头房子在一个雨夜悄然倒塌,遗弃的斧锯在泥沼中很快锈蚀。

只有纳觉寨子上的人永远属于这条山沟,子子孙孙,世世代代。

收割后光秃秃的土地一块一块斜挂在山坡上。而在临近溪水的大路边上,那些石头砌成的寨子静静耸立着,仿佛一个不太真实的梦境一般。

一些个头矮小花纹斑驳的母牛在寨子四周。这些母牛是黄牛与犏牛杂交的后代。这些杂种牛身上已经没有了父系的矫健与母系的优雅,但似乎能在任何地方找到吃的东西。带刺的灌木,路边上扑满尘土的枯草,牧人们丢弃的破衣烂衫,某处废墟断墙上泛出的盐碱,它们会吞下所有能够到口的东西,然后产下一点稀薄的牛奶。

现在,这片土地上,村子的四周,这种形象猥琐的杂种奶牛的数量似乎是越来越多了。严冬到来的时候,它们甚至成群结队从四周的村寨进入镇子,在街道上逡巡,四处搜寻食物。这些食物的种类很多,被风卷着四处滚动的纸团,墙上张贴的标语或公告背后的糨糊,菜市场上的废弃物,它们甚至把头伸进垃圾桶里,用头拱动,用舌头翻检,都能找到果腹的东西。

正是因为这些杂种奶牛的形象,我家停止了订购城郊农民每天送到门口的一瓶牛奶。

在这个差不多等于是去朝圣的路上,我不应该描绘这样的牲畜与生命,但是,这种牲畜就是不断地三三两两地出现在眼前,让人看见,让人想起它们默默寻食时的种种情状。

好在现在是在纳觉,离乡政府所在的卓克基镇已经有十多公里的路程,而县城的所在地就在更远的地方了。这些显得特别认命的杂牛们,踩着十月的一地薄霜,在收割后的地里有一口无一口啃食玉米秸子。这倒是一种洁净的食物。村子里的小孩子们有时也会下到地里,拔一根秸子在手里,慢慢咀嚼,细细地品尝那薄薄的甜味和淡淡的清香。

我也有过一个那样面孔脏污,眼光却泉水般清洁明亮的童年!

想起日益远去的童年时光,内心总有一种隐隐的痛楚与莫名的忧伤!

只是不记得,那个地里铺着薄薄霜华的十月的清晨,我在纳觉寨子边是不是也如此这般地想起了童年。

只是记得,纳觉寨子边的这个早晨也像所有下霜的十月的清晨一样,阳光照耀得特别明亮。山坡上稀疏的树林里传来的野画眉的叫声十分清脆悠扬。

那是一长加两短的清脆鸣叫。

人们听见那声音,可以想象出任何一个三个音节的词组或句子。在嘉绒的不同地方,人们会把这三个音节听成不同的句子。在纳觉这个地方,人们把这野画眉叫出的三个音节听成天气预报。

我们把车寄停在一户人家的院子里时,女主人对我们说画眉是在说:"勒——泽得! 勒——泽得!"

这句藏语是天要热的意思,也就是说,成群的画眉向我们预报今天是个晴天。

女主人还说:"你们肯定是去朝阿旺扎巴的,凡是有人去山上朝拜时,这条山沟里总是风和日丽的好天气。"

走出这家院门时,有人开了一句玩笑。他说:"要是天天都有人来朝拜阿旺扎巴,那这个村子的庄稼与果树就都要旱死了。"这句话出口,大家都没有像往常听到这类笑话一样笑出声来。于是,说笑话的人掌了掌自己的嘴巴。

走在朝圣的路上,这群平常什么都敢调侃的人,心里突然便有些禁忌了。这时,另一种鸟叫起来,叫的是四个音节,于是大家心里都响起了一个名字:阿旺扎巴! 阿旺扎巴! 大家都陷入某种特别的磁场中了。

山路蜿蜒向上，路边的灌木落尽了叶子，干硬的树枝擦在靴子和裤腿上，嚓嚓作响。黄连、野樱桃、野蔷薇、报春、杜鹃、红柳和银木，这么多的树丛丛密密，在夏天是那样的千姿百态，现在却僵直地伸展出深色的枝干，一片萧然。只有柏树还深深地绿着，在轻风中发出叹息般的细密声响。太阳越升越高，石头上、枯草上的霜花慢慢化开，于是，森林黑土的浓重气息又充满了鼻腔。

当我们在一片背风的枯草地上坐下来休息时，一队香客超过了我们。他们的脸上有着更多的虔诚与期望，于是，他们有着比我们这一行人更亮的眼光。

三、露营在星光下

我在1999年夏天走下梦笔山的北坡，穿过大片的杜鹃花丛与更加高大的冷杉巨大的树影时，想起了山下的那个村庄，想起了那个十月的朝圣之旅。

后来，我在一块林间草地上找到了几朵鹅蛋菌。这是蘑菇中的上品。于是，我找来一些干树枝，在冷杉树下刨出一块干燥的地方，用树上扯下来的干燥的树挂引燃了一团小小的火苗。其实，在那样的野地里生火，很不容易看到火苗。我只是感到手上有了灼烫的感觉，看到银灰色的树挂上腾起一股青烟，就知道火燃起来了。把打火机仔细收好时，干枯的树枝发出噼噼啪啪的爆裂声，我知道这火真正燃起来了。于是，我又从杉树上剥下一些厚厚的树皮投进火里，这才回身去采摘那几朵蘑菇。

这种蘑菇顶部是漂亮的黄色，从中间向四周渐次轻浅，那象牙色的肉腿却是所有菌类里最最丰腴的。我准备好了用猎人的方式来享用一顿美餐。

在大山里,时间的流逝变慢了,我等待着那堆树枝燃尽,在那些通红的炭屑上,我就可以烤食新鲜蘑菇了。

我用小刀把黄色的菌子剖成两半,摊放在散尽了青烟的火上,再细细地撒上盐和辣椒面,水分丰富的菌子在火炭上烧得冒着水泡,吱吱作响。当水分蒸发掉一多半后,吱吱声没了,一股清香的气息四处弥漫。

我像十多年前打猎后烧菌子果腹时那样吞咽着口水,然后把细嫩的菌子送进嘴里。多么柔软嫩滑可口的东西啊!山野里的至味之物,我们久违了!

吃完两大朵菌子,我从树下抠起大块的湿苔藓把火压灭,继续往山下走去。我走的是一条捷径,不一会儿,我又穿出森林,来到公路上。一辆吉普车驶来,我招招手,吉普车停了下来。开车的是个外地的商人,这个季节,到山里来四处收购药材与蘑菇。

他希望我走得远一些,好跟他一路搭伴,但我告诉他只坐到山下那个叫作纳觉的寨子边上。

我只打了个小小的瞌睡,那个寨子一幢幢覆盖着木瓦的石头建筑就出现在眼前了。正午刚过不久的时分,寨子显得很安静。几辆手扶拖拉机停在公路边上。地里有几个在麦子中间拔草的女人。寨子对面的山坡上,那些沙棘与白桦树间,飘扬着五彩的经幡。

再往下不远的溪水上是一座磨坊。

地里拔草的女人们直起腰来,手搭凉棚,顶着耀眼的阳光向我张望。这时,要是我渴我饿,只需走到一户人家的门口,地里的女主人就会放下活计赶回家来,招待我一碗热茶,一碗酥油糌粑,或者还有一大碗新鲜的酸奶。

但我只是向这些女人挥了挥手,便转身顺着一排木栅栏走到通往查果寺的那条小路跟前。

离开公路几步,打开栅栏门,我进入了一片麦地,麦子正在抽穗灌浆,饱满的绿色在阳光下闪闪发光。一种令人心生喜悦的光芒。夏天的小路潮润而柔软。

穿过麦地,走出另一道面向山坡的栅栏门,我就到一片开满野花的山坡上了。那些鲜花中最为招眼的,是大片的紫花龙胆。

小路蜿蜒向上,当我走出一身细汗的时候,隔着一道小小的山梁,便已然听到了寺庙大殿前悬挂的铁马在细细的风中发出一连串悦耳的叮当声。我不是一个佛教徒,但这清越的声音仍然给我一种清清泉水穿过心房的感觉。

然后是几株老柏树高高的墨绿色的树冠出现在眼前,我不由得加快了脚步,于是,那座在嘉绒声名远播的寺庙便出现在眼前了。

但是,除非亲历此地,没有人相信一个如此声名远扬的寺院会是如此素朴,素朴到有些简陋的程度。我这样说,是跟在并不富庶的藏区的那些金碧辉煌、僧侣众多的寺庙相比较。这样一个简朴的寺院深藏于深山之中,在一片向阳的山坡上,只是一座占地一两亩的建筑。我想,作为一个精神领地的建筑,本应就是这般素朴而又谦逊的模样。

要不是回廊里那一圈转经轮,要不是庙门前那个煨桑的祭坛正冒着股股青烟,柏树枝燃烧时的青烟四处弥漫,我会把这座建筑看成深山里的一户人家。

我久久地站在庙前,一边聆听着檐上的铁马,一边往祭坛里添加新鲜的柏枝。

这时我听到身后响起爽朗的笑声。转身时,一个老喇嘛古铜色的脸上漾开了笑容对我合起了双掌。他的腕上挂着一串光滑的念珠,腰上是一把小刀般大小的钥匙。

他说:"要我开开大门吗?"

我说:"谢谢。"

然后,我跟着他踏进了回廊。他走在前面,我一一地推动着那些彩绘的木轮,轮子顶端一些铜铃叮叮当当地响起来。转行一圈,那些经轮还在吱吱嘎嘎地旋转。喇嘛为我打开了大门。在他打开的这个殿里,我的目光集中在那座素朴的塔上。

塔身穿过一层楼面,要在上一层楼面才能看到逐渐细小的塔尖。而在这层佛殿里,所能看到的,就是佛塔那宝瓶状的肚子。这是一座肉身塔。塔身里就供着阿旺扎巴圆寂后的肉身。

在塔肚的中央部分,开了一扇嵌着玻璃的小小窗口,喇嘛说,从这个窗口可以看到阿旺扎巴的肉身……我谢绝了喇嘛要我走到那扇小窗口前去向里张望的邀请。

只是在塔前献上了最少宗教意义的一条洁白哈达。

然后,就站在那里定定地向塔尖上仰望,在高处,从塔顶的天窗那里,射下来几缕明亮的光线。光线里有很多细细的尘埃在飞舞。几线蛛丝也被那顶上下来的光线照得闪闪发光。

我喜欢这个佛殿,因为这里没有通常那种佛殿叫人透不过气来的金碧辉煌,也没有太多的酥油灯燃烧出来的呛人的气味。

更因为那从顶上透下来的明亮天光。

光芒从顶上落下来,落在我的头顶,让人有种从里向外被照耀的感觉。当然,我知道这仅仅是因为有了此情此景,而生出来的一种特别的感觉。

当我走出大殿后,这种感觉就消失了。但我相信,这样素朴的环境更适合于我们表达对一个杰出的古人的缅怀,适合于安置一个伟大而又洁净的灵魂。因为宗教本身属于轻盈的灵魂,那么多的画栋雕梁,那么多的金银珠宝,还有旺盛到令人窒息的香火。本来是想追寻人生与世界的终极目的的宗教,可能就在财富的堆砌与炫耀中把自身给迷失了。

喇嘛把我带到他的住处。喇嘛们的住处是一座座紧挨在一起的木头房子,房顶上覆盖着被雨水淋成灰白色的木瓦。从低矮的木头房子的数量看起来,这里应该有十多位喇嘛。但这会儿,却只有这一个喇嘛趔趔趄趄地走在我面前,带着我顺着一条倾斜的小路,走到他的住处前面。

喇嘛的小房子前还用柳枝做栅栏围出了一方院子,院子辟成了小小的菜园。菜园里稀稀落落地有些经了霜的白菜。我看了一眼喇嘛,他笑了,说:"没有肥料,菜长得不好。"

我也笑了笑,说:"很不错了,一个喇嘛能自己种菜。"

夕阳衔山的时候,我吃了他煮的一锅酸菜汤。他告诉我,做酸菜的原料就是自己种的白菜。傍晚的阳光给山野铺上了一种柔和的金色光芒。在不远处的一株柏树下,一道泉水刚刚露出地表,就给引进了木枧槽里。于是,就有了一股永不停息的水流声在哗哗作响,飞溅的水珠让向晚的阳光照得珍珠般明亮。

就在这种情境中,我们谈起了阿旺扎巴。

当年阿旺扎巴离开嘉绒向地势更高的西藏进发。他之所以如此,肯定也是在巫师作法那狰狞怪异的仪式中感到自己心灵的迷失。他不是去西藏朝圣,因为在那个时代,苯教徒的圣地不在西藏,而在嘉绒地区大金川岸边的雍忠拉顶寺。温波·阿旺是要去寻找。

寻找什么呢?我想,他本人也不太清楚。当他上路的时候,心里肯定也像我们上路去寻找什么一样,有着深深的迷茫与淡淡的惆怅。

但他上路了。他上路的时候并不知道要去西藏寻找什么。很多嘉绒人都曾经和他一样上路,但最后却什么都没有找到。但是温波·阿旺比所有这些人都要幸运。因为,当他走上高原时,遇到了一群同样在宗教里困惑与迷失的人在高原顶端四处漫游,在漫游中思考与寻找。

……

我不是地方宗教史的专家,也没有成为这种专家的志向和必要的学术上的训练。我只是要追忆一种精神流布的过程。

实际情形跟我的想象没有太大的差异。

在很多传说中他曾建立起寺院的地方,今天都只剩下了繁茂的草木,有些地方,荒芜的丛林中还能看见一点废墟与残墙。是的,这种情形符合我的想象,也符合历史的状况。其实,真正能找到确实地点,或者至今仍然存在于嘉绒土地上的阿旺扎巴所建的格鲁派寺院也就是三十余所。

最后一所,在距查柯寺近百公里的大藏乡,寺庙名叫达昌。

"达昌"的意思,就是完成,功德圆满。也就是说,阿旺扎巴建成了达昌寺后,便已完成了自己的誓言,功德圆满。

达昌,也许是我所见过的传说为阿旺扎巴所建的寺院里最壮观的一所。

……至今我还清楚记得,正午强烈的阳光下,我坐在达昌寺一根巨大的残柱上,看着地上四散于蔓草中的彩绘壁画残片,陷入了沉思默想。

后来,达昌寺的住持从国外回来,重新建立这座寺院,我一个出生在寺院附近的朋友,常常来向我描绘恢复工程的进度。我还听到很多老百姓议论这个住持的权威与富有。

过了一段不是太短的时间,终于传来了重建寺院已经大功告成的消息。据说,寺院的开光典礼极一时之盛。不但信众如云如蚁,还去了很多的官员与记者,甚至还去了一些洋人。但我没有前去躬逢其盛。我想阿旺扎巴当年落成任何一座寺庙时,都不会有这样的光彩耀眼。要知道,他当时是在异教敌视的包围之中传播佛音,拨转法轮的啊!

达昌在举行盛典的那些日子,我想起的却是这个清静之地,而且,很少想起那座灵塔。眼前更多浮现的是那些草地与草地上的柏树,想起柏树下清澈的泉水。

而在今夜的星光下,我听着风拂动着柏树的枝叶,在满天星光下,怀念一个古人,一个先贤,他最后闭上眼睛,也是在这样的星光之下。虽然,那是在中世纪的星光之下,但对于整个宇宙来说,就算是一千年的时光流逝又算得了什么呢?

是的,今夜满天都是眼泪般的星光,都是钻石般的星光。

在这样晴朗的夜晚眺望夜空,星光像针一样刺痛了心房里某个隐秘的地方。

我就在柏树下打开睡袋,露宿在这满天寒露一样的星光之下。快要入睡前,我还要暗想,这些星光中是否闪烁着智慧的光芒,而且这智慧又能在这样一个月白风清的夜晚,降临在我的身上。

四、上升还是下降?

第二天一早,我就上路了。

这是夏天。夏天的山野里,树叶上,草丛中,所有的碧绿上都有露水漾动的光芒。这是我最最熟悉的一种光芒。

早晨的山野在薄薄的清寒中一片寂静。没有风,也没有声音。

山梁后边还未露脸的太阳越升越高,光线越来越明亮。我手里拿着一根带着很多叶片的树枝,一边走一边挥舞,为的是扫掉前面的露水。尽管这样,不一会儿,一双鞋很快就被冰凉的露水浸透了。

这样的寂静给我的感觉是真正的早晨还没有开始。

真正的早晨是随着通红的太阳从山梁上猛然跃出那一刻开始的。

太阳好像猛然一下就跃上了山梁,并在转瞬之间抛洒出耀眼的金光,一切都在片刻之间被照耀得闪闪发光。更为奇妙的是,森林中的鸟们也在太阳放出明亮光线的那一刻,突然开始齐声鸣唱。

这时,新的一天才真正来到了山野之间。当我走到山下,重新踏上公路坚硬的碎石路面时,花草与树木上的露水已经干了。

公路顺着山谷底部的溪流向着一个更加宽大的山谷俯冲而下。而向着这条向下俯冲的山谷,更多的小山谷在这里俯冲汇聚。这种汇聚是森林孕育的众水的汇聚。越往下走,山谷越开阔,峡谷中的溪流就越来越壮大。

一辆汽车疾驰而来,我扬起手,汽车一个急刹停下来,立时,车后的尘土漫卷而来,整辆汽车与人都被笼罩在尘土中了。我跳上汽车,引擎一阵怒吼,飞扬的尘土又落在后面了。

司机这才对我笑笑说:"我看见你从山上下来的。"那么,昨天晚上他是住在纳觉寨子里了。

他又递给我一条毛巾,我慢慢地擦干了脸上的汗水。

司机又问:"你到哪里?"

我说:"回家。"

的的确确,我这是正在回家的路上。

也许是正在盛夏季节的缘故吧,我觉得山里的植被比几年前茂盛许多了。这条长长的山沟曾是一个编号为207的伐木场。那么多远离他们内地贫困故土的农民,在这里穿上工作服,拿起锋利的斧锯,摇身一变就成了工人阶级。那个时代,任何一条山沟里,伐木工人的人数都远远超过当地土著居民的人数。现在,随着森林资源的枯竭,他们都永远离开了。于是,这些山沟又开始慢慢地恢复生机。

当然,砍伐以前的森林与砍伐以后的森林已经有了很大的变化。

砍伐以前,这些森林是常绿的针叶乔木的天堂。主体的部分从低到高依次是马尾松,是银灰树皮的云杉,是铁红树皮的铁杉,是树皮上鼓着一个又一个松脂泡的冷杉。在这些参天的树木之间,亭亭如盖的落叶乔木是一种美丽的点缀。比如白桦,比如比白桦更高的红桦,比如枫,比如麻柳,还有能从山下谷底一直爬到比冷杉还高的杜鹃,从五月的谷底一直开到七月的山顶,热热闹闹地美丽了整个夏天。

那些成林的乔木存在的时候,每到向晚时分,山间便会回荡起海水涨潮般的林涛,但是,现在的森林已经很难发出这种激荡着无比生命力的澎湃声音了。我的眼睛也很少能看到记忆中占地特别宽广的阔叶乔木撑开巨伞般的冠盖了。

眼前这种砍伐后又重新生长起来的林子,在林学家那里有一个名字,叫作次生林。次生林的主体是低矮的灌木,杉木与松树显得十分孤独。林学家还警告我们,这样的次生林如果再一次遭到破坏,那么,这些山岭便万劫难复了。每一次离开四川盆地,走近大渡河谷和岷江河谷,看到那些处处留着泥石流肆虐痕迹的荒凉山野,就是森林不止一次遭到砍伐的最终结局。

这样的次生林,蕴蓄水量,保持水土和调节气候的功能已经大大减弱了。不止一个地方的农民告诉我说,当那些森林消失在刀斧之下后,山里的气候就越来越难以把握了,夏天的雨水和冬天的风越来越暴烈,随着森林的减少,夏天的洪水总是轻而易举就涨满河道,成为农民收成的最大破坏因素;而一到冬天,一些四季长流,而且水量稳定的溪流,就只剩下满涧累累的巨石了。

对山里靠玉米,靠冬小麦,靠马铃薯为生的农民来说,森林调节气温的作用越来越弱,秋天的霜冻比过去提前了。霜冻的结果,使许多作物不能完全成熟。

在一个叫作卡尔纳的寨子,主人从火塘里掏出烧熟的连麸麦面馍,我拿在手里却是软软的感觉,主人看到我诧异的眼光,不好意思地说:"我们这里再也吃不到喷喷香的麦面了。"

我问他这是为什么。

女主人脸红了,好像这一切都是她的过错。她声音很低地说:"因为麦子不好。"

这也是一个次生林满坡山野的村庄。

经过主人的一番解释,我终于明白了个中的缘由。每当麦子灌浆的时候,霜冻就来了。于是,麦子便陡然终止了成熟的过程,迅速枯黄。一年一年,农民们的收获期提前了,但是,在晒场上脱粒之后,装进粮柜里的都是些干瘪难看的麦粒。

从这种麦子磨成的面粉中,再也闻不到阳光与土地的芬芳。而且,失去了麦面那特别的黏性。在火塘里烧熟后,不再呈现象牙般的可人颜色。我不止一次在农人家里拿起失去了那漂亮颜色的麦面烧馍。慢慢掰开,里面是黑乎乎的一团,鼻腔里充溢的不再是四溢的麦香,而是一种与霉烂的感觉相关联的甘甜味道。不由使人皱起了眉毛。

吃到嘴里,的的确确难以下咽。

最后是满怀歉意的女主人给我弄来一些大蒜和辣椒,才勉强把这还勉强可以称为麦面做成的食物咽到了肚子里。虽然那个时候,我的随身背包里有更可口的食品,但我不好意思这样做。我要对付的只是一两顿这样的东西,而他们年复一年辛勤耕作,能够指望的就是这样的收获。当我看到主人家里两个面孔脏污,眼睛却明亮如泉的孩子大口大口地对付这食物时,我感到内心阵阵作痛,但要是因此就于事无补地泪水盈眶,也太过矫情了。

我在拉萨的一次会上说过,我在嘉绒地区的旅行,不是发现,而是回忆,现在我发现事情真的就是这个样子。

此次的嘉绒大地之旅,因为时间短促,更因为特别像一次为了旅行的旅行,我真的没有任何发现,但一草一木都会勾起我连绵不绝的回忆。

甜蜜的回忆,痛苦的回忆,梦境一般遥远而又切近的回忆!

最重要的是,我珍视自己有着的这些记忆!

即使是在一辆在坎坷不平的公路上蹦跳不止的破旧吉普车上,眼望着山谷两边无尽的绿色,许多记忆中的情形依然反复出现在眼前。

不久后,吉普车就拖着背后长长的尘土尾巴,冲出了纳觉沟。宽阔的梭磨河谷出现在眼前。

眼前展开的是又一种景象,这里就是真正的嘉绒了!汽车在一路向下滑行,但我却在离开成都十多天后,登上了高原。或者说,登上了通向青藏高原的某一级台阶。而面前的路,却一直向下。其实,就算是下到梭磨河谷底,也有海拔两千八百米的标高。

我在下降中已经上升了,或者说,我正在整个的上升过程中短暂地下降。

五、梭磨河谷:真正的嘉绒

吉普车冲出山谷时,我请求司机停下车来。

他很奇怪:"你不是要回马尔康吗?"

我告诉他:"但是我想在这里休息一会儿。"

他的眼里露出疑惑不解的神情。

我跳下车来,他帮着我重新把背包背在身上。我站在那里,看到这位仍然心存疑惑的司机发动了引擎,然后车子猛然启动,车后扬起的尘土把我笼罩其间。等到尘土散尽,我才继续迈动脚步,走纳觉沟剩下的最后一公里左右的行程。这一公里的路仍然像整条山沟一样急剧地向下俯冲。

我为什么如此确切地知道距离？因为那个标明一公里的里程碑就竖在靠着溪沟的路基之上。这一公里对我来说是相当重要的，这三千多步是一个重要的过程，让我逐渐靠近自己真正认同的家乡，靠近还保有嘉绒昔日美丽的田野与村庄。

我的下半辈子的生命中，离开是长久的，归来只是短暂的。

公路边上的湍急溪流边上，有些小小的草地，一些年轻的核桃树。在嘉绒地区旅行，当你看到路边核桃树的出现时，说明一个村庄已经渐渐靠近。

接着，另一种熟悉的景致又出现在眼前了。

那是一座小水电站，水泥的沟渠，水泥的堤坝，青砖的厂房，水流翻过水坝时形成一道小小的人工瀑布，然后，电线从这里带着难以琢磨的电力，走进一个又一个嘉绒人的村庄。

与之相映成趣的是，水电站下游一点，就是一座传统的水磨房。石砌的矮墙，平坦的泥顶上长满了厚厚的野草。水磨房上边的木头闸门关着，顺着木头枧槽奔涌而来的溪水受到阻拦后，在那里飞进出一大团扇形的水花。

当我走过了水电站与磨房，转过一个山弯，从一面岩石峭壁的阴影下走出来，眼前猛然一亮，出现了那个叫作西索的嘉绒村庄和开阔的梭磨河谷地。

我的目光越过河岸这边西索村大片飘扬着的经幡、覆盖着木瓦或石板的屋顶投向大河对岸。对面，是地理学上叫作河谷冲积台地的典型地貌。经历了千秋万世的河流，在不同的高度上都留下了一片片大小不一的冲积扇。当下一个地质年代开始后，河流开始又一次深深地下切，下切到一定的深度,又会稳定几百上千年,再一次在两岸淤积出一些平坦的台地,并且等着在下一次地质变化动荡的年代里开始又一次深深的切割。

地质学家们把河水切割开来的地球表面的每一个断层看成一本大书中信息量丰富的一个篇章。当地的居民不懂得这样的道理,他们只是通过世世代代的劳作,把这些层层的台地开垦为肥沃的良田。现在,一个又一个的寨子就坐落在这些台地上,在大片的良田与森林的边缘。这样的台地次第而下,直到杨柳与白杨荫蔽的河岸边上。在这些宽阔的河谷里,河水会冲刷出一个宽阔的河滩,铺满含金的沙与光滑的砾石。洪水来时,河水才会漫过宽广的沙滩冲击河岸。

我在飞跨梭磨河的花岗石拱桥上停下了脚步,向四方瞭望。

风从上游吹来,吹在我的背上。风不大,却劲道十足,吹得我的衣衫发出旗帜般噼噼啪啪的声响。

河的下游是东南方向。一川河水在高原阳光的辉映下闪闪发光。

河的左岸,是斜倚在山湾里的西索寨子。寨子背后,翠绿的山坡一直向上,几朵洁白的云彩泊在山梁上。在山梁那里,陡峭的山坡变得平缓了,灌木林变成了大片的高山草场,草场上放牧着寨子里的牛羊。所有的嘉绒寨子,在午后这段时间里,都是一天中最最安静的时刻。孩子们上学了,劳作的成年人这会儿是在一天中离寨子最远的地方。在寨子内部,厚重的木门上挂着一把把铜锁。钥匙就静静地带着金属的沁凉躲在某个墙洞里边。屋里的火塘里的火熄了,火种悄悄地埋在灰烬中间。铜壶里的水,罐子里的奶,似乎都在沉思默想。

在屋子外边,果树的阴凉里躺着假寐的猎狗。

小小的菜园里,几株正在结籽的花椒树下,栽种着大蒜、葱、芫荽和辣椒。这些都是嘉绒农人随时使用的作料。我不用走进寨子,就能看见那些让人备感亲切的景象。有些人家的菜园里,还盛开着金黄耀眼的大盘大盘的葵花。

这些年,很多人家的屋顶都栽上了一些漂亮的花卉。这个季节正在盛开的自然是花期很长的灯盏花,更加美丽的却是从野外移栽回来的红色、黄色和象牙白色的百合花。

这一切对我来说,都是熟悉而又永远亲切万分的景象。寨子在纳觉溪流的对岸,于是,溪上低低的一座木桥的出现也是势在必然。只是现在,任何一个寨子前的木桥都比过去宽阔坚固了。因为,那时过桥的是人,与牛与马;现在,差不多是每一户人家都有一辆拖拉机每天都要开回到自己家门前。

当我看见这一切时,只是站在河风劲拂的桥上。

在大河右岸,脚下的公路与另一条公路汇聚到一起。而在那条公路里边,一层层的台地拾级而上,直到我目力不及的地方。直到有白云栖止的山顶,仍然有土地与村庄。

走下大桥,顺着大河流去的方向,再有八公里,是那座我非常熟悉的高原山城,整个嘉绒的心脏,灯火旺盛的马尔康。

六、从乡村到城市

从卓克基沿梭磨河而下,短短的九公里路程中,河流两岸,是一个又一个美丽的嘉绒村庄。查米村那些石头寨子,仍然在那斜斜的山坡上紧紧地聚集在一起,笼罩着核桃树那巨大阴凉。村子前宽阔的柏油马路上,汽车轰轰隆隆地来来往往,但咫尺之间的村子依然寂静如常,浓荫深重,四处弥漫着水果淡淡的香气。

再往下走,在河的对岸,河谷的台地更加低矮宽广。在广阔的田野中间,嘉绒人的民居成了田野美丽的点缀。墙上绘着巨大的日月同辉图案,绘着宗教意味浓重的金刚与称为雍忠的万字法轮的石头寨子,超拔在熟黄的麦地与青碧的玉米地之间。果园、麦地,向着石头寨子汇聚;小的寨子向着大的寨子汇聚;边缘的寨子向着中央的寨子汇聚。于是,有了这个叫作阿底的村子。

然后是查北村,再然后是被人漠视到叫不出名字,但自己却安然存在的村子。

在这些村子,过去的时代只是大片的荒野,而在这个世纪的后半叶,嘉绒土地上的土司们的身影从政治舞台上转过身去,历史深重的丝绒帷幕悬垂下来,他们的身影再次出现,作为统战对象出现在当代的政治舞台上时,过去的一切,在他们自己也已是一种依稀的梦境了。历史谢了一幕,另一重幕布拉开,强光照耀之处,是另一种新鲜的布景。

就在我这个下午依次走过的几个村子中间,从二十世纪五十年代到九十年代,一座座新的建筑开始出现:兵营、学校、加油站,叫作林业局的其实是伐木工人的大本营,叫作防疫站的机构在这片土地上消灭了天花与麻风。现在,有着各种不同名目的建筑还在大片涌现。这些建筑正在改变这片土地的景观。但至少在眼前这个时候,在离城不远的乡村里,嘉绒人传统的建筑还维持着嘉绒土地景观的基本情调。

我希望这种基调能够维持久远,但我也深深地知道,我在这里一笔一画堆砌文字正跟建筑工匠们堆砌一砖一石是一样的意思。但是,我的文字最终也就是一本书的形状,不会对这片土地上的景观有丝毫的改变。我知道这是一个设计的时代,在藏族人新成长起来的知识分子中,我希望在相关部门工作的我的同胞,把常常挂在嘴边的民族文化变成一种实际的东西。我一直希望着在这片土地上出现一种新型的建筑,使我们建立起来的新城市,不要仅仅只从外观上看去,便显得与这片土地格格不入,毫不相关。

很多新的城镇,在从四川盆地到青藏高原这些渐次升高的谷地中出现时,总是显得粗暴而强横,在自然界面前不能保持一种谦逊的姿态,不能或者根本就没有考虑过要与周围的自然和人文环境保持一种协调的姿态。

但在进入这些城镇之前的村庄,却保持着一种永远的与这片山水相一致的肃穆与沉静。我常常想,为什么到了梭磨河谷中,嘉绒的村庄就特别美丽了呢?我这样问自己,是因为梭磨河是我故乡的河流。我害怕是因为一种特别的情结,因而做出一种并不客观的判断。现在我相信,这的的确确是一个客观的判断。

马尔康,作为一个城镇,在中国土地上,大多数情况下,是一个不为人知的地方。但就是这样一个地方,也像是进入中国任何一个城镇时一样,有一个城乡接合的边缘地带。在这样一个边缘地带,都有许多身份不太明确的流民的临时居所,也有一些不太重要的机构像是处于意识边缘的一些记忆碎片。流民的临时居所与这些似乎被遗弃但却会永远存在的机构,构成了一种特别的景观。在这种景观里,建筑总是草率而破旧,并且缺乏规划的。这样的地方,墙角有荒草丛生,阴沟里堆满了垃圾,夏天就成了蚊蝇的天地。这样的地带也是城市的沉沦之地。城镇里被唾弃的人,不出三天立马就会出现在这样的地方。这样的地方,在中国的城镇与乡村之间,形成一种令人绝望的第三种命运景观。

一座城市如果广大,这个地带也会相应广大;一座城市如果狭小,这个地带也会相应缩小,但总是能够保持着一种适度的均衡。

在进入马尔康这个只有半个世纪历史的城镇时,情形也是一样。

马路两边出现了低矮的灰头土脸的建筑。高大一些的是废弃的厂房,一些生产过时产品的厂房,还有一些狭小零乱的作坊。更大一片本来就像个镇子的建筑群落,曾经是散布在所有山沟里的伐木场的指挥中枢,现在,也像是大渡河流域内被伐尽了山林的土地一样显得破败而荒凉。在这里,许多无所事事的人,坐在挤在河岸边棚屋小店面前,面对着一条行到这里路面便显得坑坑洼洼的公路。一到晴天,这样的公路虽然铺了沥青,依然是尘土飞扬。

这种情形有时像一个预言。这个预言说:没有根基的繁华将很快破败,并在某种莫名的自我憎恶中被世人遗忘。

我希望在地球上没有这样的地方,我更希望在故乡的土地上不存在这样的地方。因为每多一个这样的地方,就有一大群人,一大群不能左右自己命运的人,想起这里,就是心中一个永远的创伤。

马尔康也像任何一个中国城镇一样,已过了这样一个令人难堪的地带。一个由一批又一批人永不止息、刻心经营的、明亮整洁甚至有点堂皇的中心就要出现了。

这中心当然漂亮。

这种漂亮当然不是跟纽约,跟巴黎,跟上海相比,而是自己以为,并且让我们也认同的一种相对的整洁、相对的气派和相对的堂皇。比如露天体育场,比如百货大楼,比如新华书店,比如政府的建筑所形成的一个行政中心。而我所说马尔康的漂亮更多的还是指穿城而过的河流。中国有许多城市都有河流或别的水面,但大多是一些被污染的水体。正因为中国许多有名的河流与水面都受到严重污染,我们才会为这条穿城而过的湍急的河流的清澈,感到自豪。

清澈的河水总是在河道里翻涌着雪白的浪花。

有了这条河,就有了这个顺河而建的三道不同样式的桥梁。有了桥,整个镇子就有了自然的分区与人工的连接。因为中国人在城市的构造上最不懂得体现的就是分区。不懂分区,当然也就不懂得连接。中国人的连接就是所有东西都紧贴在一起。

在四川另一个藏族自治州首府,前些年的一次水灾造成了巨大的损失。据说,这种损失本来是可以避免的。但是,当地有人忽发奇想,在内地已经被认识到有巨大危害的"向湖泊要地,向大海要地,向河流要地"的做法在这里再一次可悲地重复了。

人们耗费巨资在穿城而过的湍急的河上盖起了水泥盖子,水泥盖子上面建起了市场。在设计者的想象中,河水会永远按照他们的意思在盖子下面流淌。但是,自然界遵从的是一种非官方、非人智的规律,于是,一个洪水暴涨的晚上,洪水和洪水下泄时带来的树木与石头,把径流有限的河道给堵起来了。洪水便涌到地面,在原来规划为街道和居民区的城里肆意泛滥。我在电视里看到过灾后的景象。

其实,就算不发生这样的洪水,他们也不该把河面封闭起来。

因为,他们不该拒绝河流提供的公共空间,以及流水带给这个城镇的特别美感。

因为,这些处于中国社会边缘的城镇所以显得美丽,并不是因为建造他们的人有了特别的规划与设计,而是因为周围的自然赋予的特别美感。

我的家乡马尔康的情形也是一样。城里并没有特别的建筑让我们引以为豪。穿城而过的梭磨河上四季不同调子与音高的水流声,是所有居民共同倾听的自然的乐音。每一个倚在河岸栏杆上凝神的人,都会听到河水的声音是如此切合地应和着时时变化的心境。与河相对的是山。山就耸峙在河的两边。

那两边是乡野与森林的景色。特别是在河的左岸,大片的树林从高高的山顶直泻而下,并在四季中时时变化,成为我们在镇子里生活中抬头就可以看见的一个巨大画幅。冬天,萧瑟的树林里残雪被太阳照得闪亮发光。落叶们躺在地上,在积雪下面,风走上山冈,又走下山冈。春天来临时,先是野桃花在四野开放,然后,柳树发芽,然后是白杨,是桦树,依次地从河边绿向山顶。五月,最低处的杜鹃开放,然后,就是浓荫覆地的夏天了。

夏天因为美好,所以总是短暂。

最是秋天的山坡让人记忆久远。那满坡的白桦的黄叶,在一年四季最为澄明的阳光照射下,在我心中留下了这世间最为亮丽与透明的心情与遐想。现在,我回来,正是翠绿照眼的夏天。一切都还是原来的样子。如果有一点的变化,那就是街上的人流显得陌生了,因为很多很多的朋友,也像我一样选择了离开。如果你在一个地方没有了亲人与朋友,即便这个地方就是你的家乡,也会在心理上成为一个陌生的地方。

不只是马尔康,在嘉绒藏区,在所有这些近半个世纪仓促建立起来的城镇中,早年间人们心中那种飞扬的激情正在日渐淡化。于是,发展的缓慢与觉醒的缓慢压迫着那些社会机体中活跃的成分,于是,他们选择了离开。我也是其中的一员。

人群在我眼里变得陌生了,但整个人流中散发出来的那种略显迟缓的调子却是熟悉的。这是一种容易让青年人失去进取心的调子,是一个健康的社会应该摒弃的调子。但是,强烈的日光落在街边的刺槐上,落在有些灰头土脸的柏树上,那团团的阴凉,不知为什么却给我一种昏昏欲睡的情调。

我热爱的这个镇子还在等待。但没有人知道,要在一个什么样的机遇下,人们才会真正面对自己和这个地区的前途,而真正兴奋起来。

七、看望一棵榆树

在马尔康镇上,我真正要做的只有两件事情。其中一件,是去看一棵树。

是的,一棵树。据说,这棵树是榆树,来自遥远的山西五台山。居住在马尔康的近两万居民中,可能只有很少很少的人知道,这棵树的历史与马尔康的历史之间的关联。

这棵树就在阿坝州政协宿舍区的院子里。树根周围镶嵌着整齐洁净的水泥方砖。过去,我时常出入这个地方,因为在这个院子里,生活着好些与嘉绒的过去有关的传奇人物。中华人民共和国成立以后,他们告别各自家族世袭的领地,以统战人士的身份开始了过去他们的祖辈难以设想的另一种人生。

那时,我出入这个院子,为的是在一些老人家里闲坐,偶尔从他们的只言片语中,会透露出对过去时代的一点怀念。我感兴趣的,当然不是他们年老时一点怀旧的情绪。而是在他们不经意的怀念中,抓住一点有关过去生活的感性残片。我们的历史中从来就缺少这类感性的残片,更何况,整个嘉绒本身就没有一部稍微完备的历史。

那时,我就注意到了这棵大树。因为这是整个嘉绒地区都没有的一种树。所以,我会时时在有意无意间打量着它。

一位老人告诉我,这是一棵来自山西五台山的树,一棵榆树,是很多很多年前,一个高僧从五台山带回来的。

我问:"这个高僧是谁?"

老人摇摇头,说:"我也不晓得,那是很久很久以前的事了。"

我常去的那幢楼的一边是院子和院子中央的那棵榆树,而在楼房的另一边,是有数千座位的露天体育场。这个地方,是城里重要的公共场所,数千个阶梯状的露天座席从三个方向包围着体育场。而在靠山的那一面,也是一个公共场所:民族文化宫。文化宫的三层楼面,节日期间会有一些艺术展览,而在更多的时候,那些空间常常被当成会场。当会开得更大的时候,就会从文化宫里,移到外面的体育场上。

我想,中国的每座城市,不论其大小,都会有相类的设置,相似的公共场所。如果仅仅就是这些的话,我就没有在这里加以描述的必要了。虽然很多在这城里待得更久的人,常常以这个公共场所的变迁来映照、来浓缩一座城市的变迁,说那里原来只是一个土台子下面尘土飞扬的大广场。现在文化宫那宏伟建筑前,是一个因地制宜搞出来的台子。那阵子,领导讲话站在上面,法官宣判犯人也站在上面等等,此类话题,很多人都是听过的。而当我坐在隔开这个体育场与那株榆树的楼房里,却知道了这块地方更久远一些的历史。

这段历史与那株榆树有关,也与这个山城的名字的来历有关。

曾经沧海的老人们说,在体育场与民族文化宫的位置上,过去是一座寺庙,寺庙的名字就叫马尔康。那时的寺庙香火旺盛,才得了这么一个与光明有关的名字。

马尔康寺曾经是一座苯教寺庙。

乾隆朝历经十多年的大小金川战乱之后,因为土司与当地占统治地位的苯教互相支持,相互倚重,战后乾隆下令嘉绒地区,特别是大渡河流域的所有苯教寺庙改奉佛教……

马尔康改宗佛教之后,依然与在金川之战中得到封赏的本地土司保持着供施关系,卓克基土司的许多重大法事,都在这个寺庙里举行。

那时候的马尔康寺前,是一个白杨萧萧的宽广河滩。最为人记取的是,每年冬春之间,一年一次为本地区驱除邪祟,祈求平安吉祥的仪式就在庙前举行……

宗教每年都会以非常崇高的名义提供给麻木的公众一出有关生死、人与非人的闹剧。

人们也乐此不疲。

……

给我讲故事的老人中,有一两位,在过去的时代,也是掌握着子民生杀予夺大权的。但是,现在他们却面容沉静,告诉我这个广场上曾经的故事。他们告诉我说,现在政协这些建筑所在的地方,就是马尔康寺的僧人们日常起居的居所。

其中,有一位喇嘛去五台山朝圣,回来时就有了这棵树。

关于这棵树,老人们有两种说法。

一种说,是那位喇嘛在长途跋涉的路上,折下一段树枝作为拐杖,回来后,插在土里,来年春天便萌发了新枝与嫩芽。这就是说,这株树不远千里来到异乡,是一种偶然。

持第二种说法的是一位故去的高僧,他说,那位喇嘛从五台山的佛殿前怀回来一颗种子,冬天回来,他只要把那粒种子置于枕边,便梦见一株大树枝叶蓬勃。自己详梦之后,知道这是象征了无边佛法在嘉绒的繁盛。于是,春天大地解冻的时候,他在门前将这颗种子种下。

现在,树是长大了,但是,佛法却未必如梦境所预示的那般荫蔽了天下。

马尔康寺在二十世纪五十年代开始衰败,并于六十年代毁于"文革"。于是,原来的那些僧人也都星散于民间了。只有这株树还站在这里,在一个逼仄的空间中,努力向上,寻求阳光,寻求飞鸟与风的抚摸。有风吹来的时候,那株树宽大的叶片,总是显得特别喧哗。

八、灯火旺盛的地方

"文革"结束后,那些老人们陆陆续续住进了政府新盖的楼房,榆树旁边这一座,就是其中的一幢。

那座被毁的寺庙,代表了这个地区历史的寺庙要在原地恢复已是不可能了。于是,便向后造在了可以俯瞰这个体育场和这座高原新城的向阳山坡上。

站在马尔康总有城郊农民的拖拉机和各个部门的小汽车来来往往的大街上,抬头就可以看见那个新建的寺庙,看见那个寺庙的金色顶冠。

太阳开始下沉的时候,我顺着山路往山上爬去。

太阳下沉的时候,山的阴影便从河的对岸慢慢移过来,一点一点遮蔽了街道与楼房。最后,金黄的太阳光离开了所有的街道与楼群,照在山坡上了。我始终走在移动的阳光前面。

当我站在寺庙面前的时候,太阳已经落在身后很远的地方。

寺庙的大门紧闭着,经幡被风吹动着,显出一种寂寞的调子。我并不想进入这个寺院。一个新建的寺院,因为没有了历史的沉淀,不会给我们特别的触动。如果说,过去的马尔康寺是一种必然的存在的话,那么,眼前这座簇新的寺庙,就只是一种象征。我来到这里,是想能对过去的时代有所怀想,但是,眼前的这样一个建筑却怎么也不能给我带来这种感觉。突然想起一个在文工团吹唢呐的若巴。他是我的忘年朋友,而且从同一个乡的山野里来到山脚下的新城里生活了很多年。如今我离开了,他却永远在这个山城里停留下来。

中华人民共和国成立前,他是一个庙里的小僧。等到二十年前脱离了乡村生活来到这座小城的时候,常常看到他穿着演出服在舞台的聚光灯下独奏唢呐。乐队演奏时,他又吹起了银光闪闪的长笛。

记不得是怎么认识他的了。也记不得是不是问过他吹这么好一口唢呐是不是与早年的寺庙生活有关。

清楚记得的是,这座寺庙建成后,也就是每天的这个时候,会看见他疲惫地笑着从山上下来。问干什么去了,最初的回答让我大吃一惊,说是庙里请他去塑大殿里的泥胎金装的菩萨。问他什么时候学的雕塑,他说,少年时代在庙里当和尚的时候。

我也没有问过他是不是在寺庙里的时候学的唢呐。

他还嘱咐过,让我上山去看看他塑的佛像与绘制的壁画,于是,这会儿我倒真想进去看看这位乡兄的手艺,但是,那彩绘的大门上却挂着一把硕大的铜锁。风吹过来,挂在檐前的布帘的绳边便一路翻卷过去,并且一路发出噼噼啪啪的寂寞声响。

当然,更多的时候,他不是总在吹奏唢呐与长笛,也不是在庙里雕塑菩萨或绘制壁画,而是在这个小城里各幢机关的建筑里进出,为文工团申请经费。因为他同时担任着这个已过了黄金时期的文工团的生计与基本的运转。于是,他的暴躁脾气就显现出来了。

有一次,在成都的阿坝宾馆,我看到他与文工团的另一位团长。说是,去木里给一个寺院的菩萨造像去了。木里是四川另一个民族自治州里的藏族自治县,非常靠近如今被人称为女儿国的川滇交界处的泸沽湖。我笑说他的手艺传到了很远的地方。

这位从前的少年僧人,今天的文工团长说:"吓,就为挣一点钱,自己得一点,交给团里一点。"

于是,我便无话可说了。

我便想起眼下这个城里的好些这样的朋友,每个人都在默默工作,每个人都心怀着某种理想,但是,这座城市的去向却与这么些人的努力毫不相关,甚至可以说是完全相反。于是,我选择了离开,但是,并不是所有的人都可以随意地做出这种选择。

太阳慢慢地沉在山梁后面去了。我坐在一道黄土坎上,眼望着这个体积还在日益膨胀的山城,真还看出了些宏伟的意思。不要以为宏伟只与高大雄奇相关,在这样一个俯瞰的视界里,面积上的铺展也能造成同样的感觉。

我坐在那里,夜慢慢降临了。

于是,下面那宏伟铺展的建筑里,纵横的街道上,灯火便辉耀起来了。夜色省略了城里那些不太美丽的细节,只剩下满城五彩的灯光,明明灭灭。于是,这个山城就真正成了名副其实的灯火明亮的地方了。

而背后的寺庙却慢慢陷入了黑暗,只有顶上的琉璃瓦,在星光辉耀下,有一抹幽然的光芒在流淌。

在寺院下方的山坡上,有两个需要建在高处的建筑,一个是气象站。气象站的白色建筑,在朦胧的灯光中有一种特别的美感。这个地方预报着山下小城的天气,对于小城的大多数居民来说,天气不是有着自在的规律,由气象站预报出来,而是气象站在决定明天下不下雨,吹不吹风。当气象站接连预报了几个晴天之后,人们会骂,他妈的,该下点雨了。当气象站预报了连续的两个阴天,我也骂过,这狗屁气象站也该出点太阳了。

高原上的人们很难忍受连续两个以上的阴天,他们总是喜欢艳阳高照的爽朗天气。这是天气培养出来的一种习惯。

气象站下面一个平台上,挺拔的白杨树中间,是一座顶上有着一盏红灯的高高的铁塔,铁塔下面是几个巨大的碟形天线,这是电视台的卫星地面站。山下的小城每一家每一户开着的电视机的信号都来自这个巨大的发射塔。据在电视台工作的朋友讲,在这山上搞转播的人可以看到一些不能转播的外国节目，他们对我发出过邀请，但我终于没有去过。今天，我想顺路进去看看，但那些朋友也都不在这个城里了。

于是，我走在了下山的路上，山下满城灯火，我脚下的山路却隐入了黑暗。好在，我是走惯山路的，也曾经是走惯山里的夜路的，所以，脚下还算是稳当，只不过速度稍稍慢了一点。这城里的满眼灯火，其实也与我相关。这当然不是说我曾在这灯火中读书、写作，也曾在灯火中与朋友闲谈，与家人围坐在冬天温暖的炉火前。

看到这满眼的灯火，我又想起了二十多年前，一个十多岁的后生，作为拖拉机手在一个水电站建筑工地上的两年生活。现在，就是这座拦断了梭磨河建起的水电站成了这座城市的主要电力来源。那时，在从马尔康出发顺梭磨河往下十五公里的松岗，滴水成冰的冬天，数千人在朔风呼啸的河道里修筑拦河的水泥大坝。那些最寒冷的夜半，重载的拖拉机引擎被烧得滚烫，坐在敞篷驾驶座上的人，却像块冰那么凉。于是，我落下了一身严重的风湿病也就势在必然。经过多年的治疗，我已经不必每年春天再进医院了，但是没有医生能治好我右手那蹊跷的抖颤。

抖颤到什么程度呢？当我端起相机的时候，一切都在眼前晃动模糊了，于是，这本书里的图片也是由我的朋友们提供，而不是我试图照下来，最终却模糊不清的那些图片。

今天，当我看着山下的大片美丽灯火时，我第一次意识到，这当中闪烁着的，也有我青春时代的理想光华，当时在那个电站工地上，有我们十个从当地农民工里选拔出来的拖拉机手。其中一个最为忠厚的英波洛村的阿太，和拖拉机一起从公路上摔下了十多米高的河岸。记得那时我已经离开了工地，考进了马尔康师范学校。

那是一个黄昏，全校学生站在冬天寒风刺骨的操场上听患了面瘫的党委书记讲话。那时的学生，对于特别冗长的讲话总是怀着一种愤怒的心情。

天正在暗下来,校长的面影与声音都开始模糊不清了。这时,一位总显得有些玩世不恭的女同学对我说:"嘿,松岗电站工地的拖拉机手死了,原来是你们一起的吧?"

我不知道她为什么会关心这种事情,脱口便问道:"谁?"

她笑了,说:"我怎么会知道那个拖拉机手的名字。"原来,随同摔死的还有一位她的同学,没有考上学校而被招了工的知青。据说,有领导想要电站工地上有几位女拖拉机手,于是,原来与我一起吃了满肚子柴油烟,受了两个冬天河边风寒的伙计们,就有了各自的女徒弟。

后来,我听到准确的消息,那个把性命丢在了河滩上的人是阿太,偏偏是我们这十个人当中手艺最好,个性又最为沉稳的阿太。说实话,我把可能死于非命的所有人挨个排了一遍,也没有想到会是他。最要命的是,他摔死的地方的对岸,就是他家那已经有些年头的石头寨子。从石头寨子的楼上,他的妻子与子女,每天都可以看到他肝脑涂地的那片砾石累累的河滩。

又过了些年,听说,我们其中的一个叫斯达尔甲的,在工地所在地的寨子里当了上门女婿;又过了些年,听说他死了,原因是喝酒。我想起来,原来在一起的时候,大家就不怎么喜欢他,原因很简单,他喝醉了酒,就把想当老大的想法全部暴露出来了。

听到阿太的死讯时,我落了泪。

而在马尔康车站旁的露天茶馆里,有人把后一个死讯告诉我时,我只是叹息了一声,然后低头喝茶,仰面看天。

马尔康的天在大部分时间,都非常的蓝。只是这种情境之下,很饱满的蓝色却让我给看得非常空洞了。

这时,在下山的路上,看着这满城的灯火,我想起了这两个故人,想起了青春时代的劳动来了。

我想,如果用数字的方式来看,这满城的灯火里也有我的一份贡献,还有我的伙计们的贡献。于是,我停下脚步,朝着那些最明亮的灯光数过去:一盏、两盏、三盏……是的,这座城市不仅与那株树有关,还与我自己的记忆与劳作相关。

以后,每当有人说马尔康在藏语里的意思就是灯火旺盛的地方的时候,我都会感到,这所有的光芒中,有着我青春时代的汗水的光芒,梦想的光芒。

于是,我决定去看看松岗,看看那座电站。

九、土司故事之二

沿梭磨河而下,十五公里处就是松岗乡,再往下是金川,金川再往下便是我们已经去过的丹巴。

电站距松岗乡所在地还有两公里左右的路程。

当松岗电站的大坝出现在我眼前时,我却没有一点激动之感。我怀揣着一纸入学通知书离开的时候,大坝刚刚浇铸完基础部分。现在坝里蓄满了水的部分,那时是一个不小的果园。春天,那里是一个午休的好地方。大家把拖拉机熄了火停在公路上,走进果园,背靠着开花的一株苹果,斜倚在带着薄薄暖意的阳光下,酣然入眠。

那时普遍缺觉,一台拖拉机两个人倒班,再说了,加一个班,还有一块五毛钱的加班费,可以在小饭馆里打到两碗红色的甜酒。

有时候,我的同伴们会小心地赌上一把,但我只想睡觉,睡我那十六七岁的人永远不够的睡眠。

但是,那个大坝在我眼里却没有让人激动的感觉。因为我付出的劳动,因为记忆中那上千人挑灯夜战的盛大劳动场面,我觉得这个大坝应该更加雄伟高大。我想上大坝走走,却被一个值班人员不客气地挡住了。

于是,便更加地兴味索然。

好在,再有两公里的样子,公路再转过几个山弯,就是松岗了。于是,我便离开电站,奔向了松岗乡。

中午时分,我在一个小饭馆里坐下,要了菜和啤酒,坐在窗前,望着对面山嘴上的松岗土司官寨。

在我眼前,很多建筑都倾圮了,只有两座高高的石碉,还耸立在废墟的两头,依然显得雄伟而又庄严。其中一座碉堡的下部,垮掉了很大一部分,但悬空了大半的上部却依然巍巍然在高远的蓝天下面。松岗这个地名,已经是一个完全汉化的地名,其实这是藏语名称茸杠的译音。这个地方的名字,便是由那山梁上那大片废墟而来,意思就是半山坡上的官寨。

饭馆老板我认识,因为我们那时曾在他的地里偷掰过不少玉米棒子。为此,他来找我们的领导大吵大闹过。当然,他不认识我,所以,我也没有为此补上一份赔偿。

我只是跟他谈起了松岗土司寨子。他告诉我,那座悬空的碉堡,是"文革"武斗时一个重要的堡垒,进攻的一方曾用迫击炮轰击,却只炸出了下半部分那个巨大的缺口。我说,再轰几炮不就倒了吗?

他笑笑,说:"那个时候嘛,也就是摆摆打仗的样子,没有谁特别认真地打。"

看他年纪,应该知道一些末代土司的事情。他果然点头说,见过少土司的……

这也是土司故事中一个有意思的版本,一个末世土司的版本。在百姓传说中风流倜傥的末世土司叫苏希圣。苏本人并不是土司家族出身，他的家族本身只是我家乡梭磨土司属下的黑水头人。后来，梭磨土司日渐式微，黑水头人的势力在国民政府无暇西顾的民国年间大肆扩张，很多时候，其威信与权望已在嘉绒众土司之上。

说起来，事情恐怕也不仅仅像是巧合那么简单，到了土司制度走到其历史尾声的二十世纪五十年代，嘉绒境内的众土司们都有些血缘难继的感觉了。松岗土司也不例外。正是土司男性谱系上出现了血缘传递的缺失，一个势力如日中天的头人的儿子，才过继过来，成了这里的少土司。

这些故事听起来，也像是一些末代故事的翻版，所有宫闱戏剧的一种翻版。

而松岗土司家族本身，原来也只是杂谷土司辖下的一方长官。只是到了乾隆十六年，其治所远在几百里外的杂谷土司因侵凌梭磨土司与卓克基土司被清兵镇压，杂谷土司苍旺被诛杀，杂谷土司本部所在辖地改土归流。松岗这块土地则授由梭磨土司之弟泽旺恒周管辖，并授予松岗长官土司印。

这是松岗土司之始。据说这首任土司继土司位两年就死去了。后来至十二世土司三郎彭措，因其无恶不作，激起民变，于一九二八年被杀，并被抛尸入河，土司无人继任。土司治下八大头人分为两派，轮流襄助土司太太执政十五年后，方有末代土司苏希圣入掌土司印。七年后，嘉绒全境解放，土司时代的事情，就一天一天地变得越来越遥远了。

那天，在仰望着土司寨子废墟的那个小饭馆的窗台上，我看到一个已经没有了封皮的铅印小册子。其中一段像诗歌一样分行排列的文字是歌颂松岗官寨的：

东边似灰虎腾跃，

南边一对青龙上天，

北边长寿乌龟，

东方视线长，

西边山势交错万状，

南山如珍珠宝山，

北山似四根擎天柱，

安心把守天险防地，

飞中耸立着，

松岗日郎木甲牛麦彭措宁！

我曾多次听人说，每个土司官寨造就之时，都有专门的画工绘下全景图，并配以颂词，诗图相配称为形胜图。那么，这段文字就是发掘来的那种颂词吗？在没有找到原文，或者是找到可靠的人翻译出来之前，我不敢肯定这段文字就是。但我总以为，这肯定就是那种相传的形胜图中的诗句，只不过，译成汉语的人，可能精通藏文，但在汉语的操作，尤其是关乎诗歌的汉语操作上，却显得生疏了些。因为在讲究藻饰的藏语里，这段文字的韵律会更顺畅一些，而词汇的选择也会更加华美与庄严。

就在同一本小册子上，还记着一些较为有趣的事情，有关于土司衙门的构成及一些司法执行情况，也凭记忆写在这里吧。

每天，土司寨子里除了土司号令领地百姓，决定官寨及领地大小事宜之外，还有下属各寨头人一名在土司官寨里担任轮值头人，除协助土司处理一应日常事务外，更要负责执行催收粮赋，支派差役。有能力又被土司信任的头人，还代土司受理各种民事纠纷与诉讼案件，负责派人发送信件，捕获人犯，等等。

值日头人的轮值期一般在半年左右。所起的作用，相当于大管家。在值日头人下面，还有小管家，由二等头人轮流担任，经管寨内柴草米粮，并把握仓库钥匙。

小头人也要到土司官寨轮值。这些本也是一方寨民之首的头人，到了土司寨子中，其主要责任却是服侍土司，端茶送水。

另外，土司还有世袭的文书一名。世袭文书由土司赐给份地，不纳粮赋，不服差役，任职期间，另有薪俸，其地位甚至超过一般的头人。

松岗土司还有藏文老师一名，最后一任土司的藏文老师名叫阿措，除了官寨供给每日饭食外，另有月俸六斗粮食。据说最后一位藏文老师因为土司年轻尚武，只喜好骑马玩枪，最后便改任寨里的管家了。

过去这里的修电站的民工们，偶尔也从当地人嘴里听到一些土司时代的趣闻逸事，其中一些就有关于土司的司法。就说刑法里最轻也最常用的一种是笞刑。大多数土司那里，此刑都用鞭子施行，在松岗土司领地，老百姓口中的笞刑直译为汉语是打条子。笞刑由平时充任狱吏的叫腊日各娃的专门人员执行。而打人用的条子是一种专门的树条，并由一个叫热足的只有十余户人家的寨子负责供应。当地人说，这种条子一束十根，每根只打十下，每束打完，正好是一百的整数。

据说官寨里还专门辟出一间屋子来装这种打人的树条。

我曾多次去过通往大金川公路边的那个叫作热足的寨子，有一次，我问那里的老人有没有全寨人都砍这种树来冲抵土司差役这件事情，大家都笑笑，把酒端到来客面前，而不作出回答。

当然，也没有人告诉过我，这山弯里哪一种树上长出了专门打人的树条，更不会有人告诉我，土司为什么会选择这种树条而不是那一种树条。

而我记得最清楚的是，热足的寨子家家门前的菜园里，一簇簇朝天椒长得火红鲜亮,激人食欲。揉好一碗糌粑,就一小口蘸了盐的辣椒,结果两耳被辣得嗡嗡作响,像是有一大群炸了窝的马蜂绕着脑袋飞翔。

最后,他们没有告诉我什么树条是执行笞刑的树条,而是告诉我什么样的情形下会遭到鞭笞的刑罚。

老人扳下一根手指,第一:不纳粮、不支差役,即被传到官寨下牢,这时如不向土司使钱,便会被鞭笞几束树条,即笞刑数百,并保证以后支差纳粮,才被放回。

老人再扳下一根手指,第二:盗窃犯,笞刑数百后,坐牢。

老人竖起的手指还有很多,但他扳住第三根指头想了想,又放开手,摇摇头说,没有了。而我的感觉依然是意犹未尽,要老人再告诉我一点什么。老人有些四顾茫然的样子,说,讲点什么呢?看他的眼光,我知道他不是在问我,而是问他自己,问他自己的记忆。这时,他的目光落在了枪上。

那是一支挂在墙上的猎枪。

猎枪旁边,挂着的是一些牛角,牛角大的一头装了木头的底子,削尖的那一头,开出一个小小的口子,口子用银皮包裹,口子上有一个软皮做成的塞子。这是猎人盛装火药的器具。为了狩猎时装填火药更为方便,牛角本身从大约四分之三的地方截为两段。连接这两段的是一个獐子皮做成的像野鸡颈项一样的皮袋。倒出火药时,只要掐住了那长长的野鸡颈子一样的皮袋,前面那段牛角中,正好是击发一枪所需要的火药。火药如果太多,猎枪的枪膛就会炸开,伤了猎人自己。那截皮颈是一道开关,也是一个调节器,可以使枪膛里的火药有一些适量的调节。打大的猎物时,装药的手稍松一点,枪膛里会多一点火药来增加杀伤力;打一般的猎物,装药的手总是很紧的,即使这样,有时打一只野鸡,枪声响处,只见树上一蓬羽毛乍起,美丽的羽毛四处飘散,捡到手里的猎物的肉却叫铅弹都打飞了。

除了装填火药的牛角,猎枪旁边还有一只烟袋大小的皮袋,里面装着自己从沙石模子里铸出来的圆形铅弹。

这些东西,都跟猎枪一起悬挂在墙上。

老人从墙上取下猎枪,从牛角里倒出一些火药,摊在手里。那些火药本该是青蓝色的,像一粒粒的菜籽,现在都已经板结成团。

老人叹了一口气。我知道,这种火枪,在土司统治时的寓兵于民的时代,是土司武装的主要兵器;在土司制度寂灭之后,这些火枪又成了打猎的武器。就在二十世纪五六十年代,寨子的农民一到秋天,还必须带上猎枪守在庄稼成熟的地头,与猴群,与熊,与野猪争夺一年的收成。而在今天,随着森林的消失,猎枪已经日渐成为一种装饰,一种越来越模糊的回忆了。

十、永远的道班与过去的水运队

梭磨河流到热足这个地方,两岸花岗石骨架的大山,十分陡峭地向着河谷逼迫过来。

一株株的柏树,在岩石缝里深深扎下根子,居然苍翠地蔚然成林,像一个奇迹一般。

走出寨子,站在陡峭的高高河岸上,听到在逼仄的河床中,河水发出如雷的鸣响。很有劲道的河风升上来,让人有着可以凭借这股力道飞腾起来的感觉。但那仅仅只是一种感觉。而我的双脚仍然顺着河岸上的公路行走。

有了公路以后,那个老人在我离开他家时对我说,我们这个叫作热足的寨子已经不叫热足了。送我出门的时候,他还指给我那个被更多人叫作热足的地方。那里,横卧在湍急河流上的花岗石拱桥的桥头上,趴着几座汉式的瓦顶白墙的房子。

老人说:"那里才是他们现在的热足,好像我们这里什么都不是了一样。"

这略有不平的话有些含糊不清,但我听得懂他的意思。

其实,这也是时代大的变迁中一些小小的不为人知的变迁。那些建筑,是这个时代才有的地形标志,而且,因为坐落在公路边上,又处于那座重要的桥头,而被看成热足这个地名的新的标志物。就在这寂静的山间,一个不为人知的弹丸之地,也有着一种重心的转移。在过去的时代,在孤独的行脚者奔走于驿道上的时代,人们说起热足时,肯定是指那些散落在零星庄稼地中的那群石头寨子;而现在,那些长途汽车司机和上面的乘客,说起这个地名时,想起的却是路边上那几幢毫无生气的瓦顶房子。

现在,我离开了寨子,走出庄稼地边的曲折小路,顺着公路向那几幢灰头土脸的房子走去。

不久,就看到一面扑满了尘土的地名牌立在我面前。

我又一次想起了老人家颇有怨气的话,不禁独自笑了。

那几幢房子里有一幢毫无疑问是属于养护这条公路的道班。

还有几幢房子却已经被废弃了。废弃的房子周围辟出了一些小小的菜地。瘦弱的绿色里,挂着一些青色的番茄。房子的墙上还写着很祈使的句子。我们把这种句子叫作标语。而在藏语里头,没有一个这样对应的词,如果一定要硬生生地译过去,就只有咒语这个词义与此大致相当。我就曾经在一个村子里听一个村长对一个年轻人说:"你们这些会写汉字的年轻人,往墙上,往岩石上写一些标语吧,乡里的干部来,看见了会高兴的。"

这些废弃的房子的墙上写的标语是：

"严禁打捞漂木！"

"保护国家财产,打击偷窃漂木行为！"

确确实实,有些漂木搁浅在岸上时,会失去踪迹,被人出卖给过往的长途汽车司机。更多的时候,是巨大的原木在河道里被撞得四分五裂,而沿岸很多地方因为森林的消失,寻找燃料已经越来越困难了。于是,自然而然地,河道里这些已经没有使用价值的原木碎片就成了人们搜求的东西。背回家里,烧锅做饭。包括水运队自己,也是燃烧这种来自河里的燃料。每到洪水季节,大渡河和岷江流域,那些人口较多的镇子上,河岸两边就站满了男女老幼,打捞河里那些破碎的漂木。

虽然,每一个地方的河岸上,都用浓墨写满了这种标语。但很多镇子上,河里的木头碎片成了唯一的燃料。据说,一棵树在山上伐倒,赶进河里,漂流到四川盆地的打捞点时,剩下的部分可能只有四分之一。也有一种说法,用这种方式运送的木材,最后的利用率大概是三分之一的样子。看到这样估计出来的数字,我们有理由为嘉绒山水中那么多无谓消逝的森林恸声一哭！

关于郑重其事的文字游戏的例子有很多。

就在热足这个小小的地方,就不止一个。比如道班这个词,大家都知道是养路工人的定居点。但在二十世纪七十年代中,突然有一天,道班前的牌子完全换掉了。"道班"变成了"工班"。比如,现在我的眼前,热足道班的门口就立着一块牌子:热足工班。所以做出这种改动,是领导着众多道班的机构有一天突发奇想,认为人们容易把"道"与"盗"联系起来。

于是,所有的牌子都换上了"某某工班"的字样,但是人们已经改不过口来。

还有眼前这个水运队的称呼，一直以来，任何一条漂流着木头的河上的人们都不是这么叫的。这个名字听起来像是一个搞远程水上运输的船队的名字。在人们的口语中，一直把他们叫作流送队。他们的工人自己也是这么称呼。流送，对于他们是一个更形象，也更贴切的名字。但是，偏偏要在字面上固执地叫作水运队。

过于相信文字的魔力的时候，任何语言都可能成为巫师的咒语。

而今天，我站在热足桥头绝对不是要在这里思考语言问题，我是要在此选择我的行进路线。我在这座花岗石拱桥上徘徊。桥下，是丰水期的河水在奔涌，在咆哮。浊黄的水体上腾起一道道白色的雪浪。就在离桥不远的下游几百米处，另一条水量更为丰沛的足木足河从左岸的两道岩壁中间奔涌而出，与梭磨河水汇合到一起。两水相激，在高高的花岗石岩岸下涌起巨浪，巨大的涛声滚雷一般在山涧回响。

公路在这里又一次分开了一条支线。

主线，顺着梭磨河一直往下，过金川，再到已经到过的丹巴。过了桥，顺着足木足河，一条支线伸向更深的山中。而且，又一路生出些分支，最后，都一一地消失在大山深处。我现在考虑的是去不去这条支线，如果去，我将又原路返回到现在这座桥上，再重新选择漫游的路线。

这件事情颇费周章。

最后，一辆中巴开过来，停在我面前。司机叫了我一声老师。

我慢慢回忆，这张脸慢慢变成一个总是洗不干净的差不多是二十年前的学生的脸。我犹犹豫豫地问："沙玛尔甲？"

他摇摇头，说："我是他哥哥。你上车来吧。"

于是，我就上车了。

车子开动起来，公路边的石崖呀，寨子呀，大多都还是二十年前的大致模样。那时，我在距此十五公里的足木足乡中学当过一年的语文老师。刚一上车,他就递给我一个巨大的苹果。我问他弟弟的情况。

他说:"弟弟给一个喇嘛当徒弟。"

"你弟弟出家了?"

他摇了摇头,说:"只是跟着喇嘛学画画。"

等我小小地睡了一觉,足木足就到了。我迷迷糊糊地跳下车,背上背包,站在那个曾经天天盼望信件的邮电所面前,突然有种不知身在何处的感觉。

那时,这个乡镇上很多房子都是新盖不久的,最新的房子就是这间邮电所和我们新建的中学校。过去,我认为这里是一个非常热闹的地方,但是现在的感觉却变化了,这里成了一个冷清且寂寞的地方。而且,我发现,自己越来越不喜欢这种介乎于城市与乡村之间的地方。

我去曾经当过一年教师的学校里转了转。

当时是这个镇子上最高大漂亮的建筑——教学楼门窗破败,油漆剥落。这所已经撤销建制的中学,只是一个非常短暂的存在,只是一个最终将被淡忘的记忆。一个占地宽广的校园,现在只是一个乡的中心小学校。这个时候正值暑假,校园里空无一人,操场边上都长出了不少的荒草。

我站在操场中间,恍然听到那时一群年轻教师和学生在欢笑。

这时,有人牵了牵我的衣袖。我回过身来,却发现一个十来岁的男孩站在身后,正把背在身上的毛织口袋取下来。

他有些大模大样地说:"嗨,老板。要不要松茸?"

他把口袋打开,用很多树叶与青草,包裹着一朵朵的松茸。我的鼻子里立即就充满了一股奇异的清香。

松茸是这些山林里众多野生蘑菇中的一种。这些年因为发现了这种野生菌类有防癌作用,成了外贸出口的抢手货,价钱一下子蹿至上百元人民币一公斤。

我对这个孩子用藏语说:"我不是收购松茸的贩子。"

于是,这个面孔黑里透红、一双眼睛却分外清澈的孩子立即不好意思起来。他吐了吐舌头,飞快地跑掉了。

这种神情让我想起了以前那些调皮的学生。其中就有那个据他开车跑客运的哥哥讲,在跟喇嘛学习藏画的学生沙玛尔甲。

我走出校门的时候,又看到了一张熟悉的面孔,这是我当年的一个女学生,她怀里抱着一个婴儿,是她的儿子吧。当她看到当年比自己现在还年轻的老师,立即绯红了脸,吐出舌头,嘴里发出一声低低的吃惊的声音,跑开了。

回到这个地方,我确实有一种物是人非的感觉。

而且,我说不上来,自己是不是喜欢这种感觉。

十一、寻访一位藏画师

我因为一个偶然的原因进行这次故地之旅,又因为一个更加偶然的原因来到这里。

离开学校,我把目的地定为从这里遥遥可以望见的那个叫作白杉的村庄。于是,我离开穿过镇子的公路,走上一条印着拖拉机新鲜辙印的大路。大路的下方,是顺着河岸一梯梯拾级而上的果园。我曾经带着学生,在这些地里帮助农民栽过苹果。现在,这些果树已经长大了,枝头上挂满了沉甸甸的果实,再有一两个月,苹果的青色慢慢泛黄或变红,就可以采摘了。而在大路的上方,一片片间杂着正在熟黄的麦子和正在扬花的玉米。麦子和玉米之间,是拉着长长垄沟的洋芋地。洋芋深绿色的叶子中,开出一簇簇白色和蓝色的花朵。

穿过这大片的田野,再转过一个山嘴,就是我要去的那个村庄了。

突然,在麦子地里弯腰收割的女人们都直起腰来,把目光投向故地重游的我。女人们都有些吃惊又有些欢快地尖叫起来。我刚想,她们不至于对我显得如此大惊小怪,就听到背后响起一串噼噼啪啪的脚步声。原来,是刚才抱着孩子不好意思跑开了的那个女学生追了上来。在田野里农妇们的叫声里,她从长衫的怀里掏出几个通红的早熟苹果塞到我手里,又转身跑开了。

这时,田野里的女人中甚至有人吹起了尖利的口哨。

面对这些友好而又有些疯狂的女人,我只能不加理会,继续我的行程。不然的话,这些女人拥上来,难保不出现令人感到尴尬的局面。很多女人在一起的时候,她们会显得非常开放而又大胆。

走出一段,再回头,看到女人们并没有追上来的意思,我又放慢了脚步,边走边眺望着四周的风景。转过这个山弯,走上浅浅的山梁,就是此行的目的地白杉村了。

和许许多多的嘉绒村落一样,白杉村坐落在一个向阳的缓坡上,笼罩着那些石头寨子的,依然是核桃树浓浓的阴凉。从远处望去,可以看到村子中央那个也许比所有寨子都要古老的高高的碉堡,除此之外,还能望见一片闪烁不定的金属光芒,那就是规模不大,但却很有些来头的白杉庙。

我走进这座村子的时候,沙玛尔甲已经等在村口了。

当年的学生已经是一个成年人了。他一直把我领到寨子三楼的楼顶平台上。黄泥夯筑的屋顶上铺着黑色的毛毡,画布绷在画架上,一幅佛像画到了一半。我问他师父在哪里。他说,他并不跟师父住在一起,有些时候,师父过来看他的画,有些时候,他把画拿到师父那里去听他的评判与指点。

我看看他的画,比例与尺寸都与传统藏画一样。于是,我说:"其实,这些尺寸比例都是《度量经》里规定死了的,还用得着跟一个师父学这么久吗?"

他只是笑笑,给我倒了满碗的奶茶,又盛了一碗新酿的青稞酒放在我面前,才坐了下来告诉我说,跟着师父,其实学的不是画画。

我说:"那是学的什么?"

他的回答是,学了两样东西,一样是藏文。他说,老师你想想,那时候,你们教的都是汉文,除了考上学校当了干部的少数人,汉文对留在乡下的我们是没有什么用处的。我想对他的这种说法予以反驳,但想了半天,也实在无法替一个藏族农民想出来一种特别的用处,于是,只好听他往下说了。他说,老师说得很对,学画其实不必要听老师讲什么,只要照着《度量经》规定的尺寸与色块,用尺子打好了底稿往上铺陈颜色就是了。但是,《度量经》是藏文,而不是汉文。所以,他学画的第一步,其实是跟着师父学习藏文,以便能够明白经文上的教导。

我问他:"再一样呢?"

他没有说话,从屋里端出来一大堆东西,而且,是许多截然不同的东西。比如一些带色的树根,一些矿石,再有就是金粉、银子和珍珠。我一看这些东西就明白了。他是要告诉我,学习画画其实是跟着师父学习如何制作矿物颜料。

树根与矿石中的颜料需要耐心提炼,银子与珍珠则需要细细研磨。正是这些非化学的颜料使藏画的持久性有了坚实的保证。很多寺庙的壁画就是因为这些颜料的运用,历经上千年的时光,而丝毫也不改变颜色。

所有这些,都是特别的技艺,需要师父精心的指点。

我想见见这位师父。但沙玛尔甲告诉我,他现在的老师被邻近的一个村子请去念经了,要好几天才能回来。

我问念什么经?

他说是防止冰雹的经。

这个季节确确实实也是一年的收成特别容易毁于冰雹的时候。

夏天,这些山谷里总有力量强劲的热气流不断上升,不断地把积雨的云团顶到高处,一次又一次,细细的雨滴就在高空的冷风吹拂下结成了冰雹,最后,落下来毁坏果园与庄稼。防止冰雹的最好办法是把小型火箭发射到可能形成冰雹的积雨云中,爆炸的震波使雨水及早落下,而不致在高空中结成收成的杀手。

虽然有了这种现代的防雹技术,这些村庄仍然会请喇嘛念咒作法。现代技术与古老迷信双管齐下,最后的结果,是大家愿意相信两种办法都起到了一定的作用。也有防雹失败的时候,但我也没有看见喇嘛的权威因此受到百姓的质疑。

我们说话的时候,晴空里响起了沉沉的雷声。不一会儿,就见一团浓黑的乌云从天边飘了过来,这正是那种随时可能降下冰雹的云团。他说,这是师父作法后,从那边村子赶过来的。于是,他又在口里念念有词,还抓起些青稞种子朝着乌云奋力地掷去。接着,豆大的雨点便噼噼啪啪砸了下来。

我问他:"你真正相信自己有了某种法力吗?"

他没有答话,看着我笑了。

我也跟着他笑了。

当我们这小小的一方天地笼罩在豪雨之中时,宽阔的足木足河谷中另外的村寨与田野却依然阳光明亮!

豪雨很快过去,那变得稀薄,失去了力量的乌云也被高处的风给撕成一絮絮的,随风散去了。雨后的阳光更强烈,所有被雨水淋湿的东西,都被照得闪闪发光!

不远处的寺庙那边,出现了一弯美丽的彩虹。虹的一头正好扎在有一线溪水的村边的大山沟里,所以,年轻画师说,那是龙从天上下来喝水了。我一面感受着眼前的美景,一面却在心里想,我们十多年正规学校的教育,怎么在他身上已经没有了一点踪迹?

年轻的画师扣下了我的背包,才让我离开。他说,只有这样才能保证我晚上会回到这里来。他送我下楼时说,要让我住在这里,等他画完这幅画,作为献给我的礼物。他说,自己现在是老百姓的画家,一幅画能卖百八十元,而且,很多老百姓都乐于来购买。

走出他家的楼房,我往村子里走去。

这个村子中央有一个小小的广场。广场一边,核桃树撑开巨大的树冠,浓荫匝地;广场的另一边,则是在过去时代护卫着这个村庄的高高的石头碉堡。碉堡至少有十层楼高,而村子里的其他寨子一般都是两到三层。所以,那高高的石碉给人一种特别鹤立鸡群的感觉。只是进入碉堡的门,开在有两层楼那么高的地方,而在以下的部分,没有一个出入口。需要进入碉堡时,要架起一道高高的楼梯。抽走楼梯后,下面的人无法进入,上面的人也无法下来。我想进碉堡看看,但是村子里的人告诉我,现在已经没有那么好的木头做出那么长的梯子了。

梯子就是在一整根原木上砍出一台台梯级。

我看看开在碉堡半腰上的那道门,想想确实没见过那么长的木头梯子。

虽然,现在已经远离了战乱频仍的封建割据时代,但有了这么一座碉堡,整个村子便汇聚在了一起。这个碉堡,自然便成为一个中心。所以,碉堡下面,就有了一个小小的广场。广场四周,便是一座座石头寨房。

……

第二辑 草木的理想国

贴梗海棠

既然闻到了春天的气息,大概内心里有着这样的盼望吧。笋自然没有看到,却看到一株海棠绽开的蓓蕾,稀疏,却艳红耀眼。是这个城市准备开放的第一枝吗?

两周前。星期天。望江楼旁。

忽见河上有十几只白鹭,盘旋一阵,相继落在河上。这才注意到河水与前些时大不一样。水微微地涨起来,看得见流淌了,把潴积了很久的那些包藏着这个城市太多不健康成分的污水冲走。这样的情形,想必天看着高兴,阴了一冬的脸色也就渐渐开朗,洒落下来温暖煦和的阳光。洒在身上,使身心温暖;洒在四周,使眼前明亮。这就是春天的意思了。江水还是浑浊着,但已不是将要腐朽的暗绿,而是带上了来自山中泥土的浑黄,散发的也是解冻的乡野土地那种苏醒的气息。

于是,白鹭也就结队飞来。

我以为,这就是看见了春天。而且,还想看见更多的春天,便进了望江楼公园去看那儿众多的竹子。是想看见拱地而出的笋吗?从时令上说,也未免太早了一些。可是,既然闻到了春天的气息,大概内心里有着这样的盼望吧。笋自然没有看到,却看到一株海棠绽开的蓓蕾,稀疏,却艳红耀眼。是这个城市准备开放的第一枝吗?

过几天去华西医院看医生,见院内差不多所有海棠瘦硬遒劲的枝干上,都很热闹地缀满了等待绽放的花蕾。想起早先在这里住院时,这里蜡梅都已凋谢,而别处的蜡梅才在相继开放。便在花前小坐了阵,想这个问题。并觉得自己想清楚了。当今的医院,是个比市集还热闹的地方,提前开花是因为那么多人,紧绕着这个院落中昼夜不停散发着热气的建筑,还有整个院落下的停车场里的汽车共同把这个地方变成一个热岛。

之后,在城中各处经过,都要四处打量,看那些枝干最虬曲,最黝黑如铁的海棠树上如何透露春消息。这些树都沉默着。在庭院、在河边、在公园、在车流汹汹的街道中间的隔离带上,都有许多海棠。在这个以"蓉"为别号的城市,海棠的数量远远超过芙蓉的数量。是现今才发生的变化吗?

查阅相关资料,知道至少在唐代,这个城市就有很多很多海棠了。有不得意贬到四川来做小官的唐人贾岛《海棠》诗为证:

昔闻游客话芳菲,濯锦江头几万枝。

意思大致是说,以前就听说这个锦官城花色很重,今天来果然就看到锦江边上海棠成千上万树地开着。贾诗人来成都是路过。这个河北人要到下面去做小官。到今天高速路两小时车程的蓬溪县去,后来,又到今天的安岳县去,不知是哪一次路过,看见了海棠花开的盛景。但季节应该是确切的,就是这春寒料峭的二月吧。

有一首宋人诗正好回答了两个问题。

一个是这海棠是否成都土著。再一个就是它的花开时节。

　　岷蜀地千里，海棠花独妍。
　　万株佳丽国，二月艳阳天。

书上说，春天的二十四番花信，海棠花开应该在春分时节。但这个城市，海棠却是在一月底就相继开放了。

2月4日，立春。

　　昨天阴天，早上起来看见雾气浓重，知道今天天晴。这段时间就是这样，昨天是阴天，今天就一定是晴天，那么明天又是阴天。这样均匀地阴晴相间差不多十天时间了。虽然雾气浓重，手机定制的交通信息中还有高速路因雾封闭的消息，还是敢断定今天太阳一定会露脸，就把相机放上汽车后座，打算天一放晴就到府河边上去看海棠。

　　照例塞车，照例是耐住性子慢慢挪动，看到了隔离带上红海棠零星开放。只可怜废气与尘土浓重，显不出令人鼓舞的模样。到了单位，听八楼会议室有人引吭高唱，是一条熟悉的嗓子在单位团拜会上表演节目。继之又响起好几条嗓子。时势使然，本是饮茶交谈的场合，也模仿电视综艺晚会了。正犹豫上不上楼去，却见雾气散开，阳光穿过云隙降临在这蒙尘的日子。光从天顶一泻而下，使阴暗者明亮，晦暗者开朗。在这种光的照耀下，出红星路二段上单位的院子，北行数百米到新华路，折而向东至猛追湾，人就在府河边上了。两岸有宽阔的林荫，穿行其中，甚嚣尘上的市声就微弱了，被忘记了，又见到微涨的春水了，闻到这春水带来的日益遥远的乡野气息了。河上几百米就有一座桥，观景人可以在两岸频繁往返。溯河西北行,第四座和第五座桥之间,两岸有着城中最多的海棠,可能也是最漂亮的海棠。

去年开始,为了避开下午的高峰车流,下班后,我会先到这段河岸上散步,看树看花,等到八九点钟再开车回家。那时就目睹过此处海棠盛开的景象。城中很多地方都有树形虬曲的红海棠。在此处,一树树怒放的红海棠间,却相间着一丛丛白海棠。红海棠树形高大,花开热烈;白海棠只是低矮浑圆的一丛,捧出一朵朵娴静清雅的白色花。这种热烈与安静的相互映衬,比那一律红色的高昂更意韵丰满,低调的白却比那高调的红更惹眼。

应该说,这段河岸的植物布置是这个城市中最有匠心的地方之一。

今天,2月4日,比去年见海棠盛开的日子早了一些,但有淡淡阳光,立春两字更弄得心里痒痒,便穿林过桥直奔那段遍植海棠的河岸,本来是去看早开的海棠,不想海棠已开得一树树绯如红云。看见许多蜜蜂在花间奔忙,在怒放的海棠树间穿行,却未闻花香。蜜蜂的飞舞让人好像闻到了花香。这些蜜蜂真是贪婪,刚一停在花上,也不摆个姿势让我留影,便一头扎进花蕊中去了。翘着个下半身在花瓣间让画面难看。前些天红梅开放时以为会看到蜜蜂,却一只都未见到。这天特意去附近看了一株仍在盛开的红梅,上面也未见蜜蜂。

于是,回身继续拍我的海棠。拍到一块牌子,给这个密集海棠处起个名字叫"映艳园"。说不上好,也说不上不好。建这园子的立意倒好:"成都栽培海棠甚盛,古来闻名。"所以建此园,"表现海棠春艳的主题。"这些话就写在那块牌子上。可这海棠花开的情景,热闹固然热闹,却远不是一个"艳"字可以概括的。艳丽是簇拥在枝头的花朵的整体效果。走近了看,那花一朵一朵一律五只单瓣,不似绢的轻薄,而有绸子般肥厚且色彩明丽同时沉着的质感。更不用说那海棠花直接开在瘦硬、黝黑、虬曲的枝干上,像是显示某种生命奇迹一般(生命本身就是种种奇迹),而那枝干上还有不甚锋利却很坚硬的刺让人不过分亲近亵玩那些花朵。

因此推测,好多古人诗中所咏的海棠多不是这种海棠。典故中"海棠春睡"比喻美人慵倦的海棠不是这种海棠,不是这种民间叫铁脚海棠,植物书上叫作贴梗海棠的品种。《红楼梦》,大观园中众小姐结海棠社咏海棠诗,从描绘的性状与引发的情感看,多半也不是这种海棠。只有林黛玉诗中一联,咏的像是眼下这种海棠。当然不是红海棠,而是白海棠。《红楼梦》中这一回结海棠社咏海棠诗就是因为贾宝玉得了两盆白海棠。只有林黛玉峭然咏出"偷来梨蕊三分白,借得梅花一缕魂"的妙句,像是开在眼前的红海棠丛中的白海棠精神写照。

此时红海棠正盛开,白海棠大多还是萼片透着青碧色的花苞,只有当花苞打开,那纯净的白色才展开,寂静而冷艳。

我自己记住,无论白色还是黄色,无论植株高大还是矮小,这种直接开在瘦黑虬曲且有刺的枝条上,一律单瓣五片环绕一簇黄色花蕊的花就叫贴梗海棠。蔷薇科木瓜属。这种海棠是蜀中土著,在这片土地上早在人类未曾意识花朵之美,未曾把它叫作海棠之前就已经存在了十万百万年。

还可以闲记一笔,坐在树下看花的时候,眼角的余光看见脚下地边有微弱的蓝星闪烁,仔细看去,却是花朵展开不超过半个厘米的婆婆纳也悄然出苗,贴地开放了。

2010年2月9日

丁 香

  丁香花却并不是真的这么愁怨的,花期一到,就一点都不收敛,那细密的花朵攒集成一个个圆锥花序,同时绽开,简直就是怒放。

  打开电脑新建文件时就想,关于丁香有什么好说的?其实不只是丁香,很多中国的植物,特别在诗词歌赋中被写过——也就是被赋予了特别意义的植物都不大好说。中国人未必都认识丁香,却可能都知道一两句丁香诗。远的,是唐代李商隐的名句:"芭蕉不展丁香结,同向春风各自愁。"就这么两句十四个字,丁香在中文中的形象就被定格了,后人再写丁香,就如写梅兰竹菊之类,就不必再去格物,再去观察了,就沿着这个意义一路往下生发或者有所扩展就是了。

  于是近的,就有现代诗人戴望舒的名诗《雨巷》:"我希望逢着/一个丁香一样地/结着愁怨的姑娘。/她是有/丁香一样的颜色,/丁香一样的芬芳,/丁香一样的忧愁,/在雨中哀怨,/哀怨又彷徨。"

  一个女人,如果有了诗中一路传承下来的某种气质,就是一个惹人爱怜的美人了——这种气质就是丁香。虽然,我们如果在仲春时节路过了一树或一丛丁香,那么浓重热烈的芬芳气味四合而来,但作为一个中国人的文化联想,却是深长悠远的哀愁与缠绵。或者怀着诗中那种薄薄的哀愁在某个园子中经过了一树丁香,可能会想起丁香诗,却未必会认识丁香;也许认识,但也不会驻足下来,好生看看那树丁香。我甚至想,如果有很多人这么做过的话,这样的丁香诗就不会如此流传了。

抛开眼前的丁香花暂且不谈,还是说丁香的诗,这种象征性意义的固定与流传,在李商隐和戴望舒之间还有一个连接与转换。那就是五代十国时南唐皇帝李璟的多愁善感的名句:"青鸟不传云外信,丁香空结雨中愁。回首绿波三楚暮,接天流。"

但是,丁香花却并不是真的这么愁怨的,花期一到,就一点都不收敛,那细密的花朵攒集成一个个圆锥花序,同时绽开,简直就是怒放。我在植物园拍一株盛花的火棘时,突然就被一阵浓烈的花香所淹没了,但我知道,火棘是没有这样的香气了。抬头,就见到一株纷披着满树白花的丁香!说纷披,确实是指那些缀满了顶生与侧生的密集花序的枝子沉沉地弯曲,向着地面披垂下坠。那么繁盛的花树,是怎么引起了古人愁烦的?待我走到那树繁花的跟前,那么多蜜蜂穿梭其间,嗡嗡声不绝于耳,我只在蜂房旁边才听到过这么频密的蜜蜂的歌唱——同时振翅时的声响。这么样子的热闹,这么强烈的生命信息,怎么和一个"愁"字联结起来?

但是,诗人们不管这个,只管按照某种意思一路写下去,"看山不是山,看水不是水。""感时花溅泪,恨别鸟惊心。"就这么按照某种意思一路写下去。

所以,李璟写下"丁香空结雨中愁"时,不仅接续了李商隐的愁绪,而且请来了雨,让丁香泛着暗暗的水光,在长江边的霏霏细雨中了。这位皇帝还把这种写愁的本事传给了自己的儿子李煜,他写愁的诗句甚至比乃父更加有名:"问君能有几多愁,恰似一江春水向东流。"这李姓父子身逢乱世,却不是曹操父子,文有长才,更富政治韬略与军事禀赋,所以强敌环伺时,身在龙廷却只好空赋闲愁,只好亡国,只好"流水落花春去也",只好"自此人生长恨水长东"。

这就说到成都这个城市了,李璟李煜写出那些闲愁诗也是亡国诗的时代,也是我们身居的这个城市产生"花间派"的时代。是那些为成都这个城市的历史打上文化底色的词人们用"诉衷情"、"更漏子"、"菩萨蛮"和"杨柳枝"这样轻软调子的词牌铺陈爱情与闲愁的时代。

> 花落子规啼,绿梦残窗迷。
> 偏怨别,是芳节,庭中丁香千结。

看看,那时候长江南北战云密布,偏安一隅的成都就很休闲,那时他们还赋予了丁香后来在中国人文化观念中固定流行的爱情的意义:"豆蔻花繁烟艳深,丁香软结同心。"什么意思?一来是诗人格了一下物,看到丁香打开花蕾(所谓丁香结),花瓣展开,这种两性花露出的花蕊,也就是雄蕊与雌蕊的组合都是那么相像——"同心",并从此出发联想了爱情(也是同心)。但是,这么一种地方性流派审美生发出的意义,却在后来浩大的诗歌洪流中不甚显著,因为这个地方的文化从来不能顺利进入或上升为全国性的主流;当然,李白们,苏东坡们是例外,因为他们无论是地理上还是文化视野上都超越了地域的局限。所以,后人评《花间词》说:"嗟夫!虽文之糜,无补于世,亦可谓工矣。"

再后来,好多很好描写了成都的诗文都是外来人的杜甫们所写下的了,成都太休闲,不要说修都江堰这等大事,连写诗这样不太劳力费神的事,都要外地人代劳了。

以上，是我说丁香顺便想到的，对成都努力让自己符合休闲城市这个定位时，关于文化方面一点借古喻今的意见。

既然说了意见，索性顺便再说一点，这是有关这个城市的园林设计与道路街巷的植物布局。

人们常说，一个城市是有记忆的。凡记忆必有载体作依凭。城市最大的记忆承载体当然是一个城市的建筑。成都与中国大多数城市一样，要靠老的街道与建筑来负载这个城市的历史记忆与文化意味是不可能的了。那么，一个城市还有什么始终与一代一代人相伴，却比人的生存更为长久，那就是植物，是树。对成都来说，就是那些这个城市出现时就有了的树：芙蓉、柳、海棠、梅、槐……这个城市出现的时候，它们就在这座城里，与曾经的皇城，曾经的勾栏瓦舍，曾经的草屋竹篱一起，构成了这个城市的基本风貌，或被写进诗文而赋予意义，或者院中，在某一街口，一株老树给几代人共同的荫庇与深长而具体的记忆。但是，在今天的城市布局中，这些土著植物的地盘日渐缩小，而从外地，从外国引进的植物越来越多。我个人不反对这些植物的引进，比如立交桥下那些健旺的八角金盘就很美观，而且因其生长健旺也很省事。池塘中和芦苇和菖蒲站在一起的风车草也很美观。街道上一排排的刺桐与庭院中的洋紫荆也不可谓不漂亮，只是它们突然一下子来得太多太猛了，大有后来者居上的意思。在我看来，其实没必要一条一条的街道尽是在这个非热带城市连气根都扎不下来的小叶榕，须知它们是挤占了原来属于芙蓉的空间，属于女贞和夹竹桃的空间，当然，也有一部分是属于丁香树的空间。这几日，正是丁香盛开的时节，但城中却几乎看不到成气候的丁香的分布了。一种漂亮的芬芳四溢的土著植物差不多已经从街道上消失了，退缩到小区庭园与公园，聊作点缀了。前天，被请到什邡去为建立地震遗址公园出点主意，回来路上，三星堆博物馆主人留饭，在博物馆园子里，看到几丛很自在,很宽舒地生长着开放着的丁香。但那里虽然在地理上还属于成都平原,毕竟行政上是在别的行政区划的地盘上。

还是今天,五月二日,到城北的植物园才看到几株漂亮的丁香。

出城进城,正在扩建的108国道都拥挤不堪,但让人安慰或者愿意忍受这般拥挤的是,改造过后就好了,而且道路两边的挡土墙上,就彩绘着扩建完成后大道的美景,我就想,那时大路的两旁,会有很多的丁香吗?

真的,让这个城市多一点土著植物,因为这些植物不只美化环境,更是许多城市居民一份特别的记忆,尤其是当这个城市没有很多古老建筑让我们的情感来依止,多一些与这个城市相伴始终的植物也是一个可靠的途径。植物也可以给一个有着悠久历史的城市增加一些历史感。

2010年5月2日

鸢 尾

三月的开头,还不是鸢尾花的月份,但确实有几丛剑形的碧绿叶片在树荫下捧出了白色中透着青碧的花朵。

该说说草本的花了。

回顾写成都时令及花开的文字,发现,竟然一直说着木本的花。但在我们四周,更多的花却是草本,开在林下或林缘的草地,或者就自己一株草也可以独自圆满的地方。草本的花更普遍,更强健,随处点染着我们置身其中的环境。它们不要观赏树那么宽大的地方,修枝剪叶,那么精心的侍弄,小小一粒种子,哪怕落在人行道的砖缝里,只要有点泥土,有点水分,就能抽枝展叶,只要目中无草的人不去践踏,就会绽蕾开花。

春天的时候,去一所大学,在一处楼前阶梯,就见到水泥台阶的缝隙间闪烁着别样的紫色光,原来却是紫花地丁已经展叶开花。这株地丁一共花开三朵,诚恳的紫色,那样的空间里,五片花萼依然片片舒展。那天,我是去听一个考古学的讲座。这时却在成都午后那种淡淡的暖阳下想起了川端康成《古都》的开头:

千重子发现老枫树干上的紫花地丁开了花。"啊,今年又开花了。"千重子感受到春光的明媚。

而我,看到这几朵孱弱的地丁,那部优雅小说开头那优雅的话就在心头浮现了。回家路上,顺便逛逛书店,从书架上取了这本久违的书在灯下。看到川端康成在小说中还有这样的话:"紫花地丁每到春天就开花,一般开三朵,最多五朵。"这样的文字,不只是安静的雅致,更有植物学的精确了。

因为花期短暂(两周左右),紫花地丁让小说家与小说中主人公在欣喜的同时又心生惆怅。而我真的很喜欢那花的样子:几片漂亮的基生叶,几朵柔弱而又沉着的紫色花。后来,还专门到城外某处曾见过它们的山坡上去,可是今年春旱,未能看到它们成片开放时欣欣然的景象。在那座一下脚就带起尘土的干燥的小丘上,它们只是稀疏地开放,在干燥的浮土中,一副灰头土脸的样子,我连相机都没打开,傻坐一阵,就下山去了。

还好,在下面湿润的溪边,在一丛醉鱼草和几株枸树下遇见几朵开放的鸢尾。三月的开头,还不是鸢尾花的月份,但确实有几丛剑形的碧绿叶片在树荫下捧出了白色中透着青碧的花朵。

说鸢尾不太准确,鸢尾是一个科,很多种花构成了这个家族。我所看到的,是一种很普遍的草本的花,通常叫作蝴蝶花。成都的人行道边,那些成丛成行的树下空地上,四处都有它们的身影,只不过,我是在城外见到了它们最初的开放。十来天后,城里,四处,街角道旁,它们就星星点点相继开放了。再过十来天,它们就开得非常繁盛,在林荫下,闪烁着一片一片的照眼光芒了。成都市区身处盆地的底部,少风,特别少那种使花草舞动的小风,不然,那些白中泛蓝的鸢尾花就真的像蝴蝶翩飞了。

四月,蝴蝶花开始凋谢的时候,另一种叫作黄花鸢尾的鸢尾,长在水中的鸢尾就要登场了。在住家小区的二号门前,夹着通道的两个小池里,马蹄莲和黄花鸢尾一起开放了。马蹄莲那么纯净的白色映照得鸢尾的花色更加明艳。每天出门,我都要停下脚步看一看它。

如果愿意细细观察,鸢尾的花朵确实长得很有意思。一眼看去,似乎都是六枚"花瓣",殊不知鸢尾花只有三枚花瓣,外围的那三瓣乃是保护花蕾的萼片,只是由于这三枚瓣状萼片长得酷似花瓣,以致常常以假乱真,令人难于辨认。但细看之下,会发现,这六枚"花瓣"其实分成两层,下面的一层三片单色,没有斑纹。而上面的三片才是真正的花瓣,中央都有漂亮的斑纹。更奇妙的是,鸢尾从花蕊深处伸展出来与花瓣基色相同三枚雌蕊也长成长舌状的花瓣模样,只是质地更厚实而又娇嫩。我看外国关于观花的书上,除了照相机的微距镜头,总还建议你带上一柄放大镜,这样可以细细观赏与由衷赞叹花朵这种特殊构造的美妙天成。

现在是五月,黄花鸢尾也凋谢了。

昨天下午,雨后,到府河边某酒楼赴饭局,怕堵车而早到,便到活水公园散步。去看那些模仿自然生境中污水自净的人工设计,去看那些曲折水流与长满水生植物的池沼,去看与风车竹,与菖蒲共生一池的马蹄莲和黄花鸢尾。雨后空气分外清新,满眼的绿色更是可爱。特别是鸢尾那一丛丛剑形的叶片,但可爱的黄色花朵委实是凋零了。

就是这个时候,通常,我们就把它叫作鸢尾,或者说,就是能常将其当成鸢尾科当然代表的蓝色花却到了开放的时节。这种鸢尾在城中并不常见,但愿意寻觅花踪的人总还是偶尔可以遇见。

这种被当成鸢尾科当然代表的鸢尾花花朵更硕大,在那三枚萼片长得像花瓣,三枚花蕊也像花瓣的花朵中,那三片真正的花瓣中央,还突起了一道冠,漂亮的飞禽头上才有的那种冠状物——而在白色的蝴蝶花和黄花鸢尾的花瓣中央,那里只是鸟羽状的彩斑。梵高有一幅名画就叫《鸢尾花》。花朵也是蓝色的,那么浓郁的一丛蓝色花盛放着,只是用印象派的个人印象强烈的笔触,从那画面上看不清细节,也就无从知道,他画的是不是也开在我们城中的这一种了。

是的,三、四、五月,这城中就开过了这么三种鸢尾花。现在,五月将尽,属于这座城的鸢尾也都要开尽了。从什么地方搬来,一盆盆摆在街心与广场的那些不算,露地生长的车轴草(三叶草),酢浆草,也都要开尽了,但一定有新的花陆续登场。又要出门几天,先去韩国,再去慈溪,回来的时候,它们一定又开放了。

鸢尾这一科的,在国内还见过两种,却都不是在这座城市了。一种是在天山深处的那拉提草原,叫作马兰(学名马蔺)。再一种,是在贡嘎山谷中,蓝到近乎发黑的颜色,那种调到很稠的油墨的颜色,三片真正的花瓣上,斑纹是耀眼的金色,因此得名叫金脉鸢尾。

国外也见过,一次在巴西,在做客人家的院子里,回国后又在一个植物园见过,牌子上写的名字就叫巴西鸢尾。

2010 年 5 月 21 日

栀 子

花瓣自然洁白,而且厚厚的——植物书把这描述为"肉质"——在我看来,却应该有一个更高级的比喻。那花瓣不仅洁白无瑕,而且,有着织锦般的暗纹,却比织锦更细腻柔滑。

5月27日。夜。

台湾有人捎了高山茶给成都的朋友。

于是就有了一顿酒。出去和这位受茶礼的朋友喝酒。阵雨刚过,带着醉意回家,脚步轻飘地穿过院子,一阵浓香袭来。我晓得,是栀子花开放了。

前两天,银杏树下半匍匐的硬枝上闪着绿光的那片灌丛,刚竖起毛笔头形状的绿中泛白的花蕾,还以为要好几天才会开放。却恰恰就在这不经意的时候,这些栀子花就悄然开放了。

杨万里咏过这种花,最恰切的那一句就是描摹当下这一刻:

无风忽鼻端。

驻脚停下,也许是听到了这句诗吧,竟然凝神做了一个倾听的姿态。朦胧灯光中,真的无风,院中池塘,有几声蛙鸣,香气再一次猛然袭来。

我笑。

笑花香该是闻见的,却偏偏做了一个听的姿态。真的听见那夺魄香气脚步轻盈,缥缈而来。

拐个弯,移步向雨后暗夜里开放的栀子。在去往停车场那个小斜坡上,银杏树笔挺着直刺夜空,树下,几团似乎在漾动的白,是院中最茂密的那一丛栀子盛开时放出的光。

这些光影中,盈动暗香的,是今年最早开放的栀子花。由于灯光而并不浓酽的夜色,却因为这香气而稠黏起来。

5月28日。上午。

去年远行南非,深夜从机场拖着行李回家,一进院子,就闻见了这花香。那是六月,花香有些不同。不是现在这样的清芬,而是带着过分的甜,是果酒发酵的那种味道。

那是栀子开到凋败时的味道。

昨夜回到家里,就打开电脑,查照片档案。查到去年的时间,是6月23日。记得去年回家的第二天早上起来,迫不及待去拍了几张照片,却只拍到几朵稀落的,花瓣已经变黄的残花。而今年栀子初开的夜晚,是5月27日。去年这个时候,正要出国去遥远的非洲之角。远行前等栀子花开等到六月几日都没有等到。那一枝枝半匍匐的绿叶间,挺起来一枚枚浅绿的花蕾,却久久不肯绽开。今年则不同,那些毛笔头形状的花蕾刚冒出来几天,就在这个雨后的夜晚,悄然绽放。

今年,媒体上炒过一阵千年奇寒的说法,后来又都齐齐出来嘲笑这是无稽的谣言。电视上还有囤了许多羽绒服的商家因亏本,哭着谴责气象学家。但在媒体辟谣不久,冬天真的就冷起来了。结果之一,自然是差不多所有花的开放都比去年要晚,偏偏这栀子却早于去年开放。

回到家里,第一件事,给相机充电。早上醒来,却见天一味阴沉。到了11点,天还不见晴,只好拿相机下楼,拍了一阵,并试了试一只新买的镜头。这只80—400的变焦镜头,本来是准备盛夏时上青藏高原时好拍那些够不着的花朵。现在把长焦拿来近拍,因为这种镜头对景深的压缩,也有些特别的效果。6月1日还得出门,我想未来几天,应该有晴天,有好的光线,能把这些漂亮的花朵拍得更加明亮。

想起了里尔克的诗:

> 给我片刻时光吧!我要比任何人都
> 爱这些事物
> 直到他们与你相称,并变得广阔。
> 我只要七天光阴,七天
> 尚未有人记录过的七天,
> 七页孤独。

5月29日。

今天上午,天放晴了,但要出门办事。

路过常去的器材店,买了两只偏振镜,就是要对付强烈的阳光辐射下花朵上的反光。下午急急回到家,天又阴了。更多的栀子花竞相开放。便只好坐在电脑前记下这些文字。

这时,门店铃响了。是清洁公司的钟点工。这两位中年妇女都各自别了两朵栀子花在身上。随着她们走动,隐约的香气便在屋子里四处播散,也时时飘进书房。这两个喜欢边干活边聊家长里短的妇人,在我眼里显得亲切起来。

我问其中一位讨了一朵,放到眼前。翻出植物志来细细观察。

书上的描述并不特别详细:"花单生于枝端或叶腋,白色,芳香;花萼绿色,圆筒状;花冠高脚碟状,裂片五或较多。"但对我这个初涉植物学的人来说,也是有用的指引。我想起花开园中的情形,如果不是生于枝端,也就是每一枝的顶上,那些花蕾与花朵就不会那么醒目地浮现于密集的绿叶之上。花瓣自然洁白,而且厚厚的——植物书把这描述为"肉质"——在我看来,却应该有一个更高级的比喻。那花瓣不仅洁白无瑕,而且,有着织锦般的暗纹,却比织锦更细腻柔滑。花萼——也就是花蕾时包裹着花朵的那一层苞片确乎是绿色的,当它还是花蕾时,萼片被里面不断膨胀的花朵撑大,越来越薄,薄到绿萼下面透出了花瓣越来越明晰晶莹的白。直到花萼被撑裂的那一刻。要是有一架摄影机,拍下栀子开放的过程,那种美,一定摄人心魄。花梗差不多有 2 厘米长,花朵就在这长长的花梗上展开。因为这个长梗,书上才说它是"高脚碟状"。对这么美丽的花朵来说,这个比喻也太不高级,而且不尽准确。这朵直径 3 厘米左右的花朵,花瓣分为三层。每层六瓣,跟书上所说的"裂片5"不同。这一点,倒是一句宋人诗写得准确:"明艳倚娇攒六出。""六出",也就是展开六枚花瓣的意思。这些花瓣捧出的,是作为一朵花来说最重要的部分:雌蕊与雄蕊。

看过一张照片,是一个美国植物学家的照片。老头在用放大镜观察一朵花。刚看过的一本外国人写的描述地中海植物的书上也强调,观花的必备工具里要有一只放大镜。我想,这是为了便于对结构精巧的花蕊进行仔细观察。我没有备下这个东西,于是,也只好和手边的植物书一样语焉不详。我只看见六枚颜色棕黑瘦弱的雄性,围着一只明黄的雌蕊,有些自惭形秽的样子。而栀子的雌蕊却颜色娇艳,而且长成一个蒂,像是这朵花的G点。如果这朵花要发声,肯定就是它引发的一声娇喘。这么写,好像有点情色了。但花朵的开放,于植物自己,就是一场盛大的交欢。如果要冷静下来,就再引杨万里的诗句:

孤姿妍外净,幽馥暑中寒。

又下雨了,轻寒袭来,栀子花又是诗中的模样了。

5月30日。
又听了一夜雨声。
前些天升高的气温又回去了。今天最高气温是24度。有拍纪录片的人来,要我谈谈一个故世二十年的作家。谈到中间,我觉得冷,找出外衣来穿上。送他们走,回来,看见院子里更多栀子花开了。又拍了几张照片。有露珠的,可爱,但仍然期望有阳光。栀子的白色在明亮光线下应该更加照眼。但没有办法。明天要去参加为纪念萧红诞辰一百周年而创立的萧红文学奖的颁奖礼。

回来,又读了些有关栀子的文字。
所以不愿在这组成都物候记中漏过了栀子花,因为它是妆点蜀地人生活很久很久的本土植物。它的花香至少在成都这座城池中萦回不去有上千年了。我想,花开时节,被女人们缀在发间,宝石一样挂在襟前也有上千年了。有诗为证。唐代刘禹锡:

蜀国春已尽,越桃今始开。

越桃,就是栀子在唐诗中曾经的名字。其中说到的就是"物候"——此花开放的时节。四川盆地春花次第开尽的时候,栀子花就开放了。也就是说,栀子的开放宣告了夏天的到来。

宋代的草药书《本草图经》也说:"栀子,今南方及西蜀州郡皆有之。木高七八尺,叶似李而厚硬。"确实,栀子枝硬,叶也硬,因此也才更显出栀子花朵动人的娇媚。

写下这些文字的时候,院子里所有栀子都已盛开,而早开的那一丛,已经露出了萎败的端倪。

2011年5月31日于哈尔滨

荷

荷叶密密地覆盖了水面。它们交叠着,错落着,被阳光所照亮:鲜明,洁净,馨香。在这个日益被污染的世界,唤醒脑海中那些美丽的字眼。

今年的天气总归是奇怪的。雨水说来就来,从不经酝酿与铺垫。而且,总是很暴烈地来。紧接着,不经过渡就是一个大晴天,气温扶摇直上,酷热难当。天气预报把这叫作极端天气。好像天上的雨师雷神差不多都成了奉行极端主义的恐怖分子了。

8月1日那天,中午出门还想着要不要穿防雨的鞋和防雨的外套,不想三四点钟时走到街上,空中阴云瞬间踪迹全无,艳阳当顶。天气预报次日是一个晴天,再次日,暴烈的雨水又要回来。就想该趁明天的晴朗去看看荷花了。暴雨倾盆的时候,我就有些忧心,妖娆的荷花如何经得住这般如鞭雨线的抽打。天老爷再极端几回,今年的荷花怕就看不成了。

于是,决定第二天去看荷花。

成都市区里没有大片的安静水面,到哪里去看荷花?先想到东郊的荷塘月色。前几年吧,以荷塘月色命名的新乡村建设刚刚完成,当地政府曾请了若干人等前去参观。他们是要招些画画的,弄音乐的人去住在湖边,结果把我这个整天在键盘敲字的人也误入了名单。询诸友人,我被嘲笑了,说,看荷花怎么不去桂湖?我恍然大悟,桂湖,对,桂湖!里边还有一座杨升庵祠的桂湖!

写成都物候记这么久,想找一个与成都本地出身的文人相关的场所竟不可得,却偏偏忘了这多桂花也多荷花的桂湖!今天的成都,早已不是当年围着九里三分城墙的那个成都,也不是破了城墙,用一环二环三环路绕着的成都,而是一个实验着城乡一体化的包含了若干区县的大成都!过去位于成都北郊的新都县已是成都市的新都区了!

2日这天,且喜天朗气清,且喜交通顺畅。不到一小时,车就停在了桂湖公园门前。买30块钱票入得门来,围墙与香樟之类的高树遮断了市声,一股清凉之气挟着荷叶的清香扑面而来。穿过垂柳与桂花树,来到了湖边。荷叶密密地覆盖了水面。它们交叠着,错落着,被阳光所照亮:鲜明,洁净,馨香。在这个日益被污染的世界,唤醒脑海中那些美丽的字眼。乐府诗中的,宋词中的那些句子在心中猛然苏醒,发出声来。感到平静的喜悦满溢心间。在水边慢慢端详那些美丽荷叶间的粉红的花朵,看它们被长长的绿茎高擎起来,被雨后洁净的阳光所透耀。也许来得早了一些,荷叶间大多还是一枚枚饱满的花蕾;颜色与形状都如神话中的仙桃一般,而那些盛开的,片片花瓣上,阳光与水光交映,粉嫩的颜色更加妖娆迷离。古人诗中所谓"映日荷花别样红",想必描绘的就是这种情景。阳光不只是直接透耀着朵朵红花,同时还投射到如一只只巨掌的荷叶上,落在绿叶间隙间的水面上,而受光的叶与水,轻轻摇晃,微微动荡,并在摇晃与动荡中把闪烁不定的光反射到娇艳的花朵上。我用变焦镜头把它们一朵朵拉近到眼前,细细观赏那些闪烁不定的光线如何引起花朵颜色精妙而细微的变幻。镜头再拉近一些,可以看清楚花瓣上那些精致纹理,有阵微风使它们轻轻摇晃时,便有一阵香味淡淡袭来。而那些凋萎的花朵,花瓣脱落在如巨掌的荷叶上,露出了花芯里的丝丝雄蕊,和雄蕊们环绕的那只浅黄色的花托。圆形花托上有一只只小孔,雌蕊就藏在那些小孔中间。风或者昆虫把雄蕊的花粉带给藏在孔中的雌蕊。它们就在花托中受精,孕育出一粒粒莲子。当风终于吹落了所有的花瓣,花托的黄色转成绿色,一粒粒饱满的莲子就露出脸来,一朵花就这样变成了莲蓬,采下一枚来,就可以享用清甜的莲子了。只是,在这里,这些莲蓬也只供观赏,至少我自己不会有采食之想,倒是想起了古人的美丽诗词:

灼灼荷花瑞,亭亭出水中。
一茎孤引绿,双影共分红。

荷的确是植根于中国人意识很深的植物。

"释氏用为引譬,妙理俱存。"这是李时珍说过的话。意思是说,在佛教中,荷花的生物特性在佛教那里变为一种象征。《华严经》中详说了莲花——荷花的另一叫法——"四义":"一如莲华,在泥不染,比法界真如,在世不为世污。二如莲华,自性开发,比真如自性开悟,众生诺证,则自性开发。三如莲华,为群蜂所采,比真如为众圣所用。四如莲华,有四德:一香、二净、三柔软、四可爱,比如四德,谓常、乐、我、净。"其象征意义都说得再清楚不过。李时珍在他的药典《本草纲目》也离开对于植物药用价值的描述,按自己对荷的种种生物特性生发出更具体的象征:"夫莲生卑污,而洁白自若;南柔而实坚,居下而有节。孔窍玲珑,纱纶内隐,生于嫩弱,而发为茎叶花实;又复生芽,以续生生之脉。四时可食,令人心欢,可谓灵根矣!"

到了北宋,周敦颐《爱莲说》出世,更把荷花的特性与中国君子的人格密切联系起来:"予独爱莲之出淤泥而不染,濯清涟而不妖,中通外直,不蔓不枝,香远益清,亭亭净植,可远观而不可亵玩焉。"算是对荷人格寓意的最后定性。

这不,一位当奶奶的领着孙子从我背后走过,我也听到她对孙儿说其中那个差不多人人知道的短句。可惜,说完这句她就登上旧城墙边的凉亭,用苍老的嗓子去和一群人同唱激越的红歌了。

我避开这个合唱团,去园中的杨升庵祠。

这座园子,在明代时,是新都出了当朝首辅又出了杨升庵这个状元的杨家的花园。看过当地的一些史料,考证说,这个园子的水面上,早在唐代时就种植荷花了。之所以叫桂湖,不叫莲湖,是因为后来由杨升庵亲自在这荷塘堤岸上遍植了桂花。现在,不是桂花飘香的节令,只有荷塘上漾动的馨香让人身心愉怡。但怀想起这个园子当年的主人杨升庵,却不免心绪复杂。

升庵是杨慎的别号。杨慎生于公元1488年,明正德六年状元,入京任翰林院修撰,翰林学士。公元1521年(明正德十六年)3月,明武宗朱厚照病逝,武宗没有亲生儿子,便由他堂弟朱厚熜继位,是为世宗。世宗当上皇帝,要让生父为"皇考"。杨升庵的父亲,时任首辅杨廷和等认为,继统同时要继嗣,也就是新皇帝应尊武宗之父为皇考,现任皇帝的生父只能为"皇叔考"。这么一件皇帝家里并不紧要的家事,酿成了明史上有名的"议大礼"之争。一个国家的权臣与文化精英为这件屁事争了整整三年。明世宗朱厚熜是明武宗朱厚照的堂弟,明武宗之父明孝宗的侄子。因武宗无子,这朱厚熜才继承皇位。按照封建王朝旧例,即所谓

"礼",朱厚熜应视为明孝宗的儿子,尊称明孝宗为"皇考",而只能称自己的亲生父亲为"本生父"或"皇叔父",绝不能称为"皇考"。多数大臣,包括杨廷和、杨升庵父子的意见都是这样。但也有少数阿谀拍马的大臣认为朱厚熜是入继大统不是入嗣为人后,故应称本生父为"皇考",而称明孝宗为"皇伯考"。朱厚熜自然非常赞同后一种意见,并责问杨廷和等人说:"难道父母可以移易吗?!"双方各执一词,互不相让。嘉靖三年七月的一天,杨升庵鼓动百官,大呼:"国家养士一百三十年,仗节死义,正在今日。"反对派二百多位官员,跪伏哭谏。嘉靖皇帝大怒,把一百三十四人抓进牢狱,廷杖了一百八十多人,也就是当众扒下裤子打屁股,当场就有十七人活活被打死。杨升庵也在十天中两次被廷杖,好在命大,又死而复苏。后与带头闹事的另外七人一道,受到编伍充军的处治,被贬逐到云南永昌(今保山)。

秉持儒家精神的传统知识精英,常把大量的精力甚至生命浪掷于对封建制度正统("礼")的维护,其气节自然令人感佩。但在今人看来,皇帝要给自己的老子一个什么样的称号,真不值得杨升庵这样的知识精英付出如此惨烈的代价。在家天下的封建体制中,知识精英为维护别人家天下的所谓正统的那种奋发与牺牲,正是中国历史一出时常上演的悲剧。这个悲剧不由杨升庵始,也不到杨升庵止。他们这样地义无反顾,如此地忘我牺牲,真是让人唏嘘感慨。顶着烈日,站在杨升庵塑像前,心里却冒出几个字:为什么?

这个杨升庵并不是我特别敬佩的那个杨升庵。

我对这位古人的敬佩源于在云南大地上行走时,从当地史料和当地人口碑中听到的那些有关他的传说。明朝于洪武十四年(公元1381年)攻取云南以后,建立卫所屯田制度,先后移民汉族人口三四百万到云南,使云南人口的民族结构产生了变化。至于杨升庵本人,从37岁遭贬到

72岁去世,三十多年在云南设馆讲学,广收学生,而且,还在云南各地游历考察,孜孜不倦地写作和研究,写成了牵涉众多学科的学术著作。以他百科全书型的知识结构和不畏强权的人格魅力,使得云南各族人民在杨升庵之后形成了一股学习中原文化的巨大潮流。这是知识分子的正途,在一片蒙昧的土地上传播文化新知,以文化的影响为中华文化共同体的铸造贡献了巨大的功德。

杨升庵流放云南,使他从庙堂来到民间,从书本中的纲常伦理走入了更广阔的地理与人生。他每到一地,留意山川形势,风土人情,征集民谣,著为文章,发为歌咏。他在《滇程记》中记载了戍旅征途沿线的地理情况和民族风俗等,为后人了解西南边疆情况提供了重要的历史资料。更为难得的是他在放逐期间,深入了边疆地带的民间,关心人民疾苦,当他发现昆明一带豪绅以修治海口为名,勾结地方官吏强占民田、坑害百姓时,正义凛然地写了《海门行》《后海门行》等诗痛加抨击,并专门写信给云南巡抚,请求制止如此劳民伤财的所谓水利工程。

所以直到今天,在云南老百姓中最受崇敬的三个神(或人)就是观音、诸葛亮和杨升庵。明以后,云南的文化面貌便与上述地区大异其趣,主要是由于两个原因,一个朝廷实行的卫所制度,再一个,就是杨升庵的文化传播与教化之功。

但这样的教化之功,并不能稍减他个人与家庭命运的悲剧感。杨升庵先生独在云南时,其夫人黄峨就在这个满布荷花的园子中思念丈夫,等待他的归来。远在边疆的升庵先生同样也深深思念在这座家乡园子苦等他归来的妻子黄峨:

空庭月影斜,东方亮也,金鸡惊散枕边蝶。长亭十里,阳关三叠。相思相见何年月?泪流襟上血,愁穿心上结。鸳鸯被冷雕鞍热。

黄峨也以《罗江怨》为题,回赠丈夫:

青山隐隐遮,行人去也,羊肠鸟道几回折?雁声不到,马蹄又怯,恼人正是寒冬节。长空孤鸟灭,平芜远树接,倚楼人冷栏干热。

今天,被倚栏人身体焐热的栏杆也冷了,在夕阳西下之时,慢慢凝上了露水。我打开笔记本,翻出抄自云南某地写在某座升庵祠前的对联:

罢翰林,谪边陲,敢问先生,在野在朝可介意?
履春城,赴滇池,若言归宿,有山有水应宽怀。

这也不过是我们这些后人相同的感叹。出了桂湖公园,已是黄昏时分,在街边一家粥店要了几碟清淡小菜,和汤色浅碧的荷叶稀饭。在公园门口去开车时,还意犹未尽,又踱进桂湖公园墙外新开辟的公园,一样荷塘深绿。我在一处廊子上坐下,给自己要了一杯茶。茶送上来,茶汤中还漂着几瓣荷花。喝一口,满嘴都是荷香。带着这满口余香,我起身离开。不经意间,却遇到了前辈作家艾芜先生的塑像。当年,这个同样出生在新都县的年轻人,只身南游,经云南直到缅甸,为中国文学留下一部描写边疆地带的经典《南行记》。我在这尊塑像前伫立片刻。心中涌起一个问题,先生选择这条道路,可曾因为受过升庵故事的影响?艾老活着的时候,我还年轻,不懂得去请教去探寻他们传奇般的人生,如今斯人已去,也就无从问起了。隔两天,北京来了一位文化界领导,要去看望马识途马老,邀我陪同前去。他们交谈时,我的目光停留在马老书案后挂着的横幅字上。字是马老的,文也是马老的,叫《桂湖集序》。二十世纪八十年代,巴老曾回到故乡成都,曾和艾芜、沙汀和马识途同游桂湖。马老此"序"即记此次游历。马老手书的序文后,还有巴金、艾芜、沙汀的签名。那一刻,我深怀感动,心想这就叫作文脉流传。更想到,如果自己愿意时时留心,正在经历的很多事情都暗含着神秘的联系,都不是一种偶然。

2011 年 8 月 21 日

紫　薇

如果它是一个人,我们从他的模样上,不会相信他是一个如此敏感的人,但这个家伙就是这么敏感。它的枝干看起来很刚硬,我们的经验中,刚硬与敏感是不互通的。

不在成都一个多月,已经错过好多种花的开放与凋谢了。

行前,莲座玉兰刚刚开放,女贞饱满的花蕾也一穗穗垂下来,准备把花香散布了。在南非看世界杯,打电话回来问,说栀子花已经开了。回国后,又在深圳停驻一段,还有来自外国的电邮,问我是不是该写到栀子花了。这位去了异国的朋友说,想成都时就闻到栀子花香。等到世界杯完结,半夜里回来,拖着行李箱穿过院子时,下意识也在搜寻栀子花那团团的白光,鼻子也耸动着嗅闻那袅袅的香气。可这一切都未有结果,不在成都这一个多月中,我是错过栀子的花期了。

早上醒来,我就想,错过了栀子,那些紫薇呢?应该已经开放了,并且还没有凋谢吧。印象中紫薇花期是很长的,有诗为证:"谁道花无红百日?紫薇长放半年花。"这诗句是宋代诗人杨万里写下的。而且,不止他在诗中留下这样直白的观察记录,明代一位叫薛蕙的人也有差异不大的记录:"紫薇花最久,烂漫十旬期。夏日逾秋序,新花续放枝。"也正因为紫薇这个花期漫长的特点,紫薇在一些地方还有百日红这么一个俗名。

在南非旅行,常常惊叹其自然环境的完整与美丽,引我赞叹的,就有广阔稀树草原上两种树冠开展华美的树,一种是长颈鹿伸着长脖子才能觅食其树叶的驼刺合欢;一种,羽状复叶在风中翻覆时,上面耀动的阳光真是漂亮无比。在克鲁格国家公园外的度假酒店,清晨出来散步,看见两只羽毛华丽的雄孔雀栖息在高而粗壮的枝上。为了弄清这种树的名字,还专门在开普敦机场买了一本介绍当地植物的书。查到这树的英文名和拉丁名,再用电脑上的翻译词库,汉语词条下却没有与植物学有关的内容。也许,编词库的人,认为诸如此类的东西是不重要的。后来,还是华人司机兼导游在一条被这种树夹峙的公路上行驶时说,哇!这些紫葳花开放的时候是非常非常漂亮的。他说,下次老师选在春天来,就可以看到了。

我说,什么?紫薇?

导游说,对,紫葳。

我说,怎么可能是紫薇呢?

导游说,真的,大家都叫紫葳呢。

我说,不会又是我们中国人自己起的名字吧。所以这么问,是他把那么漂亮的驼刺合欢叫作"牙签树"。因为树枝上的刺真就牙签般长短,以我们对待事物的实用主义和具象主义,就不求原来已经有的名字,而给它一个直指实用的,同时也少点了美感的命名。

晚上在酒店上网查询,果然,这树正式的名字就叫紫葳,与我晓得的紫薇音同而字不同,并且分属两个不同的科,特征相距遥远的科。紫葳本身就是紫葳科,而在中国土生土长的紫薇属于千屈菜科。紫葳树形高大,树冠华美,翠绿的羽状复叶在风中翻拂着,耸立在高旷的非洲荒野之中,那美真是动人心魄。这一科的树,我见过一种叫蓝花楹,满树的蓝色唇形花开放时,真如梦幻一般。

此紫薇与彼紫葳相比较,美感上就要稍逊一筹了。但是,抛开我们的城市气候适不适宜其生长不说,就是这逼仄的空间,也难以为那些豪华恣意的大树腾出足够的空间。所以,我们还是深爱那些被古人吟咏过的紫薇。

紫薇是小乔木,很多时候是呈灌木状,理论上高度可到3～7米,但在园艺师的手上,它们总是难于自然生长,而是被不断修剪,以期多萌发新枝,树干也要长成虬曲扭结的模样。紫薇叶互生或对生,椭圆形、倒卵形,与紫葳的羽状复叶大异其趣。在深圳曾见过一种大花紫葳。一朵一朵硕大的花朵舒展开来,黄色的花蕊分外耀眼,手掌大小的叶片也纹理清晰,被海边的阳光照得透亮。

紫薇叶子,形状与脉络的走向与大花紫葳很相似,只是缩小了不止一号,树干也更细小,更光滑,对人的抚摸也更敏感。那种名叫含羞的草在人触动时,只是把叶子蜷曲起来,而紫薇是树,当你伸手抚弄它光滑的树干时,整个树都会轻轻震颤。如果它是一个人,我们从他的模样上,不会相信他是一个如此敏感的人,但这个家伙就是这么敏感。它的枝干看起来很刚硬,我们的经验中,刚硬与敏感是不互通的。它的叶片也是厚实的,上面似乎还有蜡质的膜,而但凡厚实的,有保护膜的,我们也不以为它会是敏感的。如果人虚心一些,植物学也可以给我们一些教益。紫薇就给以貌取人者一个无声提醒。只是如今的人,历史的经验与现实的教训都难以记取,何况植物那过分含蓄的暗示呢。紫薇的花也很特别,看上去,那么细碎的一簇簇密密地缀在枝头,仔细分辨,才看出其实是很大的花朵,萼裂为六瓣,花冠也裂为六瓣,瓣多皱襞,正是这些裂,这些皱折,造成了人视觉上细碎的效果,让人误以为紫薇枝上满缀了数不清的细碎花朵。其实,那些长达十几二十厘米的圆锥花序上不过是五六枝花朵。如若不信,只消去细数里面那一簇簇顶着许多黄色花药的花蕊就一清二楚了。

是的,在成都的七月,紫薇刚刚开放,离盛放的时候还有些时日,今年多雨,好几天不见阳光,气温低,紫薇的盛花期来得更加缓慢。那也就意味着,紫薇花将会伴随我们更长的时间。

但我已经等不及了,这天下午,天短暂放晴,身边也没带好点的相机,花又开在高枝上,身矬臂短,拍了几张,效果都不好,但也只好暂且如此了。

2010年7月18日

女 贞

一些细密的簇生的花朵随着平伸并略微下坠的枝条轻拂过肩头,簌簌有声,那些丁香般大小,且有着桂花般浅黄的小花便离开枝头,落在身后和身前。

六月里,满城花放。

一周,又一周,差不多又是一周。

这花势还没有稍稍减弱的意思。

开花的是这座城中最多的常绿行道树。这些树,从春到冬,就那么浓郁地绿着。当天气开始变得炎热,这座城中这些数量最为众多的树就高擎起一穗穗细碎密集的小花构成的圆锥状花序。天气热得日甚一日。车流滚滚,人群匆忙。更是增加了城市的热度。也许是这花开得太触目可及,太普遍。都没有人愿意抬眼看看它们。直到黄昏,城市累了,喧嚣声渐渐消退。

穿上宽松的衣服,穿行在这些浓荫匝地的高大的树下,感到白昼时被热浪与喧嚣所淹没的花香开始在空气中浮动。落日彤红,从街道尽头那些参差的楼群后慢慢下坠,下坠,然后消失,只剩下灰蓝的天空中淡红的晚霞。当那些晚霞因为自身的燃烧变成了灰黑色,路灯便一盏盏亮起来。投射下来的树影和那隐约浮动的花香就把人淹没了。这时候,行在道上的人们表情与身体才都松弛下来,都似乎意识到了人和人群之外的别物之存在。

不由得想起古印度吠陀《创世颂》中的诗句:

> 幼芽的基座为激动之力,
> 自我栽种在下,竭尽之力在上。
> 然而,谁能成功地探出?

现在我会轻易给出答案:"成功探出"的头顶上满树的花朵。沿着南二环路宽阔的人行道漫步,经过一棵树又一棵树。一棵棵树上开满了花朵。那些和丁香非常相像的细密的簇生的花朵组成花序在树顶挺立向上,而另外的一些,随着平伸并略微下坠的枝条轻拂过肩头,簌簌有声,那些丁香般大小,且有着桂花般浅黄的小花便离开枝头,落在身后和身前。按古印度人的想法,花开是创世之神的激情集中绽放,那么,这些花朵的坠落呢?我想,是树的生命激情的迸射——香气四溢的激情迸射。

还读过一首外国诗《邀至野外》:

> 研究樱桃树。
> 路旁的白色接骨木:
> 五根茎,五个花瓣。
> 五个雄蕊。
> 好精确,妹妹——

> 我搂住你。
> 一日一次，
> 直正地看。
> 粗略地看，
> 这就足矣。

这首诗，说明另外一种文化对于自然深究的态度，而所以如此观察与深究，端是因为观察对象所饱含的生命奇迹般的美丽与激情。而现在，树也一行行，一片片长在城里。在窗前，在街角，在广场，在水边。散步回来，躺在床上看书，鼻端还似乎有隐约的香气缭绕。那些美丽深致的文字也就更加余韵悠长。是的，我在读那些关于刚刚经过的那些花树的文字。

那些花树的名字叫作女贞。

上床前，我在微博上发了一张女贞开花的照片。有朋友马上告诉我，在他们的地方，这开花的乔木叫冬青。冬青是女贞的又一个名字，因为其常绿，冬日里，那绿色的稍带蜡质的叶片总是淡淡发光。想必因为这缘故，它得到冬青这个名字。女贞叶片所以闪闪发光，因为含有较多油脂，用蒸馏法可以提取，而女贞这个中文的正式名字，却有着道德的诉求。古书上说："负霜葱翠，振柯凌风，而贞女慕其名，或树之于云堂，或植之于阶庭。"传统的男权社会，用这种寻找象征意义的方法，为一种树总结出一种品德，并将其与女子追求贞节联系在一起——不是女子们自动追求，而是男人们祈使她们追求。

看到过一则史料：明代，杭州城某官员令城中人家必须栽植女贞。我却想，这个官员到底是一个真正的道德家还是一个虚伪的道德家？虚伪的道德家我们几乎天天见到，可以略过不提。如果这位官员是个真正的道德家,那才有些意思。以我们日常得到的官员印象,能以道德求诸人的,普遍;而以之律于己者,稀罕。当然还会想到,为什么宋明以来,中国男人突然会把女子的贞节视为理想社会的命门?就像今天,也时时有人把社会良心与道德的建设系于一些可笑的说法上一样。这种古今一致,没有建立系统的植物学体系,却弄出来一套树木社会学或树木道德学。弄得人一会儿要向松树学习,一会儿又要向荷花学习。某天,也是在女贞树影中散步时,就听见公园里唱红歌的人们在唱"要学那泰山顶上一青松",但我知道,那是退休老人们闹着玩的,就又恢复到松弛的心态。

就像今天,更多的人看见这树,还不至于立即就产生禁锢女性身体欲望的想法。他们走近这些树开出的满树繁花时,看见的还是诗情画意。

去某大学听个讲座,在校园里散步时,突然想到前两年,就是这所大学几个女学生,在报纸上高调宣称,要保持处女之身到新婚之夜。此事结果如何不得而知。今天,炒作这种事件的媒体同时也把"炒作"这个词教给了我们。所以,我们并不追问这件事的真伪,更不会要求媒体把这几个女同学发布宣言后实行的结果如何告诉我们。这件事,我也只是等待讲座开始前偶然想起。当然又想到了好玩的树木命名的政治学。想这事时,正好有这所大学的女博士在旁边,便有意问她认不认识头顶上正在开花的树。说不认识。我告诉她这株树的名字,但人家并没有想到这树的道德意义,只是淡淡说,好像有味中药也叫这名字。对,女贞子,就是这树开花后结的籽。今天是科学时代,所以,当我们的女人看到一种植物,联想到有关植物的药理学,而不是树木道德学,也说明男人对女人树立起的权威是多么快就丧失殆尽了。

今天中国女人脑子里如果塞了一些花的知识,也是来自于西方习俗系统中的所谓"花语"。

但我在开写这组物候记时,就严诫自己,不去中医学中开掘植物的药理学内容。中国的植物知识,一个缺点是太关乎道德;再一个缺点,就是过于实用,或是可以吃,或者是因为有什么药用价值,否则,这些植物就会被排除在我们视野之外。道德主义与实用主义,首鼠两端,正是我们身处其中的文化的病灶所在。

打住吧,我要自己记得,写这些文字的唯一原因,是"多识花鸟草木之名",从身边的草木学习一点植物学,像惠特曼诗中所说:"学习欣赏事物美感。"

女贞的确是一种美丽的植物。如果不是树姿如此优美,它们不会成列成行,如此广泛地站立于这个城市的街角道旁。在人群过于聚集时必然会散发污浊气味时,它的香气使我们心清目明。女贞是木犀科植物。和同科的丁香相比,女贞的香气不是那么浓烈。和也是同科的桂花相比,它又不是那样的"暗香浮动"。感谢木犀科的植物:丁香、女贞、桂花,用绿叶消化着我们制造的废气的同时,还提供着那么的阴凉;更要感谢女贞、丁香和桂花,向我们播撒着如此的芬芳,因为这样的香气,至少让我们有了清净的情感追求。

夏至已到,丁香已经开过。桂花要等到秋天。而女贞也已经开到了尾声。这时走在街上的女贞树下,脚下会有一地细密的落花。我们看到树上的一簇簇的花其实是这些细密小花的集合。现在,它们分散开来,一朵朵顾自坠落到地面,色彩渐渐黯淡,香气也渐渐消散。

2011 年 6 月 29 日

第三辑 尘埃未落

我只看到一个矛盾的孔子
——病中读书记一

病痛使时间变得特别漫长。

特别是夜。灰昧不明,没有尽头。好像朝阳破云而出的时刻永远不会降临,世界从此陷入了黑暗。

也许,多病的作家写出绵长作品的原因就在于此吧。不由得想起写《追忆逝水年华》的普鲁斯特。不喜欢他的东西,最根本的原因可能就是不喜欢病。不喜欢病给人的状态,不喜欢散发着病痛气味的文本。

人不能不生病,但我不喜欢病恹恹的文体。所以不会再去读第一次就没有读完的《追忆逝水年华》,也不会读才读了三页就极不喜欢的《尤利西斯》,那是另一种病,精神上的病。

所以,现在躺在病床上重读清新的《小王子》。

这次进医院也没带《小王子》这么轻松的、有真正幽默感的书,带的是另外两本。一本是《法国与德雷福斯案件》,看过同一套书的《黑暗时代的人们》和《科学精神的形成》。一套书如果编得好,彼此之间就会相互映照,相互生发。

再一本,是几年前读过的李泽厚的《论语今读》。国学不热的时候,读过；现在国学热了，热得都不是国学本身了，就想再读读。因为孔子在流行的读物中差不多成了一个心灵鸡汤的调制大师，是一个心理平衡术玩得很好的人——据大众媒体上那些搞廉价心理按摩的专家的说法。老夫子活在今天，不但可以办学收点束脩，还可以开心理门诊，给生活压力沉重、急欲逃离现实的白领金领搞心理咨询。

但，在我心中，他不是这样。

在我的理解中，孔夫子是一个有理想的、有治国之术想要售与帝王家的人。所以，学生问他有一颗价值连城的好石头，是藏在很好的盒子里呢，还是卖给一个识货的商人。孔子连声说："卖了吧，卖了吧！"（子贡曰："有美玉于斯，韫椟而藏诸？求善贾而沽诸？"子曰："沽之哉！沽之哉！我待贾者也！"）

问题是想卖又卖不掉，就造成了他人格上的矛盾。

有理想有抱负的时候他是可爱可敬的。他说："笃信好学，守死善道。危邦不入，乱邦不居。天下有道则见，无道则隐。"

老夫子说：要信仰坚定，喜爱学习。不去危险的国家，离开动乱的国家。天下太平就出来继续售卖理想与治国之术，天下不太平就躲起来在什么地方。这种世故和他自己说的"道不行，乘桴浮于海"的决绝就相互矛盾。

老夫子接着说："邦有道，贫且贱焉，耻也；邦无道，富且贵焉，耻也。"李泽厚先生翻的白话文是这样："国家好，贫贱是耻辱；国家不好，富贵是耻辱。"看看，他并不是一味地教育人们安贫乐道，而是说，世道不好的时候，人们用正当的手段，用正常的知识赚不到钱，所以，那是"邦无道"。但是，有点文化的人甘愿为统治者说话已经很多很多年了。

读《论语》，很多时候，就是听一个抱负难展的人在长吁短叹。

有诗意的时候，他会感叹"逝者如斯夫"。

也有讨厌的时候,比如《乡党第十》那些记述其举止做派的话。

更讨厌他说过这样的混账话:"民可使由之,不可使知之。"读到这里,便想将这书掷下了。

在官场上有小小顺利时,这个人也是很世故,很遵守官场礼仪的。

"入公门,鞠躬如也,如不容。"(李泽厚先生译文:"孔子,走进国君的大厅,弯着腰,好像容不下自己一样。")

见了国君出来,"没阶,趋进,翼如也。"(也是李译:"下完了台阶,快速前进,像鸟展翅。")那个时代,他们这样的人喜欢宽袍大袖,如果有点风,脚步又快,真会有点要飞起来的感觉吧。

依我理解,这些话,都是孔子教导学生要怎么措手足的。但他自己也是会这么做的,不然老师不会这么去要求学生。至少我们知道孔子这样的人,要求别人能做到的,自己也是一定要做到、能做到的。这一点不像今天的老师和领导,自己都不相信自己所宣讲的那些东西。

从来不相信什么儒学可以重新成为中国人精神皈依的那些昏话,也不相信断章取义加一些圆润轻浅的生发,就可以让国人焦躁的心脏得到熨帖的按摩。读《论语》倒让我明白,在一个封建意识浓重的国度,知识分子从来就处于一种极度的矛盾当中,即便是为知识分子(士)立下许多道德原则的孔子本人,也不能例外。

也许外国人在这方面还坦诚一些,例如,生活在德意志封国众多时代(阿伦特称这样的时代为"黑暗时代")的莱辛这样说:"我没有义务解决我所造成的困难。或许我的观念总是有些不太连贯,甚至显得彼此矛盾,但只要读者在它们中能发现一些刺激他们自己思考的材料,这就够了。"

我同意这样的话,我读《论语》,也就是在这么一种意义上了。

读这本书的时候,输液瓶高悬在架子上,药水一点一滴从管子中下来,仿佛一个古代的计时器,让白天与夜晚都变得漫长。药水进入静脉,奔向我病变的器官,就这样,我用三天时间重读了孔子的语录,而且相信很长很长时间不会再碰这样的书了。

现在,在床头待读的书是艾轲的两本《小记事》和莱辛两本关于非洲的书。2007年,她在斯德哥尔摩诺奖颁发仪式上的演讲中谈非洲谈得真好,所以,特别想看她怎么感受与看待非洲。

如果说生病有什么正面的意义,那就是让自己与好多无意义的事情隔绝了。可以静心读书,也可以让那些有意思的念头在心中生长了。

善的简单与恶的复杂
——病中读书记二

总体上说,多丽丝·莱辛算是一个温情的作家,正是这种温情,使她部分写作显得单纯而清晰。英国女作家有单纯的传统,比如曼斯菲尔德——应该是二十年前读过,一个个短篇具体的情节已经淡忘了,但那氤氲的温情与惆怅却仿佛成都冬天的雾霭,随时都可以降临身边。英国女作家更有复杂的传统,比如伍尔芙,但这个复杂并不是历史、政治或当下世相的复杂交织,而是女性主义写作所唤醒的,更有弗洛伊德以来的现代心理学对这种自我分析或者说自我深究所提供的方法。莱辛作为一个英国的女性作家,自然也不能自外于这个传统——或者说"潮流"兴许更为恰切一些。

准确地说,多丽丝·莱辛有时候明晰简单,有时也复杂纠缠。

作为女性作家,当她用女性主义的方式写作,潜入主人公内心进行开掘时,她是复杂的,甚至是夹缠不清的。

可是当她的视野与笔触转向外部世界,特别是转向她度过了青少年时代的前英国殖民地南罗得西亚,今天的独立国家津巴布韦时,处理这种想来应该更加复杂的题材时,她倒变得清晰简单了。

我个人喜欢这个简单明晰的莱辛。

从对她作品的阅读,我相信文本的简单不一定是作家才华或风格所致,而是出于信念的原因——坚定的信念使复杂的世相在其眼中和笔下变得简单。

当年,多丽丝·莱辛离开因民族独立运动而动荡不已的南部非洲,带着书写英属非洲殖民地的长篇小说《野草在歌唱》回到英国时,就因为清新、同情与明晰受到了广泛欢迎。我在十几年前读过这部作品。但是,清新的作家,明晰的作家,信念坚定的作家,不一定就是一个伟大的作家,不一定就能引爆潜在写作者强烈的创造力,所以,我们已经将这个人淡忘了。

多丽丝·莱辛是英国人,在大英帝国殖民地遍布全球的时代出生于伊朗,后来,又随全家移民到非洲的南罗得西亚。生长于土地肥沃的白人农场。成人以后,作为殖民主义的既得利益者,她却同情当地黑人的独立运动和对土地的要求,离开了白人种族主义者统治下的国家。她离开的是自己视为故乡的国家,回到了英国,她父亲的故乡,她文化上的母国。

这样一种看起来足够复杂的经历,不由得给人一种期盼,期盼出现一种对反殖民主义浪潮下复杂世相与人性的动荡书写。但《野草在歌唱》并没有充分满足我这种期望。看这本书,某种程度上像是看一个文字版的《走出非洲》,且还没有电影那么深致的低回与缠绵。那时候,我们多么喜欢复杂甚至夹缠的文体啊!——福克纳式,乔伊斯式,王尔德式,艾略特式,"新小说派"式,杜拉斯式,虽然有些时候,一些看似单纯天真的方式却又在不经意间就牢牢地抓住了我们,但我们还是将这个人慢慢淡忘了。直到2007年,她才以诺贝尔文学奖获奖者的身份再一次回到中国读者视野中间。

这时，我依然没有读她。

因为所有媒体和随着大流读书的人们轰轰然传说一本书（说她，当然是以说比较夹缠的《金色笔记》为多）的时候，我甚至有些刻意地去回避，而读着一些被流行阅读冷落的文字。直到生病住院时，有朋友送了几百块钱购书券来，输完液就去医院近处的人民南路书店。先买了几本海外学者研究中国的书，之后是奈保尔的一本新书《自由国度》。再在书架间巡行下去，就遇到莱辛了。通常介绍她的创作成就时都没有提到过的书，而且还跟非洲有关，就买了下来——《非洲的笑声》和《这原是老酋长的国度》。准备手术时，就把她和奈保尔定为术前与术后要读的书了。《这原是老酋长的国度》是一个短篇小说集，并有一个副标题叫"非洲故事一集"。为此又跑了一趟书店，怕自己遗漏了二集或更多集。读了作者曾于1964年和1973年两次再版时的自序，知道这本书原来是两个小说集的合集，也隐约知道，以后并没有再写下去。于是，就读她的短篇。第一篇是白人农场主家一个天真少女和一个非洲土著酋长的故事《木施朗加老酋长》。

同大部分白人农场一样，父亲的农场也只散布着几小块耕地，大块儿的地都闲置着。

故事中的少女就是这个父亲的女儿。从她出生以来一切就是这样，所以一切都天经地义：肥沃的土地，野生动物出没其间的荒野，众多的黑人仆役……农场上的黑人也和那些树木岩石一样，让人无法亲近。他们像一群蝌蚪，黑黑的一团，不断变换着形状，聚拢，散开，又结成团，他们没名没姓，活着就是帮人干活，说着"是，老板"，拿工钱，走人。

荒野是这个少女学习狩猎的地方。不上学的很多日子里，这个少女不是像电影《飘》里的那些农场姑娘在有很多镜子的房间里整理各种蕾丝花边，而是这样子行动着："臂弯里托着一支枪，带两条狗做伴。""一天逛出去好几英里。"这是殖民者尚武传统的一种自然流露。

荒野对一个有着敏感情怀的少女来说,就是奇花异木的国度,对一个身体中流淌着征服者血液的少女来说,森林是一个狩猎的场所,更是家庭农场中众多仆役所来自的地方。

少女携枪带狗在森林中穿行,如果遇到黑人,他们会悄无声息把路让开,尽管这个黑人不是他们家的仆役,但一样会露出对主子的顺从表情。但是,某一天,她遇到了一个不肯主动让路的黑人。她因此知道,除了在白人家充当仆役,在农场用劳动力换取一点微薄工钱的低贱的黑人,在她所不知道的更广阔的荒野里,还有着拥有自己的完整社会,有着自己的生产生活方式,有着自己的尊严的黑人。现在,她所遇到的三个黑人中就有一个是这片荒野的真正首脑,一个酋长。少女家由白人政府划给的广大土地,过去曾属于酋长的部落。

这次相遇,在少女眼前打开了另一扇世界之门。

那年她十四岁。"这是个万籁俱寂的时刻,侧耳倾听的时刻。""我看到有三个非洲人正绕过一个大蚁丘朝这边走来。我吹了声口哨,把我的狗唤到裙边,晃荡着手里的枪朝前走,想着他们会让到路旁,等我先过。"

他们没有给白人小姑娘让路。老黑人的两个随从告诉她路遇的是木施朗加酋长。

姑娘被黑人的自尊所震动,受震动之后,回到家里看书了。她看到了初到此地的白人留下了这样的文字:"我们的目的地是木施朗加酋长国,它位于大河北边。我们希望能够获得他的允许:在他的领地上勘察金矿。"于是,"这句话……在我心中慢慢发酵。"于是,"我阅读了更多关于非洲这个部分开发时代的书。"谁的开发时代?显然是白人来到这块土地探矿的时代,从欧洲来到这里定居,在原先酋长的领地上建起一个个农场的时代。

"那一年,在农场那块土著南来北往经常穿越的地方,我碰上他(酋长)好几次。""或许,我之所以常去那条路上游荡,就是希望遇上他。他回答我的招呼,我们互相以礼相待,这都似乎在回答那些困扰我的问题。"

小姑娘有什么问题呢?一句话,这土地到底是谁的?很显然,白人农场的土地本来是酋长们的。但在她出生长大以前,这土地就已经属于自己家了。对她来说,这个现实无从改变。但让她难解的是,为什么反倒是后来者高人一等,土地原先的主人反倒要过着穷困而且没有尊严的生活。小说中写道,木施朗加酋长的儿子,也就是土著部落未来的酋长就在白人农场主家里充当仆役(厨子)。

她不想也不能改变眼下的现实,但这并不妨碍内心中对失去土地同时还失去尊严的黑人产生了深深的同情。

小姑娘当然不能解决这些问题,这个世界也没有什么人很好地解决过这个问题。但因为问题盘旋在心头,她独自上路了,要去看看酋长残留的未被白人势力深入的国度。后来她勇敢地去到了那里,"那是林间空地上搭建的一带茅草棚屋群落。"在那里,她见到了被族人拥戴的酋长。但她想对酋长表示友好的话都没有说出来。刚刚抵达,她就对欢迎她的酋长说了再见。酋长自然也没有挽留。

再后来,故事就到了尾声,因为老酋长控制的村庄,被代表政府的警察宣布为非法的存在,一年以后,"我又去了那个村庄一次,那里什么都没有了。""听说木施朗加酋长和他的族人被勒令向东移二百英里,搬到一个法定的土著保留地去了。那块政府所有土地不久将被开发,供白人定居。"

据作家在自序中说,小说集是她的第二本书。写于二十世纪五十年代。那是个什么年代呢?作家说,在那个年代,种族问题对身处南部非洲现实中的人来说是熟视无睹,但在这个小世界之外的大世界之中,对种族隔离制度的愤慨也还没有成为进步人士的共识——"进步人士良心的常规构成"——但她已经在小说中涉入这样的现实了。作家也无非是这样,关注到某种被大多数人有意无意视而不见的现实,表示出自己的情感(在莱辛就是一种深深的同情),如果公众、媒体与社会对此保持沉默,那么,对一个作家来说,也就仅仅是写下了这么一些文字。用我们语境里的话说,叫"对得起自己的良心"。很多高蹈的批评家经常号召作家干预生活,与社会保持一种"紧张的关系",却没有深究过身边到底有没有这样的作品出现而自己和读者与媒体一起陷入了暧昧的沉默。并且进而研究一下,在一种什么样的社会心态下,大家未曾预约却像预约好的一样陷入了这种沉默。作家写作如果有什么目的,我深信,其目的之一,就是要唤醒人们基本的道德感。批评家应该多研究一点这种唤醒机制和唤不醒的原因,倒比自己爬到道德的制高点宣读空洞的判词要对这个世界有用许多。用道德评判来代替文学批评是批评家给自己营造的一个万全的堡垒,又安全,还可以不断往外放枪。唯一的缺点,里面空气不太好。因为道德这个东西也需要小心对待,一不小心,自身就腐烂了,使空气污染。

在我看来,道德感在作家的故事中潜伏着,比在批评家的判词中直接出现要好很多,就像在多丽丝·莱辛的非洲故事里所起的作用一样。

手术后第四天,举得起硬面精装、五百多页的书了,就开始读了《非洲的笑声》。这本书当然让人看到了南部非洲的某种现实,更让我看到了一个有良心、有道德的作家在这个复杂世界上的尴尬处境。

前面说过,多丽丝·莱辛离开了白人统治的非洲国家南罗得西亚。

这个国家历史很短,"1900年,南罗得西亚成为国家,举国上下一片明艳的粉红色。"

在此之前，远征那里的白人遇到了世居的黑人，"对英国人来说，必须把他们看成一无所知的野蛮人，唯其如此，才能把他们的一切归于他们的征服者。"由于这个原因，"从五十年代开始，抵抗运动开始形成。"后来，战争爆发。"像许多战争一样，南罗得西亚独立战争本不必爆发。这里的白人至多也就二十五万，我相信他们大多数会愿意妥协，同黑人分享权力。"但这种理想的情形没有发生，黑人反抗了，战争爆发了。"战前，白人远非团结一心，可战争的激情让他们联成一体。"我想，黑人阵营也未尝不是如此。而像多丽丝·莱辛这样意识到战争是一个错误的少数人，则要面对自己人的仇恨、诬蔑甚至迫害。

而在另一边，"年轻男女只要够了岁数就逃离村庄，加入游击队。""整整一代黑人青年，其中相当一部分都在游击队接受了教育，有时他们也学几句马克思主义口号，可真正把他们联系在一起的始终是对白人的仇恨。"1980年，黑人反殖民主义的解放战争取得胜利，一个新的国家津巴布韦诞生了。

多丽丝·莱辛在被白人统治的南罗得西亚禁止入境许多年后，于1982年立即动身前往这个换了主人也换了名字的新国家，并用非虚构的形式记录自己的见闻。她一定对这个新的国家怀有美好的想象。虽然很多此前就已独立的非洲国家的残酷现实对她肯定有一种警示的作用，但是情感压倒了一切。人们总是希望有例外，总是希望自己的故乡在这个残酷的世界上是一个温柔的例外。如果上帝是一个常常疏于管理的农夫，自己所在的这一国度应该是他精心佑护的示范田。当然，更重要的是，对人类最基本的道德感来说，在这片古老的土地上，失去了自己的土地与自由的人们从不义的白人手中夺回对这块土地的支配权是一件天经地义的事情。虽然说道德有些时候被道德家们弄得很复杂，但归结到每一个人内心道德感的生发，却总是依从于人类生活初始时就产生出来的那种最简单,也最天经地义的逻辑。

所以,复杂的我们总是一面嘲笑简单,同时感动我们的又总是那些没有太复杂动机的人与事。

多丽丝·莱辛也是这样感动我的。

作为一个始终对无偿地强力地占有黑人土地怀着负疚感的白人,当那个黑人国家一旦获得独立,她就奔向了那里。在书中她没有告诉我们她是否做好了面对失望的准备。但是那里的现实显然让她失望。或者说,那里的现实肯定要让她失望。

我们亲爱的女作家回到了这个新国家,却走不进黑人的世界,就像早年,那个少女去到木施朗加酋长的村庄,却无从交流,只寒暄几句就踏上归程。除了不顾别人的警告,偶尔让徒步的黑人搭搭顺风车,去书店买几本当地黑人作家的书来读,她依然和早年熟悉的那些经营着农场的白人们待在一起,回忆过去,或者和他们因为对新社会,对新国家,对新领导,对黑人的不同看法而争论不休。

她看到,不是所有黑人都成了主人,没有掌握政权的当年的不同派系的游击队成了恐怖分子,在劫持人质,以达到经济或政治上的种种要求。

她看到,"报纸上也不会说实话。"旧日邻居请她往伦敦打电话,是想知道在自己的国家刚刚发生了什么事情。

她看到,"野生动物几乎消失了,森林鸦雀无声。"

她看到,物资匮乏。

她看到,那些这片土地的解放者成为大小官僚,办事效率低下。这些大小官僚俨然是这个国家的新主人,而大多数黑人,仍然生活在原来的位置上。所不同的是,原来他们还可以将贫苦无助归咎于罪恶的白人。现在,他们却找不到理由反抗和自己同样肤色的新主子,而是眼睁睁看着"出现了一个被平民百姓称为'头儿'的新阶层"。

更重要的是,新政权并没有致力于民族和解。白人失去了政权,于是白人的世界对黑人封闭起来。黑人则在同一国度构筑别一个世界。不同族群的人,在精神与文化上完全分开,在同一平面上构成互不交叉的平行世界。

她离开的时候一定是非常失望的吧。作家没有写出她的情绪,而是继续怀着温情写她离开的时候,又怎么停下车,打开门,捎上两个黑人妇女,半道上又搭上了一个黑人青年。这是她在机场登机前做的最后一件事。这是她在不到两百页的篇幅中好几次写自己不顾别的白人警告而让黑人搭车的事了。她正是通过这种方式与不同的黑人接触来管窥与揣测这个新国家中黑人的状况。

流动的轿车是她观察一个国家、观察另一种肤色的族群生存状态的取样点。

有良心的人总是善解人意,总是往好的方向去想问题,而掌握大权者行为乖张的程度总是超过人们最坏的想象。即便到了2007年,在诺贝尔奖的获奖演说中,她还在说着有些天真的充满理解的话:"我站在门口望着满天滚滚的沙尘暴,我被告知说,那里依然有没有被砍伐的原始森林。……1956年,那里有着我所看到的最美的原始森林,如今全被毁灭。"但她迅速找到了原谅这种状况,对这种状况表示理解的理由,"人们得吃饭呀,要有燃料呀。"

我自己也出生在原始森林曾经密布的地区,以我的经验,敢保证森林的消失绝不是因为当地土著吃饭取暖那点有限的采伐。但有农场生活经验的她是这么说的。

六年之后,她又一次回来了。

她看到了什么?看到了所有坏的东西往更坏处去。她尽量在这个

/ 159 /

国家四处行走,想发现可以使人感到鼓舞的新东西。但她没有发现。新的国度上演的政治戏剧其实从来都很古老。所以,她发了感慨:"爱上一个国家,或者一个政权,实在是一桩危险的事,你的心几乎肯定会因爱而破碎,甚至会丢了性命。"她说得很好,问题是从来就不存在一个抽象的国家。国家从来都是由一个政权来代表的。

她看到:"状况很危险,是革命之后的典型。""大批青年得到许诺,将拥有一切。为了那些许诺,他们做出牺牲,可到头来却是一场空。"

她看到,或者是人们不断告诉她,这个"国家腐败成风",但她还在辩解,说"穆加贝也在努力"。

这次,她到了黑人的农村。她看到了童年时代的白人农场模式以外的农业。白人农场是具有规模效应的、技术含量很高的方式。而在黑人农村,穆加贝同志部分兑现了承诺的地方:白人农场的地被抢过来,划成一小块一小块分给了黑人。这样的农业运作方式,或许可以使耕作者温饱,但不可能有进一步的发展。南罗得西亚时代的农业是成功的。但是,津巴布韦的当政者没有借鉴这种成功的经验。

更重要的是,这种现实不会被真实呈现出来,因为在这个国家流行着两套语言:"一种是官方场合公开使用的语言,是一种自我保护;另一种是活生生的语言,承认第一种语言的虚假。""要是你能私下接触某位部长,你就会发现他们对实际局势都很了解。可当他和别的部长们出席内阁会议时,或者出任某个委员会时,他不敢把自己的真实想法说出来。"另一个英国移民作家的话可能更精辟,萨尔曼·拉什迪说:"有两个国家,真实的和虚构的,占据着同一个空间。"

离开这个国家前,她回到了自己长大的"老农场"。"我被带到这里,从五岁起生活在这里,直到十三年后永远离开它。"

1988年,她再次离开,依然没有告诉我们离开时的心情。但是,

1989年,她又回来了。是怕自己看错了什么吗?

这个在非洲算是自然条件和基础设施最好的国家,"从东到西,人们到处在谈论腐败。"

艾滋病开始流行了。"人人都意识到这个问题。"但它只是一个人们私下里的话题,"它悬浮在谈话的边缘,刚冒个头,又自行沉了下去,它让人感到不舒服,仿佛谈起它就是在散布谣言,害怕为此而受到惩戒。"同时,在左派政治神话中说,"艾滋病毒是CIA制造出来的,目的是削弱第三世界国家。"

1992年,她第四次回来。

在这本书中,第一次回来时笔墨最多,然后,越来越简短。这一次,她回来,在五百页的书中只写了二十页。因为现状依旧,只是程度加深,更加匮乏,拥有特权者更加高高在上,更加腐败……书写这些现实,不过是让人更加绝望。多丽丝·莱辛在这本书中从不直接讲出自己的心情,这一次,她引用了别人给她的信中的话:"每当我想到独立时那些梦想,我就想为津巴布韦放声大哭。"也许,这也是她想说的话吧。

这次,她结束得很匆忙,确实也不必写得太多了。她终于在最后一个小节里谈到了农业(是想探讨一下穆加贝的革命事业失败的原因吗?),许多国家的立国之本。她谈到农场和农场主的存在本是津巴布韦农业成功的主要原因,但是革命者们总是如此——尤其是游击战出身的革命者更是如此,不愿意依凭前人成功的经验,特别是当这种经验是来自自己的革命对象。正是这样的思路导致了津巴布韦农业的失败。须知这是一个未曾工业化的农业国:农业的失败就是这个国家全面的失败。

于是,"货币贬值了,现在津巴布韦元只值过去的四分之一,这让业已贫困交加的人更加走投无路。"那是1992年,到了2009年,"津巴布韦中央银行已发行单张面额1000亿津元的钞票,以对付失控的通货膨胀。目前,津巴布韦官方公布的年通货膨胀率高达2200000％,但独立的经济学家认为实际数字更高。"

到作家去斯德哥尔摩领奖时,那里的情形就更糟糕了。看到一则访问,津巴布韦出租车司机希卡姆巴无奈地说:"是的,我是一个百万富翁,一个什么也买不起的百万富翁。津巴布韦现在遍地都是百万富翁。我们是一个盛产百万富翁的国家,但是同时我们也一无所有。"但她在获奖演说中没有再议论那个国家所有方面的情况,也许是不忍心,也许是真的感到议论对那里情况的改变毫无作用。一般而言,知识分子的议论对改善某些方面的情况会产生一些作用时,这个社会是一个比较正常的社会。但在一些极端的情况下,当国家政权被某些利益集团所把持时,议论是无足轻重的,也无助于情形改善。历史上曾经存在的极权政体与她所关心的那个国家的现实情形,都会让她明了这一点。在这种情形下,还有些行动自由的人会选择做一点在局部会产生些积极作用的事情。所以,作家在获奖演说中反倒只谈她正在参与做着的事情:"我属于一个组织,它起始于把书籍送到非洲村庄里去的想法。""我自费去津巴布韦做了一个小小的调查,发现津巴布韦人想要读书。"她只说了这么一句委婉的表达不满的话。她说:"人们拥护值得拥护的政府,但是我不认为这符合津巴布韦的情况。"

读多丽丝·莱辛的那些日子,我整天躺在病床上,脑子里被激活的问题有足够的时间盘桓。在许多批评家那里,作家介入社会生活好像始终是单向的,仿佛那是一个巫师的祷神仪式,只需完成,而不须回应。但在我看来,一个正常的社会中,且不说文学介入的途径与形式的多样,作家介入社会生活更依赖于来自社会与公众的反响。即便是拉什迪那样被某个国家所通缉,在奈保尔看来,也是"最极端的文学批评形式"。但是,如果一个社会对这样的作品就像根本不曾出现一样不做出任何反应呢?就多丽丝·莱辛这个例子来说,我想她前一部作品肯定是在当时的社会中有所反应的,所以她才有热情去写《非洲的笑声》。但我想,非洲真的发出了笑声,用沉默——如果沉默也可以理解为一种讥讽的无动于衷的狂笑的话。我想,一个作家写下一部关于南部非洲某个国家的书,并不是为了给远在万里之外的我这样的读者提供一个关于远方的读本——客观上它当然有这样的作用;更进一步说,当作家表达了一种现实,即便其中充满了遗憾与抗议,也是希望这种现状得到改善。但作家无法亲自去改善这些现实,只是诉诸人们的良知,唤醒人们昏睡中的正常的情感,以期某些恶化的症候得到舒缓,病变的部分被关注,被清除。文学是让人正常,然后让正常的人去建设一个正常的社会。

她获奖的一半理由是"用怀疑、热情、构想的力量来审视一个分裂的文明",而面对绝望的现实,始终保持着一份热情去关注、去审视是一件非常了不起的事情。所以,尽管她关于非洲的文字,关于种族问题,关于新生国家治理的文字都显得简单,但直到登上诺贝尔奖的领奖台,她的获奖演说,一直喋喋不休的还是那个国家的人与事。所以,我想,简单明晰的作家也可以是一个伟大的作家,换句话说,成为伟大的作家不一定要非常复杂。更直接一点说,小说的文体与文字,其实不必因现实夹缠而夹缠,因现实丑恶而丑恶,而中国的许多小说就是这样。因为美好,因为善本来就是极其单纯的,当有人要把一件事或者一些事弄得过于复杂的时候,我们就可以怀疑其动机了。

复杂,还是简单?这对作家来说是个哈姆雷特式的问题。很多人未曾动笔就先被问住了,而多丽丝·莱辛用作品做了很好的回答。

不是解构，不是背离，是新可能
——病中读书记三

一直想谈谈奈保尔，这位诺贝尔奖得主，但我不是因为这个而谈他。那么，是作为一个优秀的作家来谈他？如果是这样，不是还有更多的被谈论过很多的优秀的作家吗？被谈过的作家总是更好谈一些，甚至连作品都不必看，就可以根据那些谈论来谈。而拉什迪被翻译得够多，但至少在汉语当中，对他的谈论是很少很少的。想必是因为根据我们惯常的路数，这个人和他的作品是很难进行讨论的。但我想谈这个人已经很久了，只是总在犹疑，不能确定到底从何入手。这跟很多批评家不一样，甚至跟在网文后跟帖发表评论的一些网友不一样。他们都太肯定，太不是此就是彼。但我发现，当你认真思索，真想解决自己内心的问题，而不是简单表示立场与态度的时候，可能就会不断对自己提出疑问。

读过奈保尔很久了。

先是读他的短篇小说集《米格尔大街》。

继而读到台湾繁体字版的《大河湾》。后来译林出版社出版了该书的简体字版，除译文有些区别外，书名也少了一个字，译成《河湾》。

再后来，相继读他的"印度三部曲"。

那时就想谈他了,但一直没有谈,没有找到头绪。

年初病中,又重新把上述这些作品都集中起来,重读了一遍。而且,还增加了三种:《奈保尔家书》、小说集《自由国度》《作家看人》(准确地说是奈保尔这个人怎么看一些作家)。

这更坚定了我的看法:这个人是有着独特的前所未有的认知价值的,他和诸如拉什迪这样的作家提供了一种全新的文学经验,但这个价值到底是什么,我并不确切地知道。也就是说,在脑海中搜索已经储存起来的现成的文学经验与理论,都不能对这种价值进行命名或归纳。

直到今天,在重庆开一个文学方面的会议,在这样的讲坛上,差不多全部关于文学的讨论都是基于现成的文学经验与理论。听到不太想听的话题时,我就借故短暂离开一下会场。其间某次,我打算去外面呼吸几口新鲜空气。揿下按钮,电梯降下来,降下来,一声"叮咚"的提示音响起,光滑的金属门无声洞开的那一瞬间,脑子里猛然一亮堂,做了这篇文章标题的那句话清晰地出现在脑海:"不是解构,不是背离,是新的可能!"

我知道,终于可以谈论他了。

我们如今的文学理论,先自把所有作家分成了两类。最大多数那一类,在祖国、母族文化、母语中间处之泰然。比较少的一类,或不在祖国,或不在母族文化,或不在母语中安身立命,竟或者几处同时不在,处境自然就微妙敏感。我属于后一类。三不在中就占了两处,常惹来无端的同情或指责。就在博客中,就有匿名的大概是身在母族文化又自以为母语水准高超者,潜隐而来,留言、提醒、教训。我的态度呢,不感动,也不惊诧。人家同情我流离失所,在外面的世界有种种精神风险。我呢,作为一个至少敢在不同世界里闯荡的人,对依然生活于某种精神茧子中而毫不自觉的人反而有深刻同情。这是闲话,打住。虽然如此,文章之道还在于多少要讲些闲话,但还是回到正题上来吧。

不想说前一类作家,关于他们已经谈得太多太多了。文学史以他们来建构,文学理论以他们来形成,当我们评述今天日益复杂的文学现状,所援引的尺度也全由他们的经验来标识。后一类作家是少数,但他们的数量在不断增加。不因为其他,只是因为时势的变化。全球性的交流不断增加,这个世界有越来越多的人脱离原先的环境(祖国、母族文化和母语)。起初,这样的离开多是出于被动,比如非洲的黑种人来到美洲,比如二战前后的犹太人逃离纳粹的迫害,以及冷战时期昆德拉们的流亡。但这种情形渐渐有了变化,这种离开渐渐成为人们主动的选择。他们主动去到一个陌生的世界——寄托了更多理想与希望的世界,重新生根、长叶,如果他们中的一些人开始写作,还会时时回首故国,但这种回首,与其说是一种文化怀乡,还不如说成是对生命之流的回溯。这样的作家已经越来越多,其中许多已经具有世界性的影响,比如奈保尔。而且,这还只是一个开始,这样的作家将会更好更多,而我们对这一类作家的意义认识不仅不够,甚至有方向性的错误。这种错误就在于,我们始终认为,一个人,一个个体,天然地而且将不可更改地要属于偶然产生于(至少从生物学的意义上)其间的那个国家、种族、母语和文化,否则,终其一生,都将是一个悲苦的被放逐者,一个游魂,时刻等待被召回。在这样一种思维定式下,无论命运使人到达世界的哪一个角落,如果要书写,乡愁就将是一个永恒的题目。但我时常怀疑在这样的表达中,至少在某些书写者身上,是一种虚伪的、为写作而写作的无病呻吟。我不相信提着公文包不断做洲际穿梭旅行,皓发红颜、精力充沛的四处做文化演说的人有那么深刻真实的乡愁。真有那么深重的去国流离的悲苦,那么回来就是嘛。要么,就像帕斯捷尔纳克,就是外面给了诺贝尔奖也怕再不能回到祖国而选择放弃。我不是道德家,不会对人提这样的要求,也反感对人提这样的要求。我只是把不同的人两相对照后,生出些怀疑。无时不在文字中思念故国者去国悠游,偶尔回来说点不着四六的爱国话就被待如上宾,反倒是那些对母国现实与母族文化保留着热爱同时保持着自己批评权利者瘐死故乡。二十世纪的西藏,就出过这么一位叫更敦群培的。本来从西藏南部去了异地,在那里接触到封闭的经院之外的语言,并从那异族的语言中感到思想的冲击,回头来自然对经院哲学中的僵死保守的东西有所批判,而且,还要回到西藏,在那个封闭的世界里去实行继续的批判。结果遭受牢狱之灾,毁坏了身体,继而以佯狂放浪的方式,半是声讨,半是自保,结果身体更加不堪。西藏近代史上一位稀有的思想者,正当思想者的壮年,却因以身试法,在贫病交加中离开了这个他欲加以改造、希望有所变化的世界。

奈保尔则溢出了这样的轨道。

他的父辈就带着全家离开了印度。他出生时,和他家庭一样的印度裔的人,已经在那个名叫特立尼达和多巴哥的国家,在那个国家的首都西班牙港形成了自己的社区。他的表达精妙的小说集《米格尔大街》就是他多年后身居英国而回望自己的成长岁月时对那个社区生活与人物的叙写。这本小说是我最喜欢的小说之一。笔调活泼幽默,描写简练传神,有豁达的命运感叹。但没有通常我们以为的一个离开母国的作家笔下泛滥的乡愁,也没有作为一个弱势族群作家常常要表演给别人的特别的风习与文化元素。因此之故,我就爱上了他。

他在《作家看人》中品评一个印度作家的时候,写道:"在自传性的写作中,个人偏见会让人读来有趣。"这有趣是他颇为幽默的说法。而他真实的想法是"我感觉他困于网中"。为什么呢?"在关于加尔各答生活的近乎民族志学研究的那一章中,乔杜里利用这点取得了极佳的写作效果。"我没有读过乔杜里的作品,这么引用并不是赞同奈保尔对这个作家的评判，因为我个人的写作，有时也有这种民族志的眼光。但这种引证可以证明一点，《米格尔大街》中回避文化与故国之思，是一种有意的安排。后来，读到他回忆写作这本书的文字，更印证了我的看法。

他说："那本书写的是那条街的'平面'景象。在我所写的内容中，我跟那条街凑得很近，跟我小时候一样，摒弃了外界。"

诺贝尔奖以这样的理由授予他："其著作将极具洞察力的叙述与不为世俗左右的探索融为一体，是驱策我们从扭曲的历史中探寻真实的动力。"

到他的长篇小说《河湾》和小说集《自由国度》，他的眼光已经转向了更广阔的世界。《河湾》起初还写了一点印度裔的人，在白人和数量众多的黑肤色非洲人之间的那种飘零感（因为小说的背景是非洲），但很快，小说的重点就转入了对后殖民时代非洲动荡局面的观察与剖析。这是一种新的超越种族的世界性眼光，而不是基于一种流民的心态。这种方式在《自由国度》中表现得更加自由舒展。作为小说集重心的故事，就是一对男女驾车穿行一个马上就要爆发动乱的非洲国度的过程与心态。如果小说中有所倾向，那也是人类共同的关于自由与民主的渴求的理念。在我们习见的经典文学表述中，作家都是基于国家民族和文化而有一个明确的立场。但在《自由国度》中，主人公在这种习见的基点上，与非洲并无关联，因此，我们习以为会毁掉一部作品的主人公与那些概念的疏离反倒提供了更多样观察的角度与更丰富的感受。套用苏珊·桑塔格的话：是新的时代造成了新的人，这些新的生存状况的人带来了新的感受方式。桑塔格把这叫作"新感受力"。当然，桑塔格所命名的这种"新感受力"指的不是我说的这种东西，但借用一下这个说辞也是基于表达的方便，也更说明，在全球化的背景下，时移势迁，"新感受力"的出现也是多种多样，而不只是她在纽约所指的当代艺术方式嬗变的那一个方面。

而在不大愿意承认这种"新感受力"出现的地方,这样的作家就会变得难以言说。还是借用桑塔格的说法,如果你要用旧方式去评说他,他就会"拒绝阐释"。

这个人的父亲离开了一次故国,他又从所谓第二故乡再次离开,却为什么没有那么多乡愁呢?如果我们希望他有,或者责难他没有,是他的错,还是我们过于"乡愿"的错?为什么我们不能对奈保尔们在自己处境中创造出来的新东西有"同情之理解"?为什么我们一定以为去国之后就一定更加爱国怀乡?为什么一定以为离开母族与母语之人一定悲苦无依?奈保尔在英国用英语写作,其实,很多身在印度的印度作家一样用英语写作,至少在泰戈尔的时代,情形就是如此了。

更离谱的是,这个人数次回到印度,用游记的体裁写了三本关于母国的书"印度三部曲"。大多数的时候,他的语调都暗含讥讽,而且批评远远多于表彰和颂扬,绝望的情绪多于希望。爱国家爱民族的人们要愤怒了……

"印度于我是一个难以表述的国家。它不是我的家也不可能成为我的家。"

"印度,这个我 1962 年第一次访问的国度,对我来说是一块十分陌生的土地。一百年的时间足以洗净我许多印度式的宗教的态度……同时,也明白了,像我这样一个来自微小而遥远的新世界社区的人,其'印度式'的态度,与那些仍然认为印度是一个整体的人的态度会有多么大的差异。"

这是他到达印度时候说的话。离开的时候他这么写道:"一个衰败中的文明的危机,其唯一的希望就在于更迅速的衰败。"

在人类文明史上,这样的人,这样的言行无数次被判决过了:背叛!卖国者!大刑伺候!用大批判肃清流毒!对这一切,任何人都可以预见,所以他事先就发出了疑问:"一个人如果从婴儿时期就习惯于集体安全,习惯于一种生活被细致规范化了的安全,他怎么有可能成为一个个体、一个有着自我的人?"

是的,我们非常习惯于那种道德的安全,而且时时刻刻躲在这个掩体后面窥测世界,甚至攻击别人。与此同时,在那个看上去庞大坚固的掩体后面,很多人正在以加强这种安全性的名义来不断解构。不是一些艺术家所声称的小打小闹的解构。而是以热爱的名义,坚守立场的名义,使人们对国族与文化的理解更僵死,更保守,更肤浅,更少回旋余地,因此也更容易集体性地歇斯底里。相较而言,奈保尔们的工作倒有些全新的意义,显示了一种新的有超越性的文化知识的成长。

就在两天前,我作为华语文学传媒大奖的前一届得主陪新得主苏童去某大学演讲,规定的题目就叫《个人史与民族史》,我就结合奈保尔的介绍谈到个人史在现今社会有时会溢出民族史,这时就有年轻人起来诘问,那些挟带着一个个有力问号的句式,一听就知道其自以为占着某种道德的优越感。我不忍用同样的语气回驳一个求学时期的年轻人,耐心回答的同时,在心里暗想,他学到的是多么正确而又渐渐远离了现实的东西啊!

奈保尔还说过这样的话:"我这一辈子,时时不得不考虑各种观察方式,以及这些方式如何改变了世界的格局。"

我们得承认,这个世界真的出现了一些新的"格局"。在这些新格局之下,不用解构什么,也不用背离什么,自然而然,就会生长出新的人。新的人多了,以他们为土壤,就生长出了新的文化,或者,有了成长出新的文化的可能性。

道德的还是理想的
——关于故乡，而且不只是关于故乡

我有个日渐加深的疑问，中国人心目中的故乡是一个怎样的存在？

这个疑问还有别的设问方式：这个故乡是虚饰的，还是一种经过反思还原的真实？是抽象的道德象征，还是具象的地理与人文存在？

的确，我对汉语的文艺性表达中关于故乡的言说有着愈益深重的怀疑。当有需要讲一讲故乡时，我会四顾茫然，顿生孤独惆怅之感。当下很多抒情性的文字——散文、诗歌、歌词，甚至别的样式的艺术作品，但凡关涉故乡这样一个主题，我们一定会听到同样甜腻而矫饰的腔调。在这种腔调的吟咏中，国人的故乡都具有相同的特征：风俗古老淳厚，乡人朴拙善良；花是解语花，水是含情水。在吾国大多数的地方旅行，我会突然意识到，这就是被某一首诗吟过，被某一首歌唱过，被某一幅图画过的某一个文化人的美丽的家乡。但真实的情况总是，那情形并不见得就那么美好。带着这样的困惑，有一天，在某地一条污水河上坐旅游船，听接待方安排的导游机械地背诵着本地文化人所写的歌唱这条河流美景的诗句时，我不禁闭上了眼睛，陷入了自己一个荒诞的想象：假如我们的文化发达到每一地都出了文化名人，都写了描绘故乡美景的篇章，我们再把这些篇章像做拼图游戏一样拼合起来,那么,吾国每一条河流都不会有污染,每一座山峦都披满了绿装,没有沙漠进逼城市与村庄,四处都是天堂般的风和日丽,鸟语花香。城镇的每一个角落都被彩虹般的灯光照亮,没有波德莱尔笔下那样的"恶之花"从卑污处绽放。

由此,不得不得出一个结论,在中国绝大多数文艺性的表述中,那个关于故乡的言说都是虚饰的,出自于一种胆怯乏力的想象。关于人类最初与最终居住地的美好图景,最美妙的那一些,已经被各种宗教和各种主义很完整、很大胆地以一种不容置疑的气度描述过了。当我们描绘那些多半并不存在的家乡美景时,气度上却缺乏那样大气磅礴的支撑,不过是在局部性地复述一些前人的言说。于是,一种虚饰的故乡图景在文字表述中四处泛滥。故乡——村庄、镇子、胡同、大院,所有这些存在或者说记忆到底是应该作为一种客观对象还是主观的意象,已经不是一个如何写作的问题,而早就是一个道德伦理问题。用句套话来说,不是存在决定一切,而是态度决定一切。

帕慕克说:"我们一生当中至少都有一次反思,带领我们检视自己出生的环境。"但大多数时候,我们文字里的故乡,不是经过反思的环境,而是一种胆怯的想象所造就的虚构的图景。

没有查书,但大致记得亚里士多德说过,人都会通过文字或思考来使对象"净化",但是,这个"净化"是"通过怜悯与恐惧达到",而不是通过虚饰与滥情来达到。想想我本人的写作,或者是就在实际的生活中间,一直以来就有意无意回避对故乡进行直接简单的表述,我也从来没有自欺地说过,有多么热爱自己的故乡。

不愿虚饰,可又无力怜悯。

少年时代,我曾想象过自己是一个孤儿,在路上,永远在穿越不同的村子与城镇,无休止地流浪,幸福,而且自由。自由不是为了无拘无束去天马行空,而是除了自己之外,与别的人没有任何牵扯与挂碍。幸福也不是为了丰衣足食,但至少不必为不够丰衣足食而生活在愁烦焦灼的氛围之中,生活在为了生存而动物般的竞争里。那是一个川西北高原上的僻静村庄,阳光是透明的,河水是清澈的,鲜花是应时开放的,村后高山上的积雪随季节转换堆积或融化……树木与花草没有感官与思想,只是顺应着季节的变化枯荣有定。但人,发展出来那么丰富的感受能力,却又只为嘴巴与胃囊而奔忙,而兴奋与悲愁,这样的故乡,我想,但凡是一个正常的人,恐怕是无法热爱的。何况,那时故乡美丽的森林正被大规模的砍伐。二十世纪六七十年代,伐木工人的数量早就超过了我们这些当地土著的数量。跟很多很多中国人一样,我青少年时代的许多努力,就是为了逃离家乡。

但是,当我们在学校学习,或者通过阅读自学,在汉语的语境之中,好像已经有一个约定俗成的规矩,那就是,一个人必须爱自己的故乡。如果不是这样,那么,这个人在道德上就已经失去了立身之地……

其实,故乡只是一个地理性存在,美好与否,自然条件就有先天的决定,本来那只是地图上的一个点,一个人总归要非常偶然地降生在一个地方,于是,这个地方就有了强烈的感情色彩,叫作了故乡。从此开始,衍生出一连串宏大的命名,最为宏大而前定的两个命名就是民族与国家,"人生签牌分派给我们的国家。"故乡之不能被正面注视,不能客观书写,也是因为这两个伟大的命名下诞生出来的特殊情感。因为从家到族到国的概念连接,家乡的神圣性再也无可动摇。再从国到族到家,这样反过来一想,老家所在的那块土地,也就神化成一个坛,只好安置我们对理想家园梦境般的美好想象。幸福家园的图景总是那么相似,故乡的描述终于也就毫无新意,就像彼此抄袭互相拷贝的一样。

……在家乡,你是家族中的一分子,你的身份是按血缘纽带中的一环来命名与确认的,就像我们在整个社会机器中,你不是作为一个独立的人,而是按你在整部机器的运行中所起的作用大小来得以确认。于是,人就只好知趣地自己消失了,人在故乡的真实感受与经历也就真的消失了。

我们虚饰了故乡,其实就是拒绝了一种真实的记忆,拒绝真实的记忆,就等于失去记忆。

失忆当然是因为缺少反省的习惯与反思的勇气。

于是,失忆从一个小小的地方开始,日渐扩散,在意识中水渍一样慢慢晕染,终于阴云一样遮蔽了理性的天空,使我们这些人看起来变成了诗意的、感性的、深情的一群,在一个颇能自洽的语境中沉溺,面对观想出来的假象自我陶醉……

落不定的尘埃
——《尘埃落定》后记

这个时代的作家应该在处理特别的题材时,也有一种普遍的眼光,普遍的历史感,普遍的人性指向。特别的题材,特别的视角,特别的手法,都不是为了特别而特别。

差不多是两年前秋天的一个日子,我写完了这本小说最后一个字,并回到开头的地方,回到第一个小标题《野画眉》前,写下了大标题《尘埃落定》。直到今天,我还认为这是一个好题目。小说里曾经那样喧嚣与张扬的一切,随着必然的毁弃与遗忘趋于平静。

就我本身而言,在长达八个月的写作过程中,许多情愫,许多意绪,所有抽象的感悟和具体的捕捉能力,许多在写作过程中才产生出来的对人生与世界的更为深刻的体验,都曾在内心里动荡激扬,就像马队与人群在干燥的山谷里奔驰时留下的高高尘土,像炎热夏天里突兀而起的旋风在湖面上搅起高高的水柱。现在,小说完成了,所有曾经被唤醒,被激发的一切,都从升得最高最飘的空中慢慢落下来,落入晦暗的意识深处,重新归于了平静。当然,这个过程也不是一种突然的终止,巨大的尘埃落下很快,有点像一个交响乐队,随着一个统一的休止符,指挥一个有力的收束的手势,戛然而止。

但好的音乐必然会有余音绕梁,一些细小的尘埃仍然会在空中飘浮一段时间。

于是,我又用了长篇中的银匠与那个有些古怪的行刑人家族的故事,写成了两个中篇:《月光下的银匠》与《行刑人尔依》,差不多有十二万字。写银匠是将小说里未能充分展开的部分进行了充分的表达。而写行刑人的八万字,对我来说更有意思一些,因为,行刑人在这个新的故事里,成为了中心,因为这个中心而使故事,使人产生了新的可能性。从而也显示出一篇小说的多种可能性。这两个中篇小说分别发表在《人民文学》与《花城》杂志上,喜欢这部小说的人,有兴趣可以参看一下。

两个中篇完成已是冬天,我是坐在火炉边写完这些故事的。此时,尘埃才算完全落定了。窗外不远的山坡上,疏朗的桦林间是斑驳的积雪。涤尽了浮尘的积雪在阳光下闪烁着幽微的光芒。

每当想起马尔克斯写完《百年孤独》时的情景,总有一种特别的感动。作家走下幽闭的小阁楼,妻子用一种不带问号的口吻问他:克雷地亚上校死了。加西亚·马尔克斯哭了。我想这是一种至美至大的境界。写完这部小说后,我走出家门,把作为这部作品背景的地区重走了一遭,我需要从地理上重新将其感觉一遍。不然,它真要变成小说里那种样子了。眼下,我最需要的是使一切回复到正常的状态。小说是具有超越性的,因而世界的面貌在现实中完全可能是另外一种样子。

一种更能为人所接受的说法应该是,历史与现实本身的面貌,更加广阔,更加深远,同样一段现实,一种空间,的确具有成为多种故事的可能性。所以,这部小说,只是写出了我肉体与精神原乡的一个方面,只是写出了它的一种状态,或者说是我对它某一方面的理解。我不能设想自己写一种全景式的鸿篇巨制,写一种幅面很宽的东西,那样的话,可能会过于拘泥于历史与现实,可能在很大程度上被营造真实感耗散精力,很难有自己的理想与生发。我相信,作家在长篇小说中从过去那种上帝般的全知全能到今天更个性化、更加置身其中的叙述,这不只是小说观念的变化,作家的才能也发生了一些变化。或者说,这个时代选择了另一类才具的人来担任作家这个职业。

如果真的承认一个时代有一个时代的小说,那么也就应该承认一个时代有一个时代的作家。

这个时代的作家应该在处理特别的题材时,也有一种普遍的眼光,普遍的历史感,普遍的人性指向。特别的题材,特别的视角,特别的手法,都不是为了特别而特别。在这一点上,我绝不无条件地同意越是民族的便越是世界的这种笼统的说法。我会在写作过程中,努力追求一种普遍的意义,追求一点寓言般的效果。

因为我的族别,我的生活经历,这个看似独特的题材的选取是一种必然。如果呈现在大家面前的这部小说真还有一些特别之处,那只是为了一种更为酣畅,更为写意,从而更深刻的表达。今天重读这部小说,我很难说自己在这方面取得了多大的成功,但我清楚地看到了自己在其中所作的努力。我至少相信自己贡献出了一些铭心刻骨的东西。正像米兰·昆德拉喜欢引用胡塞尔的那句话:"因为人被认识的激情抓住了。"

至少在我想到下一部作品的时候,我看到了继续努力的方向,而不会像刚在电脑上打出这部小说的第一行字句时,那样游移不定,那样迷茫。

在这部作品诞生的时候,我就生活在小说里的乡土所包围的偏僻的小城。走在小城的街上,抬头就可以看见笔下正在描绘的那些看起来毫无变化的石头寨子,看到虽然被严重摧残,但仍然雄伟旷远的景色。但我知道,自己的写作过程其实是身在故乡而深刻地怀乡。这不仅是因为小城里已经是另一种生活,就是在那些乡野里,群山深谷中间,生活已是另外一番模样。故乡已然失去了它原来的面貌。血性刚烈的英雄时代,蛮勇过人的浪漫时代早已结束。像空谷回声一样,渐行渐远。在一种形态到另一种形态的过渡时期,社会总是显得卑俗;从一种文明过渡到另一种文明,人心猥琐而浑浊。所以,这部小说,是我作为一个原乡人在精神上寻找真正故乡的一种努力。我没有力量在一部小说里像政治家一样为人们描述明天的社会图景,尽管我十分愿意这样。现在我已生活在远离故乡的城市,但这部小说,可以帮助我时时怀乡。

在我怀念或者根据某种激情臆造的故乡中,人是主体,抑或将其当成一种文化符号来看待,也显得相当简洁有力。而在现代社会,人的内心更多的隐秘与曲折,却避免不了被一些更大的力量超越与充斥的命运。如果考虑到这些技术的、政治的力量是多么强大,那么,人的具体价值被忽略不计,也就不难理解了。其实,许多人性灵上的东西,在此前就已经被自身所遗忘。

这样的小说当然不会采用目下的畅销书的写法。

我也不期望自己的小说雅俗共赏。

我相信,真正描绘出了自己心灵图景的小说会挑选读者。

前些天,一个朋友打开了我的电脑,开始从第一章往下看,我很高兴地看到她一边移动光标,一边发出了心领神会的微笑。我十分珍视她所具有的幽默感与感悟能力。她正是我需要的那种读者。一定的文学素养,一双人性的眼睛,一个智慧的头脑,一个健康活泼的心灵,而且很少先入为主的理念。至少我可以斗胆地说,我更希望是这样的读者来阅读我的小说,就像读者有权利随意表示自己喜欢哪一种小说一样。

在我们国家,在这个象形表意的方块文字统治的国度里,人们在阅读这种异族题材的作品时,会更多地对里面一些奇特的风习感到一种特别的兴趣。作为这本书的作者,我并不反对大家这样做,但同时也希望大家注意到在我前面提到过的那种普遍性。因为这种普遍性才是我在作品中着力追寻的东西。这本书从构思到现在,我都尽了最大的力量,不把异族的生活写成一种牧歌式的东西。很长时间以来,一种流行的异族题材写法使严酷生活中张扬的生命力,在一种有意无意的粉饰中,被软化于无形之中。

异族人过的并不是另类人生。欢乐与悲伤,幸福与痛苦,获得与失落,所有这些需要,从它们让感情承载的重荷来看,生活在此处与别处,生活在此时与彼时,并没有什么太大的区别。所以,我为这部小说呼唤没有偏见的,或者说愿意克服自己偏见的读者。因为故事里面的角色与我们大家有同样的名字:人。

当然,这部小说肯定不会,也不能只显示出思想与时间的特质,它同时也服从了昆德拉所说的那种游戏的召唤。虚构是一种游戏,巧妙谐和的文字也是一种游戏,如果我们愿意承认这一点的话,严肃的小说里也有一个巨大的游戏空间。至少,对富于智慧与健康心智的人来说,会是这样。

想想当有一天,又一种尘埃落定,这个时代成为一个怀旧的题材,我们自己在其中,又以什么样的风范垂示于久远呢?

而当某种神秘的风从某个特定的方向吹来,落定的尘埃又泛起,那时,我的手指不得不像一个舞蹈症患者,在电脑键盘上疯狂地跳动了。下一部小说,我想变换一个主题,关于肉体与精神上的双重流浪。看哪,落定的尘埃又微微泛起,山间的大路上,细小的石英沙尘在阳光下闪烁出耀眼的光芒。我的人本来就在路上,现在是多么好,我的心也在路上了。

　　唉,一路都是落不定的尘埃。你是谁?你看,一柱光线穿过那些寂静而幽暗的空间,便照见了许多细小的微尘飘浮,像茫茫宇宙中那些星球在运转。

第四辑 音乐与诗篇

音乐与诗歌，我的早年
——《阿来文集·诗集》后记

是的，我的表达是从诗歌开始，我的阅读，我从文字中得到的感动也是从诗歌开始。那时我就下定了决心，不管是在文学之中，还是文学之外，我都将尽力使自己的生命与一个更雄伟的存在对接起来。

很偶然的一个场合，跟一个朋友谈起了贝多芬。当时，他回想起跟当年指挥过的一个大学合唱团的女领唱同台表演多声部时此起彼伏，且丝丝入扣的情景。今天，女领唱在大学里做着我认为最没意思的工作：教授中文。指挥却已做了老板，出了一套很精致的合唱唱片。我很喜欢，于是，他每出一张，便请一次饭，并送一张唱片。我当年的音乐生活很孤独，没有合唱团，更没有漂亮的女团员。我的音乐是一台双喇叭的红灯牌收音机接着一只电唱机。

那时在遥远的马尔康县中学教书，一天按部就班的课程曲终人散后，傍在山边的校园便空空荡荡了。

有周围寨子上的人家的牛踱进校园里来，伸出舌头，把贴在墙上的标语公告之类的纸张撕扯下来，为的是舔舐纸背上稀薄的糨糊。山岚淡淡地弥漫在窗外的桦树林间，这时，便是我的音乐时间。打开唱机，放上一张塑料薄膜唱片，超越时空的声音便在四壁间回响起来。桦树林间残雪斑驳，四野萧然。于是，贝多芬的交响曲声便轰响起来，在四壁间左冲右突。那是我的青春时期，出身贫寒，经济窘迫，身患痼疾，除了上课铃响时你必须出现在讲台上外，在这个世界大多数人的眼里，并没有你的存在。就在那样的时候，我沉溺于阅读，沉溺于音乐，愤怒有力的贝多芬，忧郁敏感的舒伯特。现在，当我回忆起这一切，更愿意回想的就是那些黄昏里的音乐生活。音乐声中，学校山下马尔康镇上的灯火一盏盏亮起来，我也打开台灯，开始阅读，遭逢一个个伟大的而自由的灵魂。应该是一个晚春的星期天，山上的桦树林已经一派翠绿，高山杜鹃盛开，我得到一张新的红色唱片，上面两首曲子，一首是柴可夫斯基的《意大利随想》，一首是贝多芬的奏鸣曲《春天》。先来的是小提琴，多么奇妙，悠扬的琴声像是春风拂面，像是溪水明亮的潺湲。然后，钢琴出现，铿锵的音符像是水上精灵跳动似的一粒粒光斑。然后，便一路各自吟唱着，应和着，展开了异国与我窗外同样质地的春天。我发现了另一个贝多芬，一个柔声吟咏，而不是震雷一样轰响着的贝多芬！这个新发现的贝多芬，在那一刻，让我突然泪流满面！那个深情描画的人其实也是很寂寞很孤独的吧，那个热切倾吐着的人其实有很真很深的东西无人可以言说的吧，包括他发现的那种美也是沉寂千载，除他之外便无人发现的吧。

从那些年，直到今天，我都这样地热爱着音乐。后来，经历了音响装置的几次革命，我便永远地失去了贝多芬的《春天》。这一分别，竟然是十五六年！每当看到春日美景，脑海里便有一张唱片旋转，《春天》的旋律便又恣意地流淌了。这些年，我都把这份记忆掩在最深的地方。直到这天晚上，在成都一间茶楼，坐在几株常绿的巴西木与竹葵之间，听两个朋友谈当年的合唱,我第一次对别人谈起了我的音乐往事,这份深远的怀想。程永宁兄——当年的合唱队指挥,当即便哼出了那段熟悉的旋律,然后,掏出手机打了个电话。因为他的属下照看着一家颇有档次的音响器材店,而且店里也卖正版的古典音乐唱片。他很快收了线,告诉我,这张CD很快就会来到我的手上。

今天所以要在这里回忆以往的音乐生活,不是要自诩自己有修养,或者有品位,而是回想过去是什么东西把我导向了文学时,觉得除了生活的触发,最最重要的就是孤独时的音乐。因为在我提笔写作之前,已经有了二十多年的生活,而且是因为艰难困窘、缺少尊严而显得无比漫长的二十多年。在那样的生活中,人不是麻木就是敏感。我没有麻木,但也没有想要表达的那种敏感。于是我在爱上文学之前,便爱上了音乐。或者说,在我刚刚开始有能力接触文学的时候,便爱上了音乐。我在音乐声中,开始欣赏,然后,有一天,好像是从乌云裂开的一道缝隙中,看到了天启式的光芒,从中看到了表达的可能,并立即行动,开始了分行的表达。

是的,我的表达是从诗歌开始,我的阅读,我从文字中得到的感动也是从诗歌开始。

那次茶楼里与两个当年的合唱团员的交谈很快就成了一个多月前的往事了。当然,这不是那种随即就会被忘记的往事。一天下午,程永宁突然打来一个电话,说那张唱片找到了,店里已经没有这张唱片,是一个朋友的珍藏,但那位未曾谋面的朋友愿意割爱把这张唱片转送于我。而且,此刻程兄已把唱片送到了我上班的楼下。这段日子,我正用下班时间编辑着读者手里这本小书。平时,因为同时担任着两份杂志的主编,不能每天准时离开办公室。但是,这一天,2001年3月15日,星期四,我却盼着下班,而且准点下班。急急回到家里,便打开了音响。瞬间等待后,那熟悉的旋律一下便涌入了心坎。于是,我身陷在沙发里,人又回到了十多年前。想起了早年听着这样的音乐时遭逢的那些作家与作品。

现在,很多人都知道,阿来的写作是从诗开始的。

那时,有这样的音乐做着背景,我在阅读中的感动,感动之余也有想自由抒发的冲动,都是从诗歌开始的。我很有幸,当大多数人都在听邓丽君们的时候,我遭逢了贝多芬们,我也很庆幸,在当时中国很畅销的中国诗歌杂志在为朦胧诗之类争论得面红耳赤的时候,我从辛弃疾、从聂鲁达、从惠特曼开始,由这些诗人打开了诗歌王国金色的大门。

是的,聂鲁达!那时,看过很多照片,都是一些各国著名诗人与之并肩而立的照片。他访问过包括中国在内的很多国家,我不知道那些国家的诗人与之有没有过灵魂的交流,与之并肩而立的合影却是一定会留下的。但是,非常对不起,那些影子似的存在正在被遗忘,但我仍然记得,他怎样带着我,用诗歌的方式,漫游了由雄伟的安第斯山统摄的南美大地,被独裁的大地,因此反抗也无处不在的大地。被西班牙殖民者毁灭了的印第安文化阴魂不散,在革命者身上附体,在最伟大的诗人身上附体。那时,还有一首凄凉的歌叫《山鹰》,我常常听着这首歌,读诗人的《马克楚比克楚高峰》,领略一个伟大而敏感的灵魂如何与大地与历史交融为一个整体。这种交融,在诗歌艺术里,就是上帝显灵一样的伟大奇迹。

是的,惠特曼,无所不能的惠特曼,无比宽广的惠特曼。今天,我听了三遍久违的《春天》后,又从书橱里取出久违了的惠特曼。我要再次走进那些自由无羁的雄壮诗行。是的,那时就是这样,就像他一首短诗《船起航了》所写的一样:

看哪,这无边的大海,

它的胸脯上有一只船起航了,张着所有的帆,甚至挂上了它的月帆,当它疾驶时,航旗在高空中飘扬,她是那么庄严地向前行进,

下面波涛汹涌,恐后争先,

它们以闪闪发光的弧形运动和浪花围绕着船。

感谢这两位伟大的诗人,感谢音乐,不然的话,有我这样的生活经历的人,是容易在即将开始的文学尝试中自怜自爱,哭天抹泪,怨天尤人的。中国文学中有太多这样的东西。但是,有了这两位诗人的引领,我走向了宽广的大地,走向了绵延的群山,走向了无边的草原。那时我就下定了决心,不管是在文学之中,还是文学之外,我都将尽力使自己的生命与一个更雄伟的存在对接起来。也是因为这两位诗人,我的文学尝试从诗歌开始。而且,直到今天,这个不狭窄的,较为阔大的开始至今使我引为骄傲。

回想我开始分行抒发的时候,正是中国诗坛上山头林立、主张与理论比情感更加泛滥的时期。但是,我想,如果要让文学从此便与我一生相伴的话,我不能走这种速成的道路。

于是,我避开了这种意气风发的喧嚣与冲撞,走向了群山,走向了草原。开始了在阿坝故乡广阔大地上的漫游,用双脚,也用内心。所以,这些诗歌最初出现在各种各样的纸张上,各种各样的简陋的招待所窗户下肮脏的桌子上。今天,我因为小说获奖住在北京一家干净整洁的宾馆里,多年的好友,今天的责编印送来诗稿让我作最后一次校对。我在柔和的灯光下一行行检点的仿佛不是诗句,而是漫长曲折的来路。墙外是这座大城市宽广丰富而又迷离的夜晚,我却又一次回到了青年时代,回到了双脚走过的家乡的梭磨河谷,大渡河谷,回到了粗犷幽深的岷山深

处,回到了宽广辽远的若尔盖草原。我经历的那个生气勃发的诗歌时代,也是一个特别追名逐利的时代,诗人如此,诗歌界的编辑亦如此,带着势利眼而没有自己真正主张的占了绝大多数。所以,我有些很好的诗歌篇什,便永远地沉埋在一些编辑部里了。比如,我至今想得起来的一首诗叫《遇见豹子》。当然,这仅仅是一个特别的例子,名单再开下去,便是一份控诉书了。其实,我的这本小小的诗集直到今天才得以出版,这件事本身,便是对中国文坛某些不正常状态的沉默的批判。如果不是那些永远沉没在某些编辑手里的没留底稿的诗篇,这本诗集便不会如此单薄。

  这些诗不仅是我文学生涯的开始,也显露出当我的文学生涯开始的时候,是一种怎样的姿态。所以,亲爱的尊敬的读者,不论你对诗歌的趣味如何,这些诗永远都是我深感骄傲的开始,而且,我向自己保证,这个开始将永远继续,直到我生命的尾声。就像现在,音响里传出最后一个音符,然后便是意味深长的寂静。而且,我始终相信,这种寂静之后,是更加美丽与丰富的生命体验与表达的开始。

为什么要写作小说
——《格拉长大》后记

也许心得都在写下那些故事的字里行间了吧。离开了城市,离开了人群和群山,和此起彼伏的植物群落待在一起,原始的感觉能力复苏,而经过学习与训练得来的理性表述能力反倒消失了。

出版社发来短信,嘱我为《格拉长大》这本小书写个后记,延宕好些日子了,脑子里依然空空如也。以写小说为业,但关于小说,竟实在觉得没什么话好说。或者是过去说得太多的缘故。

把读过的好书中还记得的话想了一下,觉得还是别人有话在说,自己于小说,特别是关于短篇小说,除了对其形式本身着迷以外,确实没有特别的话值得来说上一说。小说写法,大家都在文体上刻意讲究,自己当然也如此行事,但真还没有成套的话可以说上一通。

再把四处行走,特别是在青藏高原上四处行走时得之于浩大自然的启示也想了一下,甚至打开电脑查查那些随手记下的文字,依然觉得只是一时一地之感,尚不足以转喻短篇写作中的某些境况,也只好作罢。

近年,黏滞在长篇《空山》漫长劳作中,一卷,两卷,三卷,四卷,五卷终篇,又开笔写第六卷,故事、人物、情境浮满脑海,关于小说写法之类的东西反倒从脑子里消失干净了。写得烦了,停下来,想清理清理脑子,想读点条理一点的书也不能。

只好取两个办法,一个是写些轻松点的短篇调剂一下,这本书中有关机村的这些篇什,正是这种调剂时的小小成果。

再一个调剂,在春夏时节,给车加满油,带上相机,带上睡袋,长途跋涉开上高原,拍故乡的野花。看到野花们亭亭立于蓝天之下,带露摇晃,看到花们在镜头下呈现出那么匪夷所思的结构,那么不易捕捉的奇丽色彩,那种自然天成,那种超凡之美,再想自己一字一行写下的东西,有时真的会觉得提不起气来。

现在,在定位仪显示为海拔2800米的雄壮峡谷里,四处都是怒放的丁香。在汉语诗歌里,丁香似乎不是这样,但在这样的山谷里,我眼见的这些丁香的确并不幽怨,在山坡上一大束一大束地开放,强烈的香气比雨后猛涨的溪流还要强劲。因为有雨,我躲上车,把雨关在外面,让丁香的香气进来,打开电脑写下这样的文字,等到晚上下山,找一个可以上网的地方,发出去,就算完成作业了。

至于小说心得,还是没有。

也许心得都在写下那些故事的字里行间了吧。离开了城市,离开了人群和群山,和此起彼伏的植物群落待在一起,原始的感觉能力复苏,而经过学习与训练得来的理性表述能力反倒消失了。这就回到了一个文艺发生学上的原始的疑问,我们写小说,到底是有想法想说出来,还是因为一些朦胧的感觉,希望在写作过程中使其显示出略微清晰的轮廓?

也就是说,有些时候,我真的并不知道自己为什么要写小说。

《格萨尔王传》:一部活着的史诗
——小说《格萨尔王》再版后记

也许,我们还有机会一起重温这次经历,重温这部伟大的史诗,重温西藏的历史与文化,看看当一个世界还存在着多元而丰富的文化的时候,该是一件多么有意思的事情。

一部活着的史诗

我要从一首诗开始:

> 智慧花蕊,层层秀丽,少年多英俊,
> 观察诸法,如钩牵引,扣入美女心,
> 彻见法性,明镜自观,变化千戏景,
> 作者为谁,乃五髻者,严饰住喉门。

在西藏,更准确地说,是在藏族人传统的写作中,无论即将展开的是一个什么样的题材,也无论这本书是什么样的体裁,一定有这样的诗词写在前面。这首诗是藏族一本历史名著《西藏王臣记》开篇时作者写下的赞颂词,作者是五世达赖喇嘛。这首诗是献给文殊菩萨的,进过寺院的人应该都熟悉这位菩萨,他和另一位菩萨普贤,常常跟释迦牟尼佛并立在一起,所谓左文殊,右普贤。一个骑狮,一个乘大象,骑乘的动物与方位,是辨识特征。为什么要赞颂文殊呢?因为他是智慧的象征,又称自在之王。赞颂他,是祈望得到他神力的加持,开启才智,以便写作顺畅并充满洞见与真知。

我所要展开的话题,并不专注于宗教,而更多的是作为中华文化组成部分的藏族历史与文化。之所以这样开场,无非是想向大家说明,文化并不只是内容的差异,还包括了形式上的分别。很多时候,这种形式上的分别更为明显也更为重要。外国人出了一本书,无论是学术著作还是文学作品,往往会在扉页上写一行字,一般是献给某某人,这个某某或者是作者所爱的人,或者是在写作这本书时给予过他特别帮助的人。但这样的赞颂词并不是这本书整体中的一部分,而是传统的藏族知识分子的在写作中每本书都必不可少的组成部分。

这说明了一个问题,在藏族人传统的观念中,写作是一件具有"神性"的事情,是探寻人生或历史的真谛,甚至是泄露上天的秘密。不过,这个秘密有时是上天有意泄露出来的,通过一些上天选中的人透露出来。所以,一个人有了写作的冲动时,也会认为是上天选中了自己,所以要对上天的神灵顶礼赞颂。

我所要讲的《格萨尔王传》不是一部文人作品,而是一部在民间流传很广很久的口传文学作品。故事的主人公格萨尔本来生活在天界,看到人间的纷乱与痛苦,发大愿来到人间——不是电视剧中那样直接地驾着祥云下来,而是投生到人间来,像凡人一样成长,历经人间各种艰难苦厄而后大功告成,最后又回归天界。这部作品不是一部正经的历史书,但研究这部史诗的专家们得出了一致结论,相信这个故事还是曲折反映了西藏的一些历史事实。但在民间,老百姓的兴趣往往不是真实的历史,而是艺术化的历史。这一点,在别的民族文化中也何尝不是如此。在汉族文化中,比如玄奘取经的过程变成《西游记》的传奇故事,《三国志》演变成《三国演义》,以及今天在影视剧和网上写作中大量出现的戏说式的作品其实反映了人们的一种心理,愿意知道一点历史,但真实的历史又过于沉重,于是,通过戏仿式的虚构将其变"轻",变得更具娱乐性。我认为这其实反映出人的一种两难处境,我们渴望认识世界,洞悉生活的全部秘密,但略一体察,生活沉重的、无序的一面又会让我们因为害怕压力与责任而迅速逃离。所以,我们往往装扮出对生活的巨大热情,但当生活呈现出一些我们并不希望的存在时,我们就会假装什么都没有看见。其实,人不可能从真实的生活中逃离出去,于是,就在文艺作品中去实现,今天,网络时代提供的更多的匿名的、游戏性的空间使人们在艺术之中也找到了新的逃离的可能。在今天,人类用一些方式把不想看见的事实遮掩起来的智慧正在得到空前发展。

《格萨尔王传》是一部在历史事实的基础上演绎出来的作品,只不过其中历史的身影更为稀薄难辨。好多研究者都告诉我们,从历史到演义,都有一个从民间的以话本方式流传,到最后经文人整理定稿为小说的漫长过程。而《格萨尔王传》经过了一千多年,还处于由不同的民间艺人在民间自由流传的阶段。这部史诗在不同的历史阶段,也曾有人把不同艺人演唱的不同版本记录下来,所以也就出现了许多不同的文字记录本,但是,这些记录本并没有使这部宏伟的史诗在民间的口传,以及于口传中的种种变异停止下来。有两张照片是我在准备《格萨尔王》前期,在四川甘孜州的色达县见到的两个说唱艺人。我见到的这种人物太多,都忘记他们的名字了。这位妇女没有文化,她在放牧的时候搜罗花纹奇异的石头。在收藏很热,热到什么都有人收藏的今天,她搜罗这些石头,是为了奇货可居吗?不是,她甚至不知道这个世界上有什么奇石收藏。她声称,每一块石头对她来讲,就像是一块电影银幕。当她祈祷过神灵,手托任意一块石头,格萨尔故事中的某一个片段就呈现在眼前,她就半闭着眼睛开始吟唱了。这位老者像老僧坐禅一样,安坐在自己家中,沉默寡言,但一旦灵感降临,立即就是另外一种状态了。什么样的状态呢?一个法国人在差不多一个世纪前也接触到这样的民间说唱艺人,他说:"是神灵附体的激情状态。"

在前面,我有过"神性"写作的说法,藏族民间的口传文学也具有相同的特点。说唱艺人相信演唱能力是神所赐予,其方式对今人来说就显得十分神秘。比如那个妇女,没有文化,不识字,却具有杰出的演唱才能。没有文化或文化水平很低下的人们演唱时,使用的不是日常口语,而是韵律铿锵协调的非常古雅的书面语言。法国藏学家石泰安说:"口头的唱本是通过到处流浪的职业歌手或游吟说唱艺人进行传唱。一些人可能了解全部史诗或大部分章节,另一些人可能仅了解其中的一部分。如果邀请他们吟诵,他们可以日复一日、年复一年地背诵吟唱。"

在藏语里头,把这样的民间说唱艺人叫作"仲肯"。仲,是故事,肯,就有神授的意思,意译一下就是神授的说唱人。就是这些人,让这个故事在青藏高原从事游牧与农耕的藏族人中四处流传。

除了说唱艺人,我还遇到一种用笔书写格萨尔故事的人。就在前面介绍的两位说唱艺人所在的那个色达县,我就遇到了这样一个喇嘛在书写新的格萨尔故事。人们会说,那么,他是个跟你一样的作家。我想如果我同意,那个喇嘛自己也不会同意这种说法。第一,他专写格萨尔故事;第二,他不认为故事是写出来的。故事早就发生过,早就在那里,只是像宝藏深埋于地下一样埋藏在心中。一个人的心灵就像一个富含宝藏的矿床。他所做的，只是根据神灵的某种神秘开示，从内心当中，像开掘宝藏一样将故事开掘出来。这种人，被格萨尔研究界命名为"掘藏艺人"。2006年夏天，我和两位国内权威的格萨尔研究专家去访问过这位喇嘛，他刚刚完成了一部新的作品，更准确地说，刚刚成功地完成了一次"掘藏"，坐在禅床上时人显得虚弱不堪，与我们交谈时嗓间低沉沙哑，但是，谈到从他笔端涌现出来的新的格萨尔故事时，他的眼睛中发出了特别的光亮。

如果作一个简单的总结，我们可以说，这是一部有着神性光彩的活着的史诗。

最长的史诗

我之所以要说这些话，是因为我用现代小说的方式重写了史诗《格萨尔王传》。大家已经知道，这个故事在青藏高原上的藏族人中已经流传一千多年了。我不过是在这漫长的历史与宽广的大地上成长起来的难以计数的故事讲述人中的一个。这个名叫《格萨尔王传》的故事，在学术界有着不同的命名，有时叫作神话，有时叫作史诗。其实，在有关于人类远古历史的那些传说中，史诗和神话往往是同一回事情。作家茅盾说史诗是"神话的艺术化"，就是这个意思。这部史诗至今在世界上保持着两个世界纪录，前面已经说到了一个纪录——活着的史诗。现在来谈第二个纪录，《格萨尔王传》是全世界最长的史诗。

这部史诗在青藏高原上虽然流传很长时间了，但被外界发现、认识并加以系统研究不过是两百年左右的事情。在此之前，分别有其他国家的史诗曾经保持着最长史诗的纪录。大家知道，今天这个世界的文化是以欧洲文艺复兴以来的文化作为主流的,而欧洲文艺复兴的精神源头在古代希腊。于是,很长一段时间里,人们说到史诗就是希腊史诗。希腊史诗的代表作是《伊利亚特》和《奥德赛》。相传这些作品那时候是由一个叫作荷马的盲眼诗人所吟唱,他携带着一把琴,四处流浪,所以,又叫作《荷马史诗》。《伊利亚特》共一万五千六百九十三行,《奥德赛》一万二千一百一十行。《荷马史诗》在世界上影响巨大,直到今天,这些故事还在不断被改写。改写成舞台剧,好莱坞大片,改写成小说,比如《奥德赛》中奥德修斯的故事被加拿大著名小说家阿德伍德改写成了小说《珀涅罗珀》,并以此作品参加全世界有近百位作家参加的一个国际写作项目"重述神话"。我也是这个计划的参加者之一,用长篇小说《格萨尔王》和全世界众多优秀作家一起参与"重述神话"的活动。

《荷马史诗》之后,随着人们视野的扩展,人们又发现了印度的两大史诗《罗摩衍那》和《摩诃婆罗多》。《罗摩衍那》最精短的本子有三万多行。《摩诃婆罗多》则长达二十多万行。印度伟大的诗人泰戈尔曾说过:"如果说有某一部作品把喜马拉雅山那么高洁的普遍理想和大海一样深邃的思想同时进行了概括的话,那就只有《罗摩衍那》。"刚刚去世不久的季羡林先生,在七十岁左右还亲自完成过一个《罗摩衍那》的新的中文译本。

现在已经历数了四部最著名的史诗,再加上世界上最早的巴比伦的《吉尔伽美什》,统称为世界的"五大史诗"。这部史诗是于1872年由英国人从巴比伦废墟里挖掘出来的,故事用古代巴比伦人的文字刻写在泥版之上,本身已经残缺不全,我们已经无法窥见全貌,而且,那种文字,除了极少极少的专家,已经无人能够辨识了。但是,它出自古代巴比伦,产生的时间应该是最早的,所以,也在五大史诗中占有了一席之地。

《格萨尔王传》呢?法国藏学家石泰安在《〈格萨尔王〉引言》一文中

说:"欧洲在1836年到1839年间首次通过译文了解到这个传奇故事。"1836年,《格萨尔王传》的译本在俄国圣彼得堡出版,但系统性的研究还要差不多一百年后才正式开始。不然,"五大史诗"可能就要被叫作"六大史诗"了。之所以如此说,当然不是出于简单的民族情感,要把自己文化中所有的东西都无条件视之为伟大。在我的研究与写作过程中,这种情绪是我一直提醒自己要随时克服的东西。知识会成为学养,学养会帮助我们消除意识中那些因短视与狭隘而引发的情绪。我想,开场时讲到的那样的著作者所以要通过赞颂菩萨,也是希望获得这样的洞见的力量。藏族人给多学多闻多思的人一个美称叫"善知识"。如果我要称颂什么,我就称颂符合这个标准的"善知识"。

但《格萨尔王传》真的创造了一个世界第一,即在史诗中至少是长度第一。有多长呢?上百万行,一百五十多万行。关于更具体的数字,不同的资料有不同的说法。为什么在统计数字上有如此的出入呢?这是因为,与前述那些史诗不同,这部作品主要是通过许多民间艺人的口头演唱在民间流行,这些民间艺人就是古代所谓的行吟诗人。不同的艺人演唱时并没有一个固定的稿本,即便是演唱同一段故事,不同的艺人都有不同的想象与不同的发挥,整理成固定的文本时,首先就有了长度的差别。

更重要的,前面说过,这部史诗还活着,还在生长,还在产生新的部分。格萨尔还是那个叫作"岭"的国家的国王,还在率领那个国家军队东征西讨,斩妖除魔,开疆拓土。也就是说,这个故事的篇幅还在增加。

史诗过去是由行吟诗人演唱的,《伊利亚特》与《奥德赛》叫作《荷马史诗》,就是因为是由那个瞎眼的荷马,在古希腊那些不同的城邦国家间演唱出来的。我们知道,古代希腊并不是一个统一的国家,而是好多个城邦国家组成的。这些城邦国家时常需要联合起来共同抵御外来势力的入侵。与此同时,这些城邦之间也上演分合不定,时战时和的大戏,但行吟诗人和他的故事却自由地穿越着这些城邦,成为他们共同的辉煌记忆,但这种记忆已经凝固为纸面上的文字。而巴比伦的史诗已经凝固为今天已经很少有人能够辨识的泥版上的文字。唯有《格萨尔王传》还在生活于青藏高原上的藏族人中间,在草原上的牧场,在雅鲁藏布江,在黄河,在金沙江,在所有奔流于高原上的大河两岸的农耕村庄里由不同的民间艺人在演唱。

直到今天为止,格萨尔故事的流传方式依然如此,没有什么改变。史诗仍然以其诞生之初就具有的流传方式活在这个世间,流传在这个世间。就像著作者在写作之前会首先用赞颂词的方式祈求神佛菩萨的佑助,这些演唱者"头戴一种特殊的帽子",并以一首特殊的《帽子歌》来解释这顶说唱帽各个部分所具有的象征意义。他们所以这样做,除了希望得到神灵的护佑,更重要的是一种宣示,告诉人们,这部史诗的演唱因为有神的授权或特许,与民间那些纯粹娱乐性的演唱间有着巨大的区别。长此以往,演唱者们的演唱开始时就具有了一些固定的程式。

说唱艺人都有的这顶特别的帽子,藏语里叫作"仲厦"。大家已经知道,"仲"是故事的意思,而这个"厦"的意思正是帽子。那么,这个帽子就是说故事时戴的专用帽了。这里有一张照片,20 世纪 30 年代由一个外国人摄于尼泊尔。而这一张说唱帽的照片是我在康巴草原拍下的。在正式说唱史诗的故事部分之前,演唱者会赞颂这顶帽子,因为这顶帽子上每一个物件与其形状都是某种象征。他们会把帽子比作整个世界,说帽子的顶端是世界的中心,其他大小不同的装饰物,或被比作江河湖海,日月星辰。有时,这样的帽子又被比喻成一座宝山,帽子尖是山的顶峰,而其他的装饰与其形状,则分别象征着金、银、铜、铁等丰富的宝藏。之后,就可以由此导入故事,说正是由于格萨尔王降伏了那么多妖魔鬼怪,保卫了蕴藏着丰富宝藏的大夯,如今的人们才能安享这些宝藏中的无尽财富。上述材料,转引自格萨尔研究专家降边嘉措先生的专著《〈格萨尔〉初探》。我本人也观赏过好些"仲肯"的演出,但在我这次讲座中,但凡可以转引专家们研究成果的地方,我将尽量加以转述。为什么要如此呢？除了《格萨尔王传》这部伟大的史诗本身,我还想让公众多少知道一点国内外研究这部史诗的人并分享他们研究的成果。作为一个作家,我很认真地进入了这个领域,但我知道,当我的小说出版,当这个讲座完成,我就会离开这个领域,而进入一个新的题材领域。而这些研究者,他们还会在这个领域中间长久地坚持。转引他们的研究成果,是我充实自己的方式,也是向他们的劳动与成就表达敬意的方式。降边嘉措先生还在他的文章中告诉我们:"这种对帽子的讲述,成了一种固定的程式,有专门的曲调,藏语叫'厦协'。"

"这种唱词本身就同史诗一样,想象丰富,比喻生动贴切,语言简练优美,可以单独演唱,是优秀的说唱文学。"

史诗的发现

"发现",这对我来讲,是个有些艰难的话题。不是材料不够,或者线索的梳理上有什么困难,而是这个词本身带来的情感上的激荡。我们自己早就存在于这个世界上,也早就意识到了自己在这个世界上的存在。不然,我们不会有宗教,有文学,有史诗,所有这些精神性的存在,都是因为人意识到自己在地球某一处的存在,意识到这种存在的艰难与光荣而产生出来的。描述这种存在,歌颂这种存在,同时,也质疑这种存在。

从这个意义上讲,《格萨尔王传》也是意识到这种存在的一个结果。我们可以说,自这部史诗产生以来,就已经被演唱的人,聆听的人,甚至那些留下了文字记录本的人所发现。问题是,自哥伦布们从伊比利亚半岛扬帆出海的那一刻起,这个世界的规则就开始改变了。在此之前,一种文化,一个民族,一个国家只需要自我认知,即是发现。但从这一个时刻起,这个世界上的不同文化便有了先进与落后的分别,强势与弱势的分别。从此仅有自我认知不行了,任何事物,都需要占有优势地位的文化与族群来发现。所以,印第安人在美洲生活了几千年,但要到15世纪等欧洲人来发现。中国的敦煌喧腾过,然后又在沙漠的包围中沉睡了,还是要等到欧洲人来发现。

《格萨尔王传》的命运也是一样。

前面说过,法国藏学家石泰安把发现这部史诗的日子定在1836年,标志是其部分章节的译本在欧洲出版。非常有意思,这个译本是根据蒙古文翻译的。也就是说,在欧洲人的发现之前,这部藏族人的史诗已经被生产方式和宗教信仰都非常接近的蒙古人发现了,但这个发现不算数。所以,要直到欧洲人来发现才算是发现。于是,就像这个世界上有许多事物被发现的时间点一样,这个时间点也是由欧洲人的眼光所及的时间来确定的。在这里,我陈述的是一个事实,从殖民时代一直延续到后殖民时代的基本事实,而并不是对石泰安先生个人有什么不满。相反,他个人在藏学和格萨尔研究方面卓有建树,他于1959年在法国出版的《西藏史诗与说唱艺人研究》一书,长达七十余万言,也是我初涉这个题材领域时的入门书之一。

下面我来说说,汉语世界发现这部作品的过程。

这里使用的材料,主要引自四川省社科院研究员任新建先生的文章。关于国外发现格萨尔故事的过程,任先生给了我们更详尽的说明。1886年,俄国人帕拉莱斯在蒙古旅行时,发现了这部史诗的蒙文本,后来在圣彼得堡出版的译本就是这个人搜集来的。直到1909年,法国传教士在拉达克(今属印巴争议的克什米尔地区)搜集到两本藏文本,翻译后在英属印度出版。1931年,法国女探险家大卫·妮尔夫人从四川方向进入西藏,就在林葱土司家中借阅了土司家珍藏的《格萨尔王传》手抄本,在接下来的行程中,又在今天的青海玉树地区记录到一个说唱艺人的唱词。后来,她将这些内容整理成书,以《岭·格萨尔超人的一生》为名,在法国出版。这虽然不是《格萨尔王传》的原貌,却也比较完整地介绍了整部史诗的大致轮廓。二十世纪五十年代后,国外的格萨尔研究才有了巨大的进展,涌现出了一批卓有建树的"格学"家。前述法国的石泰安先生就是其中的一位佼佼者。

我们说,在今天这个时代,"发现"的意义不再是自我认知,而是来自更为强势的外界的发现。地区与地区之间,国家与国家之间如此,不同的族群与文化之间也是如此。所以,我们谈流传于青藏高原的藏族史诗《格萨尔王传》的发现,既是指被中国以外的西方世界发现,也是指在中国居于主流地位的汉文化对这部史诗的发现。

与西方的发现相比,这是一个优美的故事。

时间要回到二十世纪二十年代末,一位在四川一所中学教授四川乡土史的老师放下了教鞭,受邀前往康区,也就是今天的四川省甘孜藏族自治州考察。后来,我也曾为考察《格萨尔王传》的流传多次前往这一地区。所不同的是,我是驾驶性能可靠的越野车前往,而这位叫作任乃强的先生前往的那个时代,这十几万平方公里的土地上还没有一寸公路。但这位先生,在1929年到1930年一年时间里,先后考察了泸定、康定、道孚、炉霍、甘孜、新龙、理塘和巴塘等十余县。据任先生自述:"所至各县,皆周历城乡,穷其究竟,鞍马偶息,辄执土夫慰问,征其谈说,无论政治、军事、山川、风物、民俗、歌谣……皆记录之。"后来这些记录文字陆续在内地汉文报刊发表,其中就有关于《格萨尔王传》的介绍。

此前,汉族地区也有关于这部史诗的流传,但人们满足于道听途说,而未加考证,便妄下断言,认为是藏族人在用一种特别的方法传说关羽关圣人的故事,后来又以为是藏族人在用藏语传说三国故事,便命名为"藏三国"或"蛮三国"。任乃强先生第一次于1930年用汉文发表文章,从而向汉语世界的读者表明,这部被称为"蛮三国"的作品,实为流传于藏族民间的一种"有唱词"的文学艺术,内容"与《三国演义》无涉"。并且,他还在文中模拟演唱者的语调翻译了一段。

在这次考察活动中,任先生不仅收获了许多文化成果,更发现在被视为"蛮荒之地"生活的康巴藏人的四种美德,即仁爱、节俭、从容、有礼。他感到,在真正认知这个民族时,还有语言上的隔阂和民族心理差异这两个障碍需要跨越。他以为,找一个藏族人为妻可能是跨越这两大障碍的最方便办法。于是,他便请人做媒说亲,娶得新龙县藏族女子罗珠青措为妻。而他最初介绍到汉族地区的格萨尔故事,就是在其历时七天的藏式婚礼上,根据妻子的大姐在欢庆时刻的演唱所作的记录。

我这个故事,来自任新建先生所写的回顾《格萨尔王传》研究史的文章。而任新建先生,正是任乃强先生和罗珠青措的儿子。任新建先生子承父业,在藏学研究上有很高的成就。

对一个作家来说,对一个虚构性的传奇故事进行再一次的虚构,并从这个宏伟的故事框架中,时时窥见到历史依稀的身影,是一种非常奇妙的经历。正因为有一个古老的故事在先,我的虚构又不是信马由缰,时时让我回到实实在在的历史现场与文化氛围中间,整个写作过程成为一段庄重的学习历程,使自己感情充实精神丰满。也许,我们还有机会一起重温这次经历,重温这部伟大的史诗,重温西藏的历史与文化,看看当一个世界还存在着多元而丰富的文化的时候,该是一件多么有意思的事情。

现在照应一下开篇,解释一下开篇时所引的那首诗体的赞颂词。这首赞颂词的汉译者是刘立千先生,一位对西藏学有深厚造诣的汉族学者。他说,这首诗前三句是说文殊菩萨妙智无穷,如绽放的花朵层层无尽展开。这样智慧的花朵吸引我们犹如英俊少年牵引少女的心灵。刘立千先生指出,这是运用了藏族修辞学著作《诗镜论》上的形象修辞手法,用经过比喻的事物,再去比喻另一事物,就是比喻中套着比喻。这也说明,不同的文化所哺育的不同的语言,总有着别种语言没有的特别感受与特别的表达,正是由于这些原因,多元文化的存在才使这个世界显得丰富多彩。

随风远走
——茅盾文学奖颁奖礼上的答词

今天,当《尘埃落定》与我的名字联系在一起,频频出现在报端时,我确乎感到,它是离我远去了。是的,它正在顺风而去。而对我来说,另一个需要从混沌的背景中剥离出来的故事,又在什么地方等待着了。

又听见了杜鹃的声音:悠长,遥远,宁静。

1994年5月,我坐在窗前,面对着不远处山坡上一片嫩绿的白桦林,听见了从林子里传来的杜鹃的啼鸣声。那时,身后的音响低低回荡着的是贝多芬《春天》与莫扎特《鳟鱼》优美的旋律。那个时候,音乐是每天的功课。那片白桦林也与我有了十几年的厮守,我早在不同时间与情景中,为她的四季美景而深浅不一地感动过了。杜鹃也是每年杜鹃花开的季节都要叫起来的,不同的只是,在那个5月的某一天,我打开了电脑。而且,多年以来在对地方史的关注中积累起来的点点滴滴,忽然在那一刻呈现出一种隐约而又生机勃勃、含义丰富的面貌。于是,《尘埃落定》的第一行字便落在屏幕上了。小说所以从冬天开始,应当是我想起历史时，心里定有的一种萧疏肃杀之感，但是因为那丰沛的激情与预感中的很多可能性，所以，便先来一场丰润的大雪。我必须承认，这都是我自己面对自己创建的文本所作的揣摩与分析，而不是出于当时刻意的苦思。我必须说，那时的一切都是一种自然而然的流淌。

《尘埃落定》就这样开始了它生命的诞生过程。

今天，我已经很难回想起具体过程中的每一个细节了。眼前却永远浮现着那片白桦林富有意蕴的变化。每天上午，打开电脑，我都会抬眼看一看她。不同的天气里，她呈现出不同的质感与情愫。

马尔康的春天来得晚。初夏的5月才是春天。7月，盛大的夏天来到，春天清新的翠绿日渐加深，就像一个新生的湖泊被不断注入一样（我有两行诗可以描摹那种情境："日益就丰盈了／日益就显出忧伤与蔚蓝"）那种浓重的绿，加上高原明亮阳光的照耀，真是一种特别美丽的蓝。10月，那金黄嘹亮而高亢，有一种颂歌般的庄严。然后，冬天来到了。白桦林一天天掉光了叶子。霜下来了，雪下来了。茂密的树林重新变得稀疏，露出了林子下面的岩石、泥土与斑驳的残雪。这时，小说里的世界像那片白桦林一样，已经历了所有生命的冲动与喧嚣，复归于寂静。世界又变回到什么都未曾发生也未曾经历过的那种样子。但是，那一片树林的荣枯，已经成了这本书本身，这本身的诞生过程，以及创造这个故事的那个人在创造这个故事时情感与思想状态的一个形象而绝妙的况喻。

直到今天，我都会为了这个况喻里那些潜伏的富于象征性的因子不断感动。

写完最后一行字，面对那片萧疏的林子，那片在睡了一个漫长冬季后，必然又会开始新一轮荣枯的林子，我差不多被一种巨大的幸福击倒。对我而言，这是一次创造，也是一次隆重的精神洗礼。然而这一切，都在1994年最后几天里结束了。

故事从我的脑子里走出来,走到了电脑磁盘里,又经过打印机一行行流淌到纸上。从此,这本书便不再属于阿来了。它开始了自己的历程,踏上了自己的命运之旅。我不知道别的作家同行有没有这样的感觉。但我却深深感到,我对它将来的际遇已经无能为力了。

一个人有自己的命运,一本书也是一样。它走向世界,流布于人群中的故事再不是由我来操控把握了,而是很多人,特别是很多的社会因素参与进来,共同地创造着。大家知道,它的出版过程有过三四年的曲折期。后来就有朋友说,那曲折其实是一种等待,等待一个特别适合面世的机会。找到最合适机会出声的角色,总会迎面便撞上剧场里大面积的喝彩。

之后的一切,就是大家都熟悉的一个故事了。幸福的家庭都是相似的,幸运的书的命运也都是相似的。读者的欢迎,批评界的好评,各种奖项与传媒的炒作。这本书的命运进展到这样一个模式里,我与之倒有了一种生分的感觉。我不能说这一切不是我所期望的。我只是要说,这些成功的喜悦与当初创作这本书时的快乐以及刚结束时体会的那种巨大的幸福感确乎是无法比较的。

我说过了,这本书离开我的打印机,开始其命运旅途之后,它的故事里便加入了很多人的创造。在此,对每一个看重它,善待它的有关机构、领导、师长、朋友表示衷心的谢意,感谢你们在我力所不及的地方,推进了这本书的故事的进展。如果要为施惠于这本书的人开一个名单,那将会非常漫长。同时,每一本书走向公众之后,每一个读者都在阅读过程中不断参与和创造。在此,我也要向每一位读者表示我的谢意。

今天,当《尘埃落定》与我的名字联系在一起,频频出现在报端时,我确乎感到,它是离我远去了。是的,它正在顺风而去。而对我来说,另一个需要从混沌的背景中剥离出来的故事,又在什么地方等待着了。

我只感到世界扑面而来
——在渤海大学的演讲

作家表达一种文化,不是为了向世界展览某种文化元素,不是急于向世界呈现某种人无我有的独特性,而是探究这个文化"与全世界的关系",以使世界的文化图像更臻完整。

这次受《当代作家评论》杂志林建法先生的邀请,来渤海大学参加交流活动,他预先布置任务,一个是要与何言宏先生作一个对话,一个是要我准备一个单独的演讲,无论是何先生预先传给我的对话要点,还是林建法主编的意思,都是要我侧重谈谈民族文学与世界文学,或者说是民族性与世界性之关系这样一个话题。这是文学艺术界经常谈及的话题,同时也是一个越谈越歧见百出,难以定论的话题。

去年十月到十一月间,有机会去墨西哥、巴西、阿根廷作了一次不太长的旅行。我要说这是一次很有意思的旅行,一方面是与过去只在文字中神会过的地理与人文遭逢,一方面,也是对自己初上文学之路时最初旅程的一次回顾。在这次旅行中,我携带的机上读物,都是二十世纪八十年代阅读过的拉美作家的作品。同行的人,除了作家,还有导演、演员、造型艺术家。长途飞行中,大家也传看这几本书,并在不同的国度,不同的地理环境中交换对这些书的看法,至少都认为:这样的书,对直接体会拉丁美洲的文化特质与精神气韵,是最便捷、最有力的入门书。我说的是同行者的印象,而对我来说,意义显然远不止于此。我是在胡安·鲁尔弗的高原上行走,我是在若热·亚马多的丛林中行走,我是在博尔赫斯的复杂街巷中行走!穿行在如此广阔的大地之上,我穿越的现实是双重的,一个实际的情形在眼前展开,一个由那些作家的文字所塑造。我没有机会去寻访印加文化的旧址,但在玛雅文化的那些辉煌的废墟之上,我想,会不会在拐过某一座金字塔和仙人掌交织的阴影下与巴勃罗·聂鲁达猝然相逢。其实也就是与自己文学的青春时代猝然相逢。

之所以提起一段本该自己不断深味的旅行,是因为在那样的旅途上自己确实想了很多。而所思所想,大多与林建法先生给我指定的有关民族与世界的题目有着相当直接的关系。对我来说,在拉美大地上重温拉美文学,就是重温自己的八十年代,那时,一直被禁闭的精神之门訇然开启,不是我们走向世界,而是世界向着我们扑面而来。外部世界精神领域中的那些伟大而又新奇的成果像汹涌的浪头,像汹涌的光向着我们迎面扑来,使我们热情激荡,又使我们头晕目眩。

林建法先生的命题作业正好与上述感触重合纠缠在一起,所以我只好索性就从拉美文学说起,其间想必会有一些关涉到与民族性与世界性这个话题相关的地方。

所谓民族性与世界性,在我看来,在中国文学界,是一个颇让人感到困扰,却又长谈不已的话题。从我刚刚踏上文坛开始,就有很多人围绕着这个话题发表了很多的看法,直到今天,如果我们愿意平心静气地把这些议论作一个冷静客观的估量,结果可能令人失望。因为,迄今为止,与二十多年前刚开始讨论这些问题时相比,在认知的广度与深度上并未有多大的进展。而且,与那时相比较,今天,我们的很多议论可能是为了议论而议论,是思维与言说的惯性使然,而缺乏当年讨论这些话题时的紧迫与真诚。一些基本原理已经被强调了一遍又一遍,可是具体到小说领域,民族化与世界性这样的决定性因素在每一个作家身上,在每一部成功抑或失败的作品中究竟起到怎样的作用,尤其是如何起到作用,还是缺少有说服力的探讨。

这个题目很大,如果正面突破,我思辨能力的缺乏马上就会暴露无遗。那么,作为一个有些写作经验的写作者,结合自己的创作实践,结合自己的作品,来谈一谈自己在创作道路上如何遭逢到这些巨大的命题,它们怎么样在给我启示的同时,也给我更多的困扰,同时,在排除了部分困扰的过程中,又得到怎样的经验。把这个过程贡献出来,也许真会是个值得探求一番的个案。

谈到这里,我就想起了萨义德的一段话:所有文化都能延伸出关于自己和他人的辩证关系,主语"我"是本土的,真实的,熟悉的,而宾语"它"或"你"则是外来的或许危险的,不同的,陌生的。

以我的理解,萨义德这段话,正好关涉到了所谓民族与世界这样一个看似寻常,但其中却暗含了许多陷阱的话题。"我"是民族的,内部的,"它"或"你"是外部的,也就是世界的。如果"它"和"你",不是全部的外部世界,那也是外部世界的一个部分,"我"通过"它"和"你",揣度"它"和"你",最后是要达到整个世界。这是一个作家的野心,也是任何一种文化在当今世界的生存、发展,甚至是消亡之道。

就我自己来说,从二十世纪八十年代开始写作,那时正是汉语小说的写作掀起了文化寻根热潮的时期。作为一个初试啼声的文学青年,行步未稳之时,很容易就被裹挟到这样一个潮流中去了。尤其是考虑到我的藏人身份,考虑到我依存着那样一种到目前为止还被大多数人看得相当神秘奇特的西藏文化背景,很容易为自己加入这样的文化大合唱找到合乎情理的依据。首先是正在学习的历史帮助了我。有些时候,历史的教训往往比文学的告诉更为有力而直接。历史告诉了我什么呢?历史告诉我说,如果我们刚刚走出了意识形态决定论的阴影,又立即相信文化是一种无往不胜的利器,相信"越是民族的就越是世界的"这样的斩钉截铁的话,那我们可能还是没有摆脱把文学看成一种工具的旧思维。历史还告诉我们,文学,从其产生的第一天起,就作用于我们的灵魂与情感,无论古今中外,都自有其独立的价值。它是文化的一个重要的组成部分,它可以丰富一种文化,但绝对不是用于展示某种文化的一个工具。

文学所起的功用不是阐释一种文化,而是帮助建设与丰富一种文化。

正因为如此,我刚开始写作就有些裹足不前,看到了可能不该怎么做,但又不知道应该怎么做。刚刚上路,就在岔路口徘徊,选不到一个让人感到信心的前行方向。你从理性上有一个基本判断,再到把这些认识融入具体的写作实践中还是一个非常艰难的过程。具体说来就是,这样的认识只是否定了什么,那么你又相信什么?又如何把你所相信的观念形态的东西融入具体的文体?从八十年代中到九十年代初,应该说,我就这样左右彷徨,徘徊了差不多十年时间。最后,是大量的阅读帮助我解决了问题。

先说我的困境是什么。我的困境就是用汉语来写汉语尚未获得经验来表达的青藏高原的藏人的生活。汉语写过异域生活,比如唐诗里的边塞诗"西出阳关无故人",因为就是离开汉语覆盖的文化区,进入异族地带了。但是,在高适、王昌龄们的笔下,另外那个陌生的文化并没有出现,那个疆域只是供他们抒发带着苍凉意味的英雄情怀,还是征服者的立场,当地人没有出现。王国维在《人间词话》中说过:"纳兰容若以自然之眼观物,以自然之舌言情。此由初入中原,未染汉人风气,故能真切如此。北宋以来,一人而已。"我依此指引,读过很多纳兰容若,却感觉并不解决问题,因为所谓"未染汉人风气",也是从局部的审美而言,大的思想文化背景,纳兰容若还是很彻底地被当时的汉语和汉语背后的文化"化"过来了的。

差不多相同意味的,我可以举元代萨都剌的一首诗:"祭天马酒洒平野,沙际风来草亦香。白马如云向西北,紫驼银瓮赐诸王。"

"沙际风来草亦香","白马如云向西北",与边塞诗相比,这北地荒漠中的歌唱,除了一样的雄浑壮阔,自有非汉文化观察感受同一自然界的洒脱与欢快。这自然是非汉语作家对于丰富汉语审美经验的贡献,但也只是限于一种个人经验的抒发,并未上升到文化的高度。而且,这样的作品在整个浩如烟海的中国文学中并不多见。

更明确地说,这样零星的经验并不足以让我这样的非汉语作家在汉语写作中建立起足以支持漫长写作生涯的充分自信。

好在我们已经生活在一个与纳兰容若和萨都剌们完全不同的时代,其中最大的不同,就是我们有条件通过汉语沟通整个世界。这其中自然包括了遥远的美洲大陆,讲拉丁语的美洲大陆,也包括讲英语的美洲大陆。

在这个时期,美洲大陆两个伟大的诗人成为我文学上的导师:西班牙语的聂鲁达和英语的惠特曼。

不是因为我们握有民族文化的资源就自动地走向了世界,而是我们打开国门,打开心门,让世界向我们走来。

当世界扑面而来,才发现外面的世界不是一个简单的板块,而是很绚丽复杂的拼盘。我的发现就是在这个文学的版图中,好些不同的世界也曾像我的世界一样喑哑无声。但是,他们终于向着整个世界发出了自己洪亮的声音。聂鲁达们操着西班牙语,而这种语言是几百年前他们的祖先从另一个大陆带过来的。但是,他们在美洲已经很多很多年了。即便是从血统上讲,他们也不再全部来自欧洲。拉美还有大量的土著印第安人以及来自非洲的黑人。在几百年的时间里,不同肤色的血统与文化都在彼此交融。从而产生出新的人群与新的文化。但在文学上,他们还模仿着欧洲老家的方式与腔调,从而造成了文学表达与现实、与心灵的严重脱节。拉丁美洲越来越急切地要用自己的方式表达自己,并向世界发言。告诉世界,自己也是这个世界中一个庄严的成员。如今我们所知道的那些造成了拉美文学"爆炸"的作家群中的好些人,比如卡彭铁尔,亲身参与了彼时风靡欧洲大陆的超现实主义文学运动,还能够身在巴黎直接用法语像艾吕雅们一样娴熟地写作。但就是这个卡彭铁尔,在很多年后回顾这个过程时,这样表达为什么他们重新回到拉美,并从此开始重新出发。拉丁美洲作家,"他本人只能在本大陆印第安编年史家这个位置上找到自己存在的理由,为本大陆的现在和过去而工作,同时展示与全世界的关系。"他们大多不是印第安人,但认同拉丁美洲的历史有欧洲文化之外的另一个源头。这句话还有一层意思,我本人也是非常认同的,那就是认为作家表达一种文化,不是为了向世界展览某种文化元素,不是急于向世界呈现某种人无我有的独特性,而是探究这个文化"与全世界的关系",以使世界的文化图像更臻完整。用聂鲁达的诗句来说,世界失去这样的表达,"就是熄灭大地上的一盏灯。"

的确,卡彭铁尔不是一个孤证,巴勃罗·聂鲁达在他的伟大的诗歌《亚美利加的爱》中就直接宣称,他要歌唱的是"我的没有名字不叫亚美利加的大地"。如果我的理解没有太大的偏差,那么他要说的就是要直接呈现那个没有被欧洲语言完全覆盖的美洲。在这首长诗的一开始,他就直接宣称:

我来到这里,是为了歌唱历史

从野牛的宁静,直到

大地尽头被冲击的沙滩

在南极光下聚集的泡沫里

从委内瑞拉阴凉安详的峭壁洞窟

我寻找你,我的父亲

混沌的青铜的年轻武士

接下来,他干脆直接宣称:"我,泥土的印加的后裔!"而他寻找的那个"混沌的青铜的年轻武士",不是堂·吉诃德那样的骑士,而是一个相貌堂堂的古代印加勇士。

我很为自己庆幸,刚刚走上文学道路不久,并没有迷茫徘徊多久,就遭逢了这样伟大的诗人,我更庆幸自己没有曲解他们的意思,更没有只从他们的伟大的作品中取来一些炫技性的技法来障人耳目。我找到他们,是知道了自己将从什么样的地方,以什么样的方式重新上路出发,破除了搜罗奇风异俗就是发挥民族性,把独特性直接等同于世界性的沉重迷思。

从此我知道,一个作家应该尽量用整个世界已经结晶出来的文化思想成果尽量地装备自己。哲学、历史学、地理学、人类学……不是把这些二手知识匆忙地塞入作品,而是用由此获得的全新眼光,来观察在自己身边因为失语而日渐沉沦的历史与人生。很多的人生,没有被表现不是没有表现的价值,而是没有找到表现的方法。很多现实没有得到观察,是因为缺乏思想资源而无从观察。

也许无论是地理还是文化都丰富多彩的拉丁美洲就具有这样的魅

力,连写出了宏伟严谨的理论巨著《文化人类学》的人类学家列维·斯特劳斯,当他考察的笔触伸向这片大陆的时候,也采用了非常文学化的结构与语言,写下了《忧郁的热带》这样感性而不乏深邃的考察笔记。

所以,我准备写作自己的第一部长篇小说《尘埃落定》的时候,就从马尔克斯、阿斯图里亚斯们那里学到了一个非常宝贵的东西。不是模仿《百年孤独》和《总统先生》那些喧闹奇异的文体,而是研究他们为什么会写出这样的作品。我自己得出的感受就是一方面不拒绝世界上最新文学思潮的洗礼,另一方面却深深地潜入民间,把藏族民间依然生动、依然流传不已的口传文学的因素融入小说世界的构建与营造中。在我的故乡,人们要传承需要传承的记忆,大多时候不是通过书写,而是通过讲述。在高大坚固的家屋里,在火塘旁,老一代人向这个家族的新一代传递着这些故事。每一个人都在传递,更重要的是,口头传说的一个最重要的特性就是,每一个人在传递这个文本的时候,都会进行一些有意无意的加工。增加一个细节,修改一句对话,特别是其中一些近乎奇迹的东西,被不断地放大。最后,现实的面目一点点地模糊,奇迹的成分一点点地增多,故事本身一天比一天具有了更多的浪漫,更强的美感,更加具有震撼人心的情感力量。于是,历史变成了传奇。

是的,民间传说总是更多诉诸情感而不是理性。有了这些传说作为依托,我来讲述末世土司故事的时候,就不再刻意去区分哪些是曾经真实的历史,哪些地方留下了超越现实的传奇飘逸的影子。在我的小说中,只有不可能的情感,而没有不可能的事情。于是,我在写作这个故事的时候,便获得了空前的自由。我知道,很多作家同行会因为所谓的"真实"这个文学命题的不断困扰,而在写作过程中感到举步维艰,感到想象力的束缚。我也曾经受到过同样的困扰,是民间传说那种在现实世界与幻想世界之间自由穿越的方式,给了我启发,给了我自由,给了我无限的表达空间。

这就是拉美文学给我带来的最深刻的启发。不是对某一部作品的简单的模仿,而是通过对他们创作之路的深刻体会后找到了自己的道路。

二十多岁的时候,我常常背着聂鲁达的诗集,在我故乡四周数万平方公里的土地上四处漫游。走过那些高山大川、村庄、城镇、人群、果园,包括那些已经被丛林吞噬的人类生存过的遗迹。各种感受绵密而结实,更在草原与群山间的村落中,聆听到很多本土的口传文学。那些村庄史、部落史、民族史,也有很多英雄人物的历史。而拉美爆炸文学中的一些代表性的作家,比如阿斯图里亚斯、马尔克斯、卡彭铁尔等作家的成功最重要的一个实践,就是把风行世界的超现实主义文学的东西与拉丁美洲的印第安土著的口传神话传统嫁接到了一起,从而创造出一种全新的只能属于西班牙语美洲的文学语言系统。卡彭铁尔给这种语言系统的命名是"巴罗克语言"。他说:"这是拉丁美洲人的敏感之所在。"是不是为了标新立异才需要这样一种语言,不是,他说:"为了认识和表现这个新世界,人们需要新的词汇,而一种新的词汇将意味着一种新的观念。"

这句话有一个重点,首先是认识,然后才是表现,然后才谈得上表现,但我们今天,常常在未有认识之前,就急于表现。为了表现而表现,为了独特而表现。为什么要独特?因为需要另外世界的承认与发现。

在我看来,一个小说家在写作过程中,感受更多的还是形式的问题:语言、节奏、结构。任何一个环节处理不好,都会让你失掉一部真正的小说。一个好的小说家,就是在碰到可能写出一部好小说的素材的时候,没有错过这样的机会。要想不错过这样的机会,光有写好小说的雄心壮志是不够的,光有某些方面的天赋也是不够的。这时,就有新的问题产生出来了:什么样的形式是好的形式? 好的形式除了很好表达内容之外,会不会对内容产生提升的作用? 好的形式从哪里来? 这些都是小说家应该花大量的时间——在写作中,在阅读中——去尝试,去思考的。

我从2005年开始写作六卷本的长篇小说《空山》,直到今年春节前,才终于完成了第六卷的写作。这是一次非常费力的远征。这是一次自我设置了相当难度的写作。我所要写的这个机村的故事,是有一定独特性的,那就是它描述了一种文化在半个世纪中的衰落……

那么,这个故事是民族的还是世界的? 这本书的内容,是独特的还是普遍的? 在整个写作过程中,我最大的努力就是不让这样的问题来困扰我。

那时,我就想起年轻时就给我和聂鲁达一样巨大影响的惠特曼。他用旧大陆的英语,首先全面地表现了新大陆生机勃勃的气象。在某些时候,他比聂鲁达更舒展,更宽广。那时我时常温习他的诗句:"大地和人的粗糙所包含的意义和大地和人的精微所包含的一样多,/除了个人品质什么都不能持久!"

他还常常发出欢呼:"形象出现了! /任何使用斧头的形象,使用者的形象,和一切邻近于他们的人的形象。/形象出现了! /出入频繁的门户的形象。/好消息与坏消息进进出出的门户的形象!"

这也是我对文艺之神的最多的企求:让我脑海中出现形象,人的形象,命运事先就在他们脸庞与腰身上打下了烙印的乡村同胞的形象。生命刚刚展开,就显得异常艰难的形象。曾经抗争过命运,最后却不得不逆来顺受者的形象。与惠特曼不同的是,我无从发出那样的欢呼,我只是为了不要轻易遗忘而默默书写,也是为了对未来抱有不灭的希望。

正是从惠特曼开始,我开始进入英语北美的文学世界,相比南方的拉美作家,应该说,更大群、更多样化的美国作家的作品,特别是美国犹太作家和黑人作家给了我更持久的影响与启发。

写作《尘埃落定》的时候,我吃惊小说怎么这么快速地完成了。而在写作《空山》这部小说的时候,我却一直盼望着它早一点结束。现在,它终于完成了,我终于把过于沉重的担子从肩上卸下来,心中却不免有些茫然。很久,我都不让这部小说出现在我的脑海中。直到要来参加这次活动,觉得该谈一谈,才让它重新进入我的意识中。如果需要回应一下开始时的话题,也就是说,这部小说是民族的还是世界的?或者因为它是民族的,因此自动就是世界的。我想,有些小说非常适合作这样的文本分析。但我会更高兴地看到,《空山》不会那么容易地被人装入这样的理论筐子里边。不是被捡入装山药的筐子,就是被捡到装西红柿的筐子。我想有些骄傲地说,可能不大容易。直到现在,我还是只感到人物命运的起伏——那也是小说叙事的内在节律,我感到人物的形象逐一呈现——这也关乎小说的结构,然后,是那个村庄的形象最初的显现与最后的消失。民族、世界这些概念,我在写作时已经全然忘记,现在也不想用这些彼此相斥又相吸,像把玩着一对电磁体正负极不同接触方式一样把玩着这样的概念,我只想让自己被命运之感所充满。

需要申明一点,小说名叫《空山》与王维那两句闲适的著名诗句没有任何关联。如果说,这本书与拉美文学还有什么联系,那就是写作过程中,我常常想起一本拉美人写的政论性著作《拉丁美洲被切开的血管》,因为我们的报章上还开始披露,这本书所写的那个五十年,中国的乡村如何向城市,中国的农业如何向工业——输血。是的,就是这个医学名词,同样由外国人拥有发明权。

最后,我想照应一下演讲的题目,那是半句话。整句话是:我只是打开了心门,我没有走向世界,而是整个世界向我扑面而来!

文学的叙写抒发与想象（上）
——在四川 2015 年中青年作家高级培训班的演讲

今天我想讲讲短篇小说,但是又不只是拘泥短篇小说。

我想讲讲小说,其实也是讲整个文学艺术上的普遍性问题,但是我们总是要找到一个最基本的入手方式。为什么要选取讲短篇小说,因为其实短篇小说这种文体在小说的演进,在小说形式的革新、小说新语言的创造过程中是一种最具有变革性、前卫性的问题,所以说我们研究小说,研究小说的语言、形式、小说观念的嬗变跟递进,如果没有对短篇小说的前卫性问题的了解,那么我们谈文学上所有的事情都容易显得空泛,容易显得大而无当。所以我今天这个讲座的三个关键词,我觉得也是短篇小说发展到今天的关键词,一个叫作叙写,一个叫和抒发,一个叫作想象。

过去我们听说小说,首先是一个叙事性的文学,叙事性的文学的第一个问题就是它为什么不是叙述而是叙写？叙,大家明白它是什么意思,述,大家也明白它是什么意思,但是我要把叙述改成叙写,之前没有人这样谈论过短篇小说。

述是一个动态性不太强的词,在述的状态下,我们开始写作一篇小说的时候,就特别容易把对于小说丰富文本的关注只放在事件上。我们今天看到的小说,大部分都是推进一个故事,涉及一个故事,推进一个情节,那么这种推进没有延宕,小说一开始进入一个故事的时候缺少节奏感,没有快慢,没有回旋。如果用水流打个比方,今天的很多小说就像农村里面人工渠道里头的水,渠道里头的水很有效率,流得很快也不会浪费。但是人工渠道,一个笔直的渠,一样的宽度深度,同时也规定它是一样的速度,一渠水这样一泄往前奔流,这样的水用于生产当然是有效率的,但是这样的水没有观赏性。

我们从事的,或者说我们要讨论的叙事文学,它是有美学效应的,它永远要相伴于审美活动,那么在这种审美活动中,它就一定是另外一种状态。如果叙述是一条人工的渠道,那么叙写就是一条山溪,蜿蜒曲折,快的时候比所有快都要快,慢的时候比所有慢还要慢,它要回旋,因为叙写和叙述相比,当然一方面它会关注情节的进展,但是更为重要的是一个在写的状态中的人,或者说一个好的小说文本所需要的不仅仅是讲一个简单的故事,一味地推进情节,它需要在不同的地方停下来进行延宕。所以短篇小说是从语言展开的,语言一旦展开,叙事就已经开始了,但是难道小说就是从头到尾地把一个故事言说一遍吗?如果我们只是重复一个事件,重复一个故事,这样的小说具有审美的意义?我们现在热衷于写一件事情,难道读小说就是为了读一件事情吗?如果我们再把眼光放宽一点,就可以看到如果真是如此,民间故事任何一个老百姓都可以讲述,交警为了一个事故写一份车祸报告也是对一件事情的记述。但如果回到艺术本体上来讲,如果我们只是满足于讲述一件事情的话,电影可不可以?电视剧可不可以?如果我们把学科放大来看,难道历史学家不也是在讲一个故事吗?难道一个医生写一个病例报告,给病人建立病例,不也是建构一个故事吗?

这样我们反过来一想,几乎所有人,所有学科都是可以讲故事的时候,我们就要对小说只会讲故事表示怀疑了。小说要干什么?我们经常听见人说,小说就是讲故事。真是这样吗?

世界上有很多事情,只要我们用最简单的方式去反问它,这个貌似正确的观念立刻就土崩瓦解,但是今天百分之九十的人,还是在这一条大道上无谓地奔忙。如果说我们承认是写,写一篇有意味的小说,充满语感的,想象力的小说,它一定在故事之外另外写一些别的什么东西。我们看到的各种各样的成功的小说家都是在讲述故事的同时一定在讲述一些别的什么东西,而且非常成功,发人之所未见的这样的一些人。所以小说一定要有旁枝斜出,一定要有言外之意,一定要有关涉到趣味的笔墨,所以短篇小说在它的演变过程中确实也是这样一种逐渐的演变。

从中国小说来讲,中国人比较早的小说或者说类似于小说的文体,我们可以想到比如《笑林广记》这样的东西,当然这些更类似于今天的段子,但是包含了今天的叙事性的因素,比较成熟的是冯梦龙和凌濛初的"三言""二拍",如果是讲故事"三言""二拍"的故事已经严丝合缝,讲得非常好了。如果小说只是讲故事,那么在冯梦龙和凌濛初之后就没有什么好讲的了,因为他们把各种各样的故事模型都建立起来,而且在这些故事模型中已经进行了充分的开掘;要讲思想,冯梦龙和凌濛初的每篇小说都有一个特别明晰的主题,如果是这样一种小说模式,短篇小说在中文刚开始那个时代它就已经非常成熟了。从西方小说来讲,最早的讲故事的文本也都是成功的,跟冯梦龙、凌濛初的小说一样,比如《一千零一夜》,我们想一想今天哪一些短篇小说讲故事讲得比《一千零一夜》还好?我们能够比英国的《坎特伯雷故事集》讲得更好吗?其实故事模型、方式,和故事所要包含的道德教训和某些思想旨归在那样一个时代就已经处理得很好了。如果小说只是叙事，只是通过严密的叙事建立关于简单的主题思想、道德说教的表达，不管是在中国文学的小说源头上还是在西方文学的小说源头上，他们一开始就非常成熟了。这个道理很简单，因为我们只是用书面讲故事。人类从一开始到我们第一天会说话开始我们都在讲故事，最后开始写小说的人只不过是把我们口头上讲述故事的能力转移了一种媒介，转移到书面上，让它变成媒体。

当小说处理达到这样一个程度的时候，我们就要问第二个问题了。第一个问题是除了叙事小说还干什么？能不能干什么？第二个问题，不管是东方还是西方讲故事都讲得那样好，那么后面这些小说家在干什么？他们在干什么？

我不知道大家有没有想过这样的问题，文学理论中不会规定大家想这样的问题，但是重要的是，每一个写作者，如果要从事一件我们觉得可能还有意义的工作的时候，其实需要不断质疑自己工作的意义，或者工作方法。艺术从本质上讲，如果没有对自我的质疑，就不会有创新的冲动，我们没有看到过为创新而创新的艺术家，只看到过对艺术的功能，尤其是我们正在创作的艺术的功能充满质疑、不相信，在这样一种状态下，才促使他们去寻找新的可能性，新的表达，新的形式，新的思想。那么为了表达这样一些观念，事先我发了三个不同类型的短篇小说给大家，这些短篇小说有中国的有外国的，有一篇甚至是我自己的，希望大家看一看，这样才可以结合文本对刚才听起来比较空洞空泛的问题有一个具体的了解。

比如我自己写的《水电站》，这个小说其实很短，三千多字，大概是七八年前的春节快到的时候，那时我刚写完迄今为止我最大的长篇小说，六卷本的《空山》，还觉得意犹未尽。就是在写作这个小说的过程中，我除了在想这个长篇小说之外，还遇到很多有意思的场景场面，特别想把

/ 221 /

它们写下来,但是如果写进那个长篇小说中,很显然对于那部长篇小说的结构有相当程度的损害。写一部小说,不是想到什么写什么,你写进去很多东西,但是还割舍了大量精彩的东西。所以大年初二我就憋不住了,给我老婆儿子买了机票,我说你们出去玩吧。等他们回来的时候,我居然一口气写了十二篇短篇小说,每一篇都在五千字左右,其中六篇为一组,《水电站》这一组叫"新事物笔记"。今天我们看到很多人写小说,这也是可以谈的题目,我们要写新的东西,怎么写新的东西?歌颂,怎么歌颂?欢迎,怎么欢迎?或者我们总是在悲悼旧的东西,那么新的事物怎么写?《水电站》写一个名叫机村的乡村里,从二十世纪五十年代开始到九十年代不断出现一些新的事物,带来的一些时代的气息。做了些梳理之后,我第一写了马车,第二写了水电站,第三写了一种脱粒机。过去都是人工脱粒,"文革"期间写喇叭写报纸,通过这样一些新事物,其实在影射一种观察,其实重点是观察乡村的变化。我就写水电站出现在一个村子里的基本变化,小说开始也很突兀。"他们真是些神奇的家伙。"这样就开始了,其实这种句子很简单,但是很要命。那天谢有顺教授讲,他只要看三千字就能判定这个小说好不好,我可以说得更极端,经常有人给我送刊物送书送手稿,我只需要看你第一句话就知道你这部小说值不值得读下去。

英国女作家多丽丝·莱辛,我个人非常喜欢她,莱辛在她的得诺贝尔奖的演说当中讲了一个对于小说家来讲非常技术性的问题:是在什么样的状态下开始写作一部小说的。她说其实在大多数情况下,我们作为事件的体验者经历者观察者是从来不缺少写作所需要的材料,也从来不缺少写作所需要的思想与情感的。但是大部分时候我们知道,很多叫作作家的人你问他在干什么,他说我现在没什么写的,我在找故事。从这句话我就知道这个人最多是个三流的小说家,他不是真正的作家,因为小说家从来不缺乏这些。为什么不会缺乏呢？因为他时刻在这样一种状态中，他不是只给自己规定一个今天玩的游戏，小说家不是游戏中设定的一个角色，开关一关你就是另外一个人，按钮打开你才是小说家。而今天大部分的人就有点处于游戏当中身份设定的状态，按钮摁开，你是作家，按钮不摁开的时候就不是。

那么多丽丝·莱辛是怎么讲的，她说我有一个巨大的困难，当我需要写作一个小说的时候我总是在倾听，写作的时候在倾听，在倾听什么呢？它的中文翻译是我在倾听一种腔调，还打了引号，我自己英文不好，后来我从网上特意找到她的演讲词，找那些英文好的人反复请教过这个词的翻译，他们大多数人说这个词就是要翻译成腔调。换句话说她就是在等待一种叙事的格调，用我们的话讲就是她在等待一种语言风格的出现，而这种语言风格不是写在纸上的，是听得见的，语言都是要发出声音的，今天我们可能只习惯韵文，诗歌可能在某些场合把它变成声音，但其实任何的文体我们都能够把它从平面转换成声音。无论散文，还是任何一种文体，我们还是首先要听见它，只有能听见的小说才有调子。今天的小说要命，刚才我说为什么第一句话我就知道是不是好小说，因为第一句话就知道有没有调子，"未成曲调先有情"这是白居易《琵琶行》里的话，那么仅仅是指音乐吗？小说家，诗人，剧作家难道他们不需要处于这样一种状态中？他们需要！所以这是一个很重要的东西。

《水电站》这个作品，过去说小说要刻画人物，尤其是要刻画人物的性格，从外形到性格，这里头没有一个有名字的人，大家注意到没有，他们都是一些集体。这里头如果说人物，有三个集体，一个是来到村里的一些地质勘探队的人，他们是一个集体。这个村子里对资质勘探队先表示隔膜，后表示亲近的村民是一个集体。第三个就是一群小学生是一个群体。这里头没有一个具体的人。事件呢？也没有一个具体的事件。

创新,有时候我们理解的,今天我们把创新在小说中非常浅薄地理解为一种语言的某种新的方式。但是语言脱离开表达的时候,存在一种单独的语言吗?没有这样的语言。有些时候还有一种方式就是小说形式,其实小说形式也跟内容相关。但是在讨论小说形式的时候也出现了很大的麻烦,就是我们就觉得小说形式就是它呈现出来的外在轮廓,外在轮廓存在的最极端的方式当然不是出现在中国,中国人很少有真正创新的冲动。是一个法国人,他可以把所有的故事写成一个片段,叫作扑克牌式的小说。所以他的书是不装订的,就是每一个固定的页面,他不管你三百页五百页的书用什么方式排列,这个故事还能连接起来,虽然这也包含巨大智力劳动,但其实这已经是创新走入一个邪门歪道的过程,这不是小说的正道,但至少有人在这样努力地寻找。

真正的创新是小说内在表达方式上,既然没有人,事情又很简单,就是水电站,大家看见这里头没有怎么写水电站,让大家来写水电站我不知道大家会怎么写,但是我可以预想到那样一种场景。这里头重要的问题只谈了一点就是这些勘探队员宣称要给他们修一个水电站,其实最后到勘探队离开的时候只是给他们画了一个水电站,但是又过了几年按着水电站画成的样子,这个村庄出现了水电站,但是小说的情节没有在这儿,小说的情节一直在叙述确确实实代表了一种新的文明方式,新的看待世界方式的人来到这个村庄当中的时候所带来的不同,这个人群在另外两个人群当中引起的这种心理的情感的激荡,尤其是在一群小学生当中,所以这篇小说就有一个调子。所以他们真是一些神奇的家伙,这带着一点欣喜的赞赏的钦羡的这样一种调子要定下来。所以在后来不同的地方都是我们在观察,都是在描写,说他们来伐倒粗壮的杉树搭起一个结实的平台,在上面安装上一些机器。这些机器长什么样子呢?也许今天我们会急于把机器的名字说出来,但是对他们来讲,新的机器刚刚出现的时候对发现他们的人来讲都是无名状态，所以你必须描写它。说有点风尾巴就会摇摇晃晃，风稍稍大一点就会滴溜溜转不停的是风向标，用这东西是要看风的大小和方向。他们还在箱子里放一些漂亮的玻璃容器，每天都有人爬到上面在本子上记录瓶子里装了多少雨水和露珠。他们把一把长长的铁尺插在水里，每天记录水涨水消时贴在尺子上的刻度。然后他们就上山下河了，他们用锤子在岩石上叮叮当当地敲打，用不同的镜子去照远山，照近水。太阳好的时候他们就把折叠桌子打开铺开纸，把记在本子上的数字变成一张张线条上下不定曲里拐弯的图。他们就这样忙着他们的事情，对近在眼前的机村不管不顾。一直都是这样，所以当一些新的词出现的时候也是这样的描写，写一堆小学生怎么去到地质队说怎么样要给我们搞一个科学主题日，所以我们去了。老师让我们排成两队，前面打着一面红旗，老师依然吹着他那支口哨。乡村学校，指挥我们迈着整齐的步伐，他的口哨稍稍发光，口哨声也一样闪闪发光。就是这样的描绘，所以直到小说快完了，三千字都写到两千字了的时候才说水电站。所以因为这个，那支勘探队留给机村的是多么美好的记忆，还在描绘他们的样子。他们把宽边的帽子背到背后，扛着仪器顺着河边往上游走，诸如此类。

最后机村人发现勘探队送给机村的是一座画在纸上的水电站，勘探队的几辆卡车开远了，剩下机村人站在空空荡荡的营地对这座水电站弄不清自己的心情是高兴还是失望。但是紧接着，又过了三年，机村真的修起了水电站，而且用的真的就是勘探队留下的图纸，水电站安置的机房就在原来的营地上，而在旁边洼地上被水轮机飞转的翼片搅得粉身碎骨的水流变成一片白沫飞溅出来，黄昏的时候发电员打开水闸，追着奔跑的水流小跑着回来，这时水轮机飞转，皮带轮带着发电机嗡嗡作响，墙壁上的电流电压表指针颤动一阵，慢慢升高。到了那个指定的高度发电员合上电闸,整个机村就在黄昏时候发出了光亮,这可是前所未有的光亮。你看水电站来了。

我并没有描写怎么修水电站,第二个我为什么要念这一段,今天我们写小说大部分人几乎对我们所书写的对象没有任何观察,我们肯定两三句话,发电站是怎么运作的,这是包含了小说电站的所有运作,但是写得空洞,没有任何对对象的观察,我们要去观察,刚才我们对地质队,这小说里头有很多对细节的描绘。有对地质队工作状态的观察,有对小学生去营地过科学主题日的刻画。还有一点,即便是别人写的我也觉得写得非常好的就是,他们开始勘探这个水电站,村子人加入进来。他们怎么勘探这个水电,在森林草莽中怎么开辟出最初的水渠的线路等等,它一定是和具体的描绘有关。

今天的小说,刚才我说有两个大的问题就是,第一,要命的就是没有调子;第二就是简单叙述一件事情,急急忙忙往前赶,没有对这种场景"书写对象不管是物的还是人的情感"的细致的刻画,所以那就是述。所以我们回忆刚才讲的,什么是写呢,这就叫作写。如果今天小说观念发生变化,如果冯梦龙他们是来自叙述的话,今天只能把这种小说叫作叙写。因为它不再对别的人都能做的事情感兴趣,它也不在前人所在叙述学上面所达到的那种状态感兴趣。

今天我们经常听见一句话说现实比小说更复杂,说看很多作家的小说不如去看《南方周末》的社会版,这句话对吗?也许是对的。一般公众这样讲是对的,因为他表达了对今天这个时代一群想象力贫乏叙写能力贫乏的作家的文学的唾弃和抗议。但是很多写作的人,爱好写作的人聚在一起也在说这种话,我心里经常就会泛起悲哀,写什么呢,现实比小说家想象的还要精彩,这个时候我特别同情说这句话的人,你为什么还要干这件事情呢?你为什么不去做一个记者呢?不去做社会学家调查这个案例呢？因为你都对这个问题产生了这样深刻的怀疑。但是对文学家来讲，这句话是错的。因为小说文本从来不是对社会现实简单的对应，我们在艺术形式中对现实建立直接的镜像的对应关系的是摄影。但是大家知道那些摄影大师的作品它一定是超越现实的。今天玩自拍的人，用了那么多美图工具，其实也是在努力在超越自己颜值不高这件事情，我已经长成这个样子了为什么一定要自拍，一定要美图呢？不就是对现实的不甘承认吗？不就是对上帝造就的，父母在偶然的夜间造就的这种偶尔性的结果感到不满意吗？即便在这样一个小小事情中也包含了艺术的可能性和张力或者艺术存在的理由，所以今天的公众或者一般的人在表达今天的小说写出来的跟现实对应有某种苍白性的时候，如果他是在描述现状跟事实的时候，我是愿意同意，但是当我们很多从事文学的人也没心没肺地说这句话说得很对的时候，我的内心对他们是充满同情的。因为男怕入错行，女怕嫁错郎，你说出这句话的时候就证明你是一个嫁错郎入错行的人，世界上有什么样的悲剧比嫁错郎入错行还大呢？所以我们要建立对艺术本体的自信。

那么艺术是干什么的，这是一个问题。回到这个小说来，在这个小说中，一件事情只呈现了大致的轮廓，写作者关心的是另外的事情，他关心的是关系，不是事件，是人的关系，而且人不是具体的人。刚才我讲了三个人群，讲了不同状态下群体的关系，因为今天我们大部分文学都在写人的关系，但是我们总是拘泥于单个人和单个人之间的关系。虽然斯坦贝克二十世纪五十年代在写《愤怒的葡萄》的时候，就深有感触说过，我们只要写好一个人就可以同时写好一类人，但是这是他对自己的自信，连这个人都没有写好，当然写不出来一类人。

今天我们反其道而行之，我们直接写出某一类人，所以这是小说的尝试。他关心关系，关心生活气息。我们经常讲生活气息，换句话说可能是某种氛围,这是什么样的氛围呢？因为这是不同的人群。好奇,期待,互相带有一点戒备的氛围。更关心那些更加好奇的少年,面对生活中的新奇世界表现出来的不由自主的欣喜,对这种欣喜我采用的一种方式就是从来没有描绘过它。甚至这个整篇小说的腔调就是欣喜的腔调,这个小说就有调子。而这一切都是通过写出来的种种细节而加以呈现,对述加以了回避,就是水电站的来龙去脉只在两个地方提了一下。还有就是状态,勘探队来到村里时候的状态,营地的状态。少年们的心情与行动,叙的因素很少,只有修水电站这条隐约的线索来把这些写出来的丰满细节串联起来,这就是叙写,这就是关于叙写得最好的例子。我们一直也在讨论如何把短篇小说写得更短一些,今天很少看到真正的短篇小说,一万字两万字三万字打不住,问题是打不住也好,真正言之有物,你也一百万字我也没有意见,但是你写一万字写到五千字的时候我也不知道他要说什么。有一次我和一个检察官开玩笑,惩治贪官你们也不要打他,最好的方法就是让他没日没夜地看最烂的小说就行了。我们一直讨论如何把短篇小说写得更短,这真的很难,这是因为我们对于小说叙事,该叙什么,不该叙什么几乎不明白而造成的。

小说还要写到情感,但是注意小说的情感不是单写一段感叹,浅陋地抒情。小说本身拒绝这样的写法,但是小说或者更广泛地说我们的文学文艺都会充满情感。有了这种情愫,小说才会饱满而充满弹性,才成为体态丰满的文本。关于这个问题许多年前有个英国人叫贝尔,写过一本书叫作《艺术》,他提出一个观点叫"有意味的形式",当然他在这个书里面他不是讨论小说的,甚至他不是讨论文学的,他在这本书里讨论现代艺术呈现出来的一些方式,现代艺术甚至包括了一些实用性的家居,种种带创意性的设计都有它的形式,他说什么状态下形式是有意味的,什么状态下这个形式只是干巴巴的形式只是一个外形,只有外形的东西不能称为形式，只有跟内容结合得非常好，只有充满了情感，但是这种感情不是外漏的而是潜藏的这样一种东西我们才有可能把它叫作有意味的形式。

这样一个东西我想，不只是我自己，敏感的他们也会把这样一个东西拿过来用于思考文学本身今天遇到的问题。文学艺术当然在某些地方表达的手段，依赖的语汇上有一些不同和差异，但是就文学艺术本质上来讲他们要完成的是同一件事情，所以不同的艺术理论之间是可以互相借鉴和启发的。那么文学不断在启发艺术，回过头来被文学启发的艺术体现出来的经验也会回过头来启发我们。所以艺术创新的方式，艺术向前的摸索有点像做人一样，今天我们中国的社会表面上看起来是一个很新的社会，我们外在包装这就是我们对形式做一个浅薄的理解，同时我们也是一个很旧的人，当我们那些小说来那些东西来，当我们写的东西是把一个浩大的社会政治演变成宫斗戏《甄嬛传》的时候，不管它的外在形象多么新鲜，我们知道骨子里是很旧很旧的。所以我找了一个，这个小说也是一个很好的文本，二十世纪九十年代的文本。

《孕妇与牛》就要讲到我题目中的第二个关键词，通过《水电站》讲了我自己创造的一个词叙写，第二个关键词也是我想改的，过去我们常听说小说有抒情性，甚至在我们的小说中出现了一些真的在抒情的文本，当这些抒情文本真的出现的时候有点一唱三叹，我们觉得还表示欣赏。比如外国小说家，抒情文本莫过于杜拉斯的《情人》。中国的小说比如史铁生这样冷静的作家在刚开始的时候写过《遥远的清平湾》这样一唱三叹的小说。但是小说在发展的时候，我们有大量的段落在独立的像散文诗歌一样言说情感的时候，其实表达我们有了抒情性的努力，但是这种抒情性在某种程度上是不成熟的，在它的幼稚期青春期，还在为赋新词强说愁的阶段。但当小说慢慢发展，大家也是知道的，小说也是情感的艺术,任何一个文本都是情感的文本,情感文本的情感不是外在的。最高级的情感,最包含情感的文本是把这种抒情性的东西节制再节制,压抑再压抑,最后是把它灌注在自己不断往前推进的叙写性的文字当中,所以开头我讲多丽丝·莱辛讲腔调,其实腔调已经包含了情感,大家对腔调最直观的理解是我们听音乐之前我们一定有对它的曲调的把握。音乐一开始,一个民歌的简单的歌唱我们知道他是在欢欣地歌唱爱情,或悲伤地哀叹远思。我们听贝多芬的《田园交响曲》第一个音符的旋律就决定了我们知道这一部作品不只是对田园风光的书写,第一个乐章刚刚结束,第二个乐章暴风雨就来了。他真正要歌颂的是被暴风雨洗礼后的田原的庄严和美丽。当然还可以听到别的很多东西。柴可夫斯基的《第五交响曲》要写什么东西,我们一听就有感觉,所以要有腔调。

所以很多年前,我想批评家可能不太关注,我们小说家在做很多建设性的工作,本来在挑选文本的时候我本来想挑选另外一个文本。是迟子建的《清水洗尘》,但是她写得实在太长了,就我今天讲课来讲,但是文本是很好的文本。后来我想起铁凝的《孕妇与牛》,我还记得二十世纪八十年代它最初发表的刊物的样子。我读过的好的书我会想起来当年它的封面和纸张的颜色。我开头讲,小说是可以念一念的。我想念一些段落。

"像往常一样,孕妇从集上空手而归,伙同着黑慢慢走近了那牌楼,太阳的光芒渐渐柔和下来,涂抹着孕妇有些浮肿的脸,涂抹着她那蒙着一层小汗珠的鼻尖,她的鼻子看上去很晶莹。远处依稀出现了三三两两的黑点,是那些放学归来的孩子。孕妇累了。每当她看见在地上跑跳着的孩子,就觉出身上累。这累源于她那沉重的肚子,她觉得实在是这肚子跟她一起受了累,或者,干脆就是肚里的孩子在受累,她双手托住肚子直奔躺在路边的那块石碑,好让这肚子歇歇。孕妇在石碑上坐下,黑又信步去了麦地闲逛。"中间的插叙不讲,它讲石碑的历史。

"石碑躺在路边,成了过路人歇脚的坐物。边边沿沿让屁股们磨得很光滑。碑上刻着一些文字,字很大,个个如同海碗。孕妇不识字,她曾经问过丈夫那是些什么字。丈夫也不知道,丈夫只念了三年小学。于是丈夫说:'知道了有什么用?一个老辈子的东西。'

"孕妇坐在石碑上,又看见了这些海碗大的字,她的屁股压住了其中一个。这次她挪开了,小心地坐住碑的边沿。她弄不明白为什么她要挪这一挪,从前她歇脚,总是一屁股就坐上去,没想过是否坐在了字上。那么,缘故还是出自胸膛下面的这个肚子吧。孕妇对这肚子充满着希冀,这希冀又因为远处那些越来越清楚的小黑点而变得更加具体——那些放学的孩子。那些孩子是与字有关联的,孕妇莫名的不敢小视他们。小视了他们,仿佛就小视了她现时的肚子。

"孕妇相信,她的孩子将来无疑要加入这上学、放学的队伍,她的孩子无疑要识很多字,她的孩子无疑要问她许多问题,就像她从小老是在她的母亲跟前问这问那。若是她领着孩子赶集(孕妇对领着孩子赶集有着近乎狂热的向往),她的孩子无疑也要看见这石碑的,她的孩子也会问起这碑上的字,就像从前她问她的丈夫。她不能够对孩子说不知道,她不愿意对不起她的孩子。可她实在不认识这碑上的字啊。这时的孕妇,心中惴惴的,仿佛肚里的孩子已经出来逼她了。

"放学的孩子们走近了孕妇和石碑,各自按照辈分和她打着招呼。她叫住了其中一个本家侄子,向他要了一张白纸和一杆铅笔。

"孕妇一手握着铅笔,一手拿着白纸,等待着孩子们远去,她觉得这等待持续了很久,她就仿佛要背着众人去做一件鬼祟的事。

"当原野重又变得寂静如初,孕妇将白纸平铺在石碑上,开始了她的劳作:她要把这些海碗样的大字抄录在纸上带回村里,请教识字的先生那字的名称,请教那些名称的含义。当她打算落笔,才发现这劳作于她是多么不易。孕妇的手很巧,描龙绣凤、扎花纳底子都不怵,却支配不了手中这杆笔。她努力端详着那于她来说十分陌生的大字。越看那些字就越不像字,好比一团叫不出名称的东西。于是她把眼睛挪开,去看远处的天空和大山,去看辽阔的平原上偶尔的一棵小树,去看奔腾在空中的云彩,去看围绕着牌楼盘旋的寒鸦。它们分散着她的注意,又集中着她的精力,使她终于收回眼光,定住了神。她再次端详碑上的大字,然后胆怯而又坚决地在白纸上落下了第一笔。"

一个孕妇为什么要写几个她不认识的字,表面上在写不相干的事情,而是在写一个孕妇,写得最好的对于她腹中胎儿的想象跟情感,这是抒情。一点痕迹不落的抒情,最高级的抒情是这样,不是为赋新词强说愁,而是却道天凉好个秋。

"孕妇将她劳作的果实揣进袄兜,捶着酸麻的腰,呼唤身边的黑启程。在碑楼的那一边,她那村庄的上空已经升起了炊烟。

"黑却执意不肯起身,它换了跪的姿势,要它的主人骑上去。

"'黑——呀!'孕妇怜悯地叫着,强令黑站起来。她的手禁不住去抚摸黑那沉笨的肚子。想到黑的临产期也快到了,黑的孩子说不定会和她的孩子同一天出生。黑站了起来。

"孕妇和黑在平原上结伴而行,像两个相依为命的女人。黑身上释放出的气息使孕妇觉得温暖而可靠,她不住地抚摸它,它就拿脸蹭着她的手作为回报。孕妇和黑在平原上结伴而行,互相检阅着,又好比两位检阅着平原的将军。天黑下去,牌楼固执地泛着模糊的白光,孕妇和黑已将它丢在了身后。她检阅着平原、星空,她检阅着远处的山近处的树,树上黑帽子样的鸟窝,还有嘈杂的集市,怀孕的母牛,陌生而俊秀的大字,她未来的婴儿,那婴儿的未来……她觉得样样都不可缺少,或者,她一生需要的不过是这几样了。

"一股热乎乎的东西在孕妇的心里涌现,弥漫着她的心房。她很想把这突然的热乎乎说给什么人听,她很想对人形容一下她心中这突然的发热,她永远也形容不出,心中的这一股情绪就叫作感动。

"'黑——呀!'孕妇只在黑暗中小声儿地嘟囔,声音有点儿颤,宛若幸福的呓语。"

这是小说,就是小说当中我们讲的第二个,抒发。

文学的叙写抒发与想象（下）
——在四川2015年中青年作家高级培训班的演讲

今天我们的小说，刚才我讲第一的致命是没有叙写，直奔一个故事，然后仿佛把这个故事说完就大功告成。就是刚才我讲的贝尔讲的"有意味的形式"，当我们只是匆忙地把所有的经历都集中在对故事的设计推进，对事情来龙去脉描写的时候，其实这个小说是没有什么意义的。尤其是当我们只是集中在叙事，看不见对别的因素的刻画描绘，或者用我的话讲叫作叙写的时候，那么这个小说是缺少意味的，但是更重要的是文学艺术最最基本的是诉诸情感，它首先规定的是人的情感状态，它不光是要求我们的作品要写出情感，而更重要的要求是我们写作某种情感的时候写作者自己必须处于这种情感状态中，自己首先被这种饱满、强烈的情感所控制，但今天我们经常看到的情况是一个无动于衷的人像涉及电子游戏一样写作。这就是为什么我说读一句话我就知道，说老实话不客气的话就是可以不读下去了，但是出于某种礼节性的原因愿意为大家努力读一些东西。

那么铁凝的这篇小说我们看也是一个没有完整的事件，就是一个孕妇去赶集回来，家里给她配了一头牛，牛叫黑，牛也是孕妇，铁凝写了她们是两个相依为命的女人，从母性上来讲一头怀孕的母牛和一个怀孕的女人没有什么差别，从生物学的意义上讲其实没有什么区别。她们受孕的道理是一样的，胎儿成长的规律是一样的，胎儿成长过程中带给母体的那些基本的感受，当然我自己不能直接怀胎，但是我相信它大概是一样的。她跟黑不太一样的是，她的思维人的思维我们可以通过文字叙写出来的那种状态来加以呈现。这个小说比刚才那个小说长一点，女性刻画更细致，也就五千字。五千字讲了一个场景，而且没讲她怎么赶集，已经赶集回来了，一个事情已经结束了，马上要回家了，有点累，走到村口了，村口有个牌坊在那儿歇一歇，突然这个不识字的孕妇看到放学的孩子了，看到这些字，她觉得她应该要认识这些字，为什么要认识这些字呢？为了她的孩子，孩子都还没有出生，她已经在设计孩子出生之后面对的种种景象，这是情感，这是最深刻的情感，而且这种情感可以转移。当她照猫画虎写完这些字，抄完这些字之后她就跟她的牛一起回家。这个时候她舍不得骑她的牛，因为她知道她的牛怀孕了，那么这就是第二种情感，又是第二种情感的熟悉。就出现刚才我讲的这种情况。

孔子说仁者爱人，其实真正的仁者不仅仅是爱人，我们还要爱整个生命界自然界，那么这种情感也是一种很自然的延宕和延伸。而且这种爱中互相有一种感应和感动，它描绘出来，这是写的一种情感。小说当中写的什么东西呢？写的一种情感。如果前一个小说写的是一群小孩子的期待，与其说是写那个水电站，倒不如说是一群小学生对于一种新生事物的向往。昨天雷平阳讲对现代性有很多批判性的表述，这是一件事的两面。但当一件新的事物最初开始出现的时候，还没有呈现出那么凶恶的结果的时候，它可能是另外一种样子，这是实情的两面，所以我们不要非常简单。昨天我听一些微信上说雷老师是愤青，不是愤青那么简单，大家不要急于贴标签。

昨天在开饭的仪式上我已经讲过雷平阳的意义跟价值,我相信我看得更准更有意义。不要急于贴标签,我们都变成一些贴标签的人了。贴标签的人是做不成文学家的,我可以直截了当地说,文学家是写出世界的丰富性和复杂性,只要是我们接触到丰富性和复杂性这样的词,贴标签就是失效的,无用的。所以在这儿我们要看到另外一种小说,这种小说甚至没有一件事情发生,它只是一个场景,这个场景可以不用小说呈现,它可以拍一张照片,我们可以请一个油画大师来画一幅画,比如伦勃朗来画一幅画,我们看过伦勃朗画过很多乡间的场景。那么它又如何成为了一个短篇小说,答案当然是情感,情感的抒发,不光是她写出了孕妇隐约的曲折的通过文字表达对于腹中胎儿的那种情感。也因为自己有了这种感受对牛黑生出的那种怜悯。大家经常讲最高级的感情是什么东西,当然最高级的感情是爱。那么爱的最高级的方式是什么,肯定不是 make love,而是慈悲、慈爱、怜悯。慈悲、慈爱、怜悯都是爱的最高级形式。因为我们是说到那种极端的爱它总是针对少数人的,特定对象的,但是当它变成慈悲、慈爱这样的形态的时候,它才能使我们的爱变成一种普遍性的意义。这是哲学在追求的意义,这也是哲学宗教学声称它们在追求的意义。文学艺术从来没有声称,但是在我们古往今来文学史上艺术史上我们奉献给人类世界的最伟大的作品中有一部分就是向人类向世界传达这种普遍的广泛的爱意。《安娜·卡列尼娜》是这样,《复活》是这样,很多庄严的作品是这样。贝多芬的《命运交响曲》是这样,柴可夫斯基的《悲怆》,这样伟大的音乐作品也是这样,相同的。

大家说达·芬奇的《蒙娜丽莎笑》,她的眼神有什么东西呢,为什么那双眼睛,那种微笑能够征服世界呢?她不过是某种技巧和怜悯混合构成的神秘吗?这种神秘一直让我们今天总要去破解它为什么要这么微笑,它不就是一种情感状态对人的控制,这是艺术,情感也是艺术实现自己的最基本的途径。但今天我们大量的文本,包括在滥情的诗歌中我们看不到真正的情感。所以答案当然是情感,情感的抒发,但问题是情感如何抒发,那么对于小说来讲,一定是没有脱离叙写的抒情抒发,就是潜藏在叙写背后情感的流淌律动,而且情感或者是爱也是有不同的呈现状态的。在大多数时候爱经常就是一种感动。孕妇因为孕育新生命而充溢着爱意,但这种爱意是通过她对于同样状态的牛黑的怜惜与慈爱来表达出来。而对腹中胎儿的爱又有别一种情状,那是带着希望的爱,这种爱肯定不是通过书写,而是通过对于这个不识字的妇人突然产生的对于字的尊重而曲折表达出来。同时我们更要注意到潜藏在叙写背后的这种情感状态这种情感的流淌还决定小说语言的节奏与格调。

我们经常讲什么是小说的节奏?难道只是那么简单地起承转合吗?那么它内在的节奏是什么东西?这就是小说处理情感的方法,是小说使自己显得丰腴饱满的有效的方法,这就是情感的抒发。注意我在这里用的是丰腴饱满,我想我们今天小说的鉴赏,我们对于一个文本的鉴赏,我们鉴赏的那种美感不是今天形销骨立的美感。广东人说要屁股没屁股要胸没胸,不丰满。曲折有致,说起来有点俗,而小说的美感它要求,过去有个词叫有血有肉,现在只剩下一把骨头,一张苍白的纸,现在有个词叫纸魅,确实是一张纸糊的。所以小说一定是细节丰富丰满的,丰腴饱满过去更多更直观地描绘女性的身体,其实我们也可以这样一个美学经验的转移。那么今天为止,我相信一个干巴巴的形销骨立的小说是引不起我们任何兴趣的。所以我们在小说趣味,小说文体本身的趣味上,我们应该像唐代的人一样更有力更健康,这就是舒服。

我们继续。先做一个小补充,关于在小说文本或者别的文本建构当中,情感抒发我还想补充一点论证。因为这种情感抒发的演变不光是体现在小说这样的叙事文本中,因为这种变化我们关注文学史会发现在文学史上也在平凡地发生。论述的结果就是中国古文总结过古代诗歌,因为中国古代文学当中毫无疑问从《诗经》到清代,文学成绩最高的一定是诗歌,一定超过叙事文学本身。但是在不同的阶段当中我们的批评家们,或者文学理论家们在总结中国诗歌不同阶段的理论的时候有不同的理论表达。其实通过这种理论表达我们也会知道说这种抒情当中要包含什么样子。比如最近一段时间我就在读曹操、曹丕、曹植这三父子的诗,我之所以要读这些诗不是因为诗,我是对魏晋南北朝历史又有特殊的兴趣,而三国刚好结束东汉然后开启魏晋南北朝短暂的历史时期。那么在这个历史时期当中是中国历史大变革的时期,其实也是中国诗歌发生演变的时期。因为这之前,我们知道中国诗歌无非两个源头。一个是孔子删定的《诗经》三百首,那个时候中央集权并不能抵达的南方长江流域或者长江中流一带,湖南湖北一带的楚文化所创造出来的楚辞,当然跟《诗经》不一样,《诗经》是无名氏的作品,我们只知道一个编者的名字叫孔子。但是"楚辞"当中有一个卓越的大师叫屈原,这也是我们作家文学的开始。

接下来汉代的诗歌,有一些诗歌像"楚辞"的遥远的回声,包括刘邦的《大风歌》,"大风起兮云飞扬,安得猛士兮守四方。"这种曲调或者用多丽丝·莱辛的话来说是腔调,这种腔调是"楚辞"的腔调。刘邦是南方人,项羽是南方人,但是当时中国的政治中心还在中国的北方。所以汉代的诗歌流传下来主要是汉代的乐府诗歌以及文人模仿乐府诗歌所创作的《古诗十九首》。那么其实汉代的乐府诗歌和《古诗十九首》形式上已经有所变化了,昨天雷平阳提到中国的文字是从四个字一句开始的,这个时候它已经开始向五个字六个字转化,不要小看这些字数的增加和转化,这也是一个问题嬗变的历史踪迹。如果我们愿意更多的,不是接受文学史上的固定结论,而是作为写作者愿意深入到这种语言嬗变的过程中去体味,对我们的写作一定有巨大的启示。

但是到了三国时期,刚好是像曹操这样雄才大略的人开创新一代诗风建安文学,因此我们对于诗歌第一次有一个总结,什么样的诗是好诗呢？说有风骨。大家都知道有一个词叫"建安风骨",那么曹操这样一个人,一心想当皇帝的人但是他会看到民生的艰难,"白骨露于野,千里无鸡鸣。"他也写出了最早的中国文人游历的诗歌,"东临碣石,以观沧海,水何澹澹,山岛竦峙。"而且我们突然发现诉诸到人的最基本情感的时候,曹操这样雄才大略的人内心还是会产生强烈的孤独感、挫败感,感到人生的短促,所以"月明星稀,乌鹊南飞"之时,他也只能发出"何以解忧,唯有杜康"这样的诗句。其实触摸一部中国的诗歌史散文史,其实就是一部实际地考察体味中国人情感抒发演变的一个特别有趣的过程。因为今天我们文学的方法论,在大学的课堂上早已经把文学史上的所发生的活生生的例子变成考试的某种知识,而不认为它们对我们今天的写作是可以产生激荡,可以产生激发的这样一种状态。

我们并不能建立起来外国历史学家所讲的同情之理解。刚才我们讲同情不是人的基本情感,是人类最伟大的爱的情感的一个分支。过去我们一看欧洲的诗歌,拜伦、雪莱也许他在欧洲的诗歌史上非常伟大,但是在中国人看来,无非有些格言警句,直抒胸臆,写什么就是什么。西方人真正在诗歌上的觉醒,文本情感抒发上的觉醒,因为西方文学传统和我们不一样,如果中国是一种抒发文学的传统主流取得了最高的成就,那么西方文学的源头是叙事文学,他们的《圣经》本身就是特别好的文学样本。如果大家不会写小说不会叙事可以直接去看《圣经》,那么有力简洁干净,但是他们的诗歌那么滥情那么直白。

在西方现代派运动上出现第一个流派就叫作意象派,从美国开始,第二个叫象征主义,从兰波、波德莱尔他们开始,他们不约而同地,当然也有他们对自身诗歌道路的反思。他们也从别的艺术样式中得到启发，但是他们有一个更重要的出发点，对于诗歌本体的抒情文学在文本当中如何抒发情感、表达情感的认知来自于对于唐诗宋词的翻译。他们就发现原来有一种方式是我悲伤的时候不用直接把悲伤两个字说出来，我高兴的时候不用直接把高兴两个字说出来。当然杜甫他们偶尔也会突破这个界限，因为那是感情太强烈了，只好说"却看妻子愁何在，漫卷诗书喜欲狂"。但是大部分时候中国诗歌不是这样的状态，同样是杜工部的诗是"感时花溅泪，恨别鸟惊心"，是通过具体的形象来表达的。所以意象派就是中国诗歌中任何一个形象是别有意义的，别有意蕴的，别有意味的。今天修辞学的角度讲它可能叫象征，叫隐喻，但是那个时候我们文学理论并未发明出那么多词汇来命名这样的修辞方式的时候它们是什么呢？外国人给它们的第一个定义就是"意象"，通过意义的形象的描述来呈现情感和意义。所有东西都潜藏在这个意义背后，王国维先生的《人间词话》给了它一个中国式的命名。我们今天一看文学理论不同的词、不同的概念指的是同一个事情，那么王国维先生《人间词话》最伟大的成就就是在"风骨说""情韵说""情趣说"之外又建立了一个诗歌评判标准，叫"意境说"。今天我们在大量使用这个词汇，而且王国维举了很多很多古往今来的诗来说明什么是意境，而且把意境做了区分，"有我之境"与"无我之境"。

意象诗歌也是这样，当全世界的意象派发现了用"有意义的形象"来诉说情感，比如法国起源的象征主义兰波、凡尔哈伦这样的一些诗，他们觉得诗歌里面还有一种东西叫象征。那么象征某种时候也是隐喻的延伸，是一个更大的价值系统的建立，一个文本的价值系统的建立。不管它怎么讲，外国人都在中国文学的启发下学会了把情感潜藏在叙述之后，潜藏在刻画之后。但今天在写作的时候很多中国人在忘记自己的这样一种隽永的含蓄的美学资源和美学传统,我们在走一条非常直白的路线。列宁说过,忘记过去就意味着背叛。如果我们在美学上走上这样一条道路的时候,不要说今天我们在讲写中国故事,我们都没有中国方式了你怎么样写中国故事呢？那么倒是外国人做得比我们好,所以说我在想选第三篇小说的时候我给自己一个规定,一定要有一个外国小说来谈想象或者继续地来谈诗意,所以这三个小说不是割裂的。第一个小说谈叙写,第二个小说谈情感抒发,但是情感抒发的小说当中也有大量通过叙写来实现。那么第三个我们来谈想象,但是想象的时候这个小说是一个连环扣,这里头也有大量的诗意的描写或者更加诗意的描写,跟《孕妇与牛》相比,但是为什么她是让我们叹服的一个人。其实这个小说我是突然想起来,因为我读它是在三十年前,以至于我的书柜里不太能找到这本书藏到哪儿了。

当时薄薄的一个小册子叫《东方奇观》,尤瑟纳尔是比杜拉斯年纪长一点的一个法国作家,她过去的写作主要是一些历史性的写作,主要是写拉丁民族的源头就是罗马,她写过很多东西,她是法兰西院士,但是有一天她突然觉得写一些她想象中的东方的事情。但是她的东方有时候远有时候近,在她眼中俄罗斯已经是东方了,所以她一路写到了中国,中国就是这一篇《王佛保命之道》。我想最好的方式,也是我在西方受到的启发,有一年,十来年前吧,我在德国出了一本小说,是个中篇叫《遥远的温泉》。出版社给我安排了很多活动说你要去很多图书馆,因为他们的图书馆不只是读书的地方,经常有作家艺术家或者别的领域的人去做讲座。我拿到名单的时候我觉得很恐怖,每天有时候有三场或者四场。后来我发现很轻松,之前已经发了预告,那些人已经读了你的书。他们不是来看稀奇的。有些时候二三十个人,有些时候几百个人,跟城市的大小有关系。而且他们的交通很可靠,比如在瑞士坐火车我一天走过五个城市。去到这个地方大家也没有什么寒暄客套,说开始我们就开始,结束以后把你送到火车站,火车站的精确程度在一分钟以内。二十分钟三十分钟又到另一个城市,说开始我们就又开始。每天走五六个城市,我就这样走了德国瑞士,这个世界上所有讲德语的地方。但是在那个地方呢,很少讲小说。他们叫朗诵会,刚才我讲小说一定要听,我们很多文本一定要听。

今天我们已经把它变成沉默的文本,其实不对。其实听的过程中得到的东西要比默默地看得到的要多,也比那种空洞的讨论得到的东西要多。他们朗诵。朗诵完了读者提几个问题,但你就知道读者的问题非常专业的。我们到大学去演讲,经常站起来的是在学生会活动积极,想挣一点社团积分,口气都很大,像共青团干部,"我代表 80 后向你提一个问题。"我一听这问题跟文学哪跟哪,你最多将来到共青团当干部去,别骗我,这样说话的人一定不是一个做学问的人。我们大学在培养这样的人,热衷于培养这样的人,但是今天我们在这要用文学的方式谈文学,很多时候我们似乎在谈文学,但是谈的方式不是文学的方式的时候,这样的文学是没有意义的。法国一个哲学家讲过,今天我们很多时候不管是在网络还是在社会的公众论坛,在课堂我们正在用一些无效的方式讨论一些值得讨论的问题,最后直到我们让有意义的对象在无效当中消解了所有的意义,而我们造成了一种意义的空转,这汽车发动不往前开,不往前开你发动发动机干什么呢?过去发动机比较原始的时候需要三五分钟的空转,因为要预热,技术进步,今天的发动机都不用了。但是在人文上我们在退步,我们在进行大量的表示我们在讨论文学这种工作,在耗费时间。所以我们先读一段再讨论这个小说写了什么,我从中间开始。

"'老王佛,朕也恨你,因为你已能够使人爱你。卫兵们,把这个狗徒弟杀了。'

"琳向前跳了一步,想不让自己被杀时流的鲜血弄脏了师父的长袍。一个卫兵举剑一挥,琳的头颅顿时从颈上掉下,就像一朵花被剪了下来。宫中的侍从把琳的尸体搬走,王佛虽然悲痛欲绝,但仍在欣赏他徒弟留在绿色石块铺成的地面上的、美丽的猩红色血迹。

"皇帝做了一个手势,两名太监就去为王佛揩拭眼睛。

"'老王佛,你听着,'皇帝说,'揩干你的眼泪,现在不是啼哭的时候,你的眼睛要保持明亮,眼里仅有的一点亮光不要让泪水弄模糊了。朕想要把你处死,并不只是出于仇恨;朕想要看到你受折磨,也并非只是出于残忍。老王佛,朕有别的打算,在朕所收藏的你的画中,有一幅令人赞美的作品,上面的山峦、河口港湾和大海相互映照,当然是大大缩小了尺寸的,但其真切性胜过实物本身,就像从球面镜中看到的形象一样。不过,这幅画没有完成,王佛,你这幅杰作还只是画稿。你大概是在画这幅画时,坐在一个寂静无人的幽谷中,看到了一只飞鸟掠过或一个小孩追捕着这只鸟。小孩的面颊或鸟嘴使你忘掉了那些像蓝色眼睑的波浪。你既没有画完大海的披风上的流苏,也没有画完礁石上的藻的长发。王佛,我要你把剩下的、眼睛还能见到天日的时间用来完成这幅画,让它留下你在漫长的一生中所累积起来的最奥秘的绘画技能。你那很快就要被斫掉的双手无疑地将会在绢本的画幅上抖动,由于将要遭到不幸而使你画出来的那些晕线,将会使无限的意境进入你的画中,你那双将被毁掉的眼睛,也无疑地将会发现在人的感觉极限内所能看到的事物之间的关系。老王佛,朕的打算就是如此,朕能迫使你完成这项计划。如果你拒绝,那么,在把你弄瞎之前,朕将派人把你全部作品都烧毁,那时你就会像一个所有的儿子被人杀死、断绝了传宗接代的希望的父亲。不过,你要相信,这道最后的命令全出于仁慈之心,朕知道,绘画是你过去抚爱过的唯一的情人。现在给你画笔、颜料和墨,让你能排遣最后的时光,这就像对一个将被处决的人施舍一名神女一样。'"

记得某次讲座上有人讲了一句沈从文在西南联大时讲课讲过的一句话,叫"贴着人物法写"。因为沈从文这个人嘴巴很笨,文字很好,所以他在西南联大的教授中威望并不高,因为他表达有困难,但是因为他这一句话一直被人写,所以这里头的比喻修辞怎么贴着人物写呢?都是贴着一个画家的身份写的。今天我们写小说有一个问题,所有的描述都是同一套描述,描述谁都是这一套词汇。画家有画家的词汇,政治家有政治家的词汇,一个烧窑的有烧窑的词汇,一个妓女接客还有妓女的词汇。但是我们没有身份,我们小说中的叙事语言没有身份的语言,贴着人物写,所以这里边的所有比喻修辞即便是皇帝把这个话说出来皇帝都照顾到了王佛是一个画家,所以里头用的那些词,有的人讲皇帝不会这样讲话呀,因为我们简单地模仿很糟糕,难道我们在日常对话当中有些拘泥于真实的人就会问说皇帝会这样说吗?比如说"无疑地将会发现在人的感觉极限内所能看到的事物之间的关系"。我们有人说我们生活中不这样说话,问题是小说一定是生活吗?如果一定要说小说就是生活,等于取消了小说。

每个人都在生活,要你干什么呢?现在王佛开始作画了。

"在那幅画中,王佛已勾勒了大海和天空的形象。王佛擦干眼泪,微笑起来,因为这幅小小的画稿使他想起自己的青年时代。整幅画表现出一种清新的意境,王佛后来已不能自夸仍然具有这种表现的才能,但画中还缺少一点东西,因为在画这幅画的时期,对于山峦和濒临大海的光秃的绝壁,王佛还看得不够多,对于黄昏的哀愁的感觉也体会得不够深。王佛从一个太监递给他的几支画笔中挑了一支,就开始在从前没有画完的大海上泼上了大片的蓝色,一名太监蹲在他脚下磨研颜料,但干得相当笨拙,王佛因而更怀念他的徒弟琳了。

"王佛又开始把山巅上的一片浮云的翼梢涂上粉红色,接着,他在海面上画上一些小波纹,它们加深了大海的宁静的气氛。这时,玉砖铺的地面奇怪地变得潮湿了,全神贯注在工作上的王佛没有发觉自己的脚已浸在水中了。

"一叶轻舟在画家的笔下逐渐变大,现在已占去了这幅画的近景,远外忽然响起了有节奏的桨声。急速而轻快,像鸟儿鼓翼似的。声音越来越近,慢慢地布满整个大殿,接着这声音停止在船夫的长柄船桨上,那些凝聚着的水珠还在颤动着,为烫瞎王佛眼睛而准备的烧红的烙铁早在行刑者的火盆上冷却了,水已漫到朝臣们的肩头上,但由于受到礼节的拘束,他们仍然动也不敢动,只能跷起自己的脚跟。最后水已经涨到皇帝的心口上,但殿中却静得连眼泪滴下的声音都可以听见。

"这真的是琳站在那里。他身上依然是日常穿的那件旧袍子,右边的袖子上还有钩破的痕迹,因为那天早上,在士兵来到之前,他没有时间缝补。可是,他的脖子上却围着一条奇怪的红色围巾。

"王佛一边作画一边低声说:

"'我以为你死了。'

"琳恭敬地回答:'您还活着,我怎能死去?'

"他扶着师父上船。用玉瓦盖成的大殿屋顶倒映在水中,看上去,琳就像在一个岩洞中航行。大臣们浸在水里的辫子像蛇一般在水面摆动,皇帝的苍白的脸儿像一朵莲花似的浮在水中。

"'徒弟,你看,'王佛怏怏不乐地说,'这些可怜的人将要没命了,虽然现在还没有到那个地步。我过去一直没有料想到大海会有那么多的水,足以把一位皇帝淹死。现在怎么办?'

"'师父,不要担心,'徒弟喃喃地说,'他们马上就会站在干燥的地上,甚至将来会想不起自己的衣袖曾经湿过,只有皇帝的心中会记得一点

儿海水的苦涩味儿。这些人不是那种材料,是不会在一幅画中消失的。'

"接着琳又说:

"'现在海上的景色美不胜收,和风宜人,海鸟正在筑巢。师父,我们起程吧,到大海之外的地方去。'

"'我们走吧!'老画家说。

"王佛抓住船舵,琳弯腰划桨。有节奏的桨声又重新充满整个大殿,听起来就像心脏跳动的声音那样均匀有力。峭拔高大的悬崖周围,水平线在不知不觉地逐渐下降,这些悬崖又重新变为石柱,不久,在玉砖铺成的地面的一些低洼之处就只剩下很少几摊水在闪闪发光。朝臣们的朝服已干,只有皇帝的披风的流苏上还留着几朵浪花。

"王佛完成的那幅画现在靠着帷幔放着,一只小船占去了整个前景,它渐渐地驶远,在船艄后面拖着一条细长的航迹,接着这航迹在平静的海面上消失了,坐在船上的两人的面目已看不清,但还能望见琳的红色围巾,还有那王佛的胡须在随风飘拂。

"脉搏般跳动的桨声变弱了,最后完全停止,因为距离太远,听不见了,皇帝俯身向前,把手掌平放在额前,看着小船越去越远,在苍茫的暮色中变成模糊不清的一个小点儿。一股金黄色的水汽从海面升起并向四面扩散,最后,小船沿着一块封锁着海门的礁石转了弯;一座峭壁的阴影投在船上;船艄的航迹消失在那空旷的海面上。老画家王佛和他的徒弟琳从此在这位画家刚才创作出来的像蓝色的玉那样的海上,永远失踪了。"

小说最后一段皇帝要一个画家死,这个故事很简单,但是画家在他创作的艺术作品当中得到了永生。这是一个想象的故事,这也是关于信念的故事。什么样的信念呢?艺术家相信艺术具有永恒的力量的信念。今天写作界所面临的问题是,就比如说刚才说很多人都在无奈地重复那句话说现实比小说更复杂。然而我们没有想过对于文学家来说这句话的荒谬性,而我们在附和这句话来为我们写不好小说寻找借口。一个士兵刚刚走上前沿阵地,还没有到达最前沿他的战位上,他已经在寻找撤退的路线,这样的士兵没有走向前线之前就该把他毙掉。那么不相信艺术本身具有力量的人,他们却要从事跟艺术相关的工作的时候是一个什么样的情境呢?所以在这样一个想象性的作品中强调两个信念,我们讲小说第一部分皇帝要把王佛抓来杀掉,为什么?皇帝看到了艺术的力量。因为宫中收藏了许多他的前辈——他的父皇收藏的王佛的画,他自己从小在皇宫受到很多教育,包括美术的教育,那么他就观赏过王佛的画,他也没有走出宫外,想象也要切合实际,他没有走出宫外,所以他以为他将要继承的江山一定像王佛的画一样美丽。

大家知道释迦牟尼的故事,释迦牟尼也是一个王子,住在深宫高墙当中,他的幡然悔悟就是有一天他突然走出寺门之外看到了这种世界不符合他的美好想象的,看到生老病死都是如此残酷。释迦牟尼的方式是避世出世,到另外一个世界去,如果这个世界实现不了,我们构想一个世界。所以宗教有时候也是基于一种更宏伟的想象……

想象也要有个指归,不是今天的穿越小说,如今中国实施婚姻法,不能娶三个老婆,那我穿越到多妻多夫时代去娶几房妻子,过几天西门庆的日子,这个就太等而下之了。人为什么要有想象,想象要指归到哪里?我们讲好不好高低雅俗就在这里,皇帝都相信这个力量,要杀掉王佛。但是创作这个小说的尤瑟纳尔更相信艺术永恒性的力量。艺术确实有永恒性的力量。过去我问他们那些特别爱钱的人,你们那一家还在用清朝的钱唐朝的钱,但是我们还在读唐朝的文章看唐朝的画。我们之所以是中国人是这样一个缘由,这也是文化最根本性的力量,我们不是别的人,不是猪牛牲口也是这个原因。但尤瑟纳尔自己更相信艺术的力量,所以她觉得国王是杀不掉这个画家的,画家在自己的画里头,画的海洋变成真的海洋,画的船变成真的船拯救了他。这种情况可不可能发生呢?这又是另外一个事情。

艺术一定要写真实的生活中必然发生的吗?艺术大多数时候,好的艺术是在描绘书写那种我们愿意它发生的事情。这个词我们经常把它叫作可能性。什么叫可能性,从情感的逻辑,事理的逻辑上,社会制度本身向着良性运作发展的逻辑上那些将要可能发生的事情。我们有几个逻辑基础。今天借着想象这个词胡编乱造,没有前面几个情感的逻辑,人类认知真理的逻辑,社会制度向着良好方向运行的这样的逻辑跟关系而建立起来的可能性。当然今天还会加上科学的可能性。那么这个小说也可以看成是一个寓言,艺术最终战胜权力的寓言,你相信吗?我愿意相信。美好吗?非常美好。从短的时间尺度讲往往是权力驾驭艺术,但是我们把这个时间尺度放成两百年五百年一千年五千年来看从来都是艺术战胜权力,不是吗?

今天我们并不会因为谁家有皇帝的夜壶而成为中国人,而是因为我们读过司马迁读过苏东坡而成为中国人。今天不是谁手上戴着的一块从古代官僚墓里挖出的一块玉炫富而成为中国人,而是因为我们读过蒲松龄读过《红楼梦》而成为中国人。表面上看这是一个不会真实发生的故事,但是从情感底子上这个想象的建立是基于我们的一种强烈的艺术信仰,艺术家要有信仰,但是艺术家,所以我经常遇到说我皈依哪个喇嘛了我入天主教了,我想那你成了一个教徒,你不是艺术家不是作家。艺术家的信仰就是美,你信仰美之后你还需要信仰什么东西呢?如果你没有信仰这个东西你才需要别的信仰。真正的艺术家都是有信仰的,尤瑟纳尔写出来的就是这个信仰。这个小说是这样的,这是一个永远不会真实发生的事情,但是这种想象是如此真切。与其说它真的会发生,倒不如说我们真的愿意相信这种事情真的会发生，这叫情感落脚。其实这篇小说就是探讨关于信与不信的故事。一个艺术之美与实际存在之美之间的相互对看与比较。国王被王佛的作品征服，当他发现他统治的江山并不如艺术世界中的美丽，所以他因此要将使他对江山之美动摇的王佛杀掉，这是失去了自信的极端情形，那些杀人最多的皇帝其实很多时候都是不自信自感不安全的皇帝，而我们在崇拜他们的时候我们在崇拜他们的权力。而王佛却因为相信艺术的力量而创造了奇迹，他拿起画笔画下海水船，奇迹的发生在于这些画中情景具有了真实自然的力量，变成了一种超越现实的更高的现实。他从容地驾驶这艘船，离开了国王统治的并不美丽而且邪恶的权力所统治的世界，这是对于艺术力量有着高度信仰的人才能写出的动人的美丽故事。

那么什么是想象？很多人讨论这个问题。我比较欣赏科学家或者接近科学的心理学家们对它的规定，因为文学理论家从来没有把这件事情说清楚过，所以有些时候我们依赖现代科学的方式可能更为可靠。接近心理学或者分析心理学对想象是这样规定，说想象是一种特殊的思维形式，是人的头脑中对已经储存的种种表象进行加工改造使之形成新的形象和新的事实的心情过程，它能突破时间和空间的束缚，想象能起到对有机体的调节的作用，还能起到预见未来的作用。

《王佛的保命之道》说的是古代的故事，其实对于权力与艺术之间的互相较力它也是有洞见的，那么这个小说要我改我会改个名字，它叫王佛的保命之道太消极了，王佛只是保命吗？不是。不如说是"王佛的取胜之道"或者"王佛的长生之道"，我们说艺术家是通过艺术来长生。心理学上就是指在直觉材料的基础上，经过新的配合而创造出新的形象跟新的事实，这是想象。法国哲学家狄德罗说过想象是一种特质。他说得不清，他说出了它的作用。但是到底这个特质呢，刚才我讲的上一条定义可能更准确些,但是什么特质呢？不能说,说不出来没有科学方法,所以他只能说出他的重要性。说如果没有它,一个人既不能成为诗人也不能成为哲学家,有思想的人,一个有理性的生物,一个真正的人,我们就在现实给我们的规定性当中生活爬行。给你一坑稀泥,你就像猪一样在里面打滚,没有超越性没有规定性。而我们的文学就叙述打滚的种种惨状,丑态,以丑为美。然后我们分别给它命名,这个叫官场小说,那个叫什么,太恶心。其实我们是根据这样三个具体的作品在讨论短篇小说到底是什么的问题。

所以结合前面刚才我说的我们可以有一个简单的总结,短篇小说首先是形式,一种有意味的形式。刚才我讲过,一种有意味的形式的理论的提出,他们就认为艺术作品的基本性质就在于它的形式有没有意味,有没有蕴含,这种形式就是作品的各个部分之间的独特方式的排列组合。它要主宰小说能够唤起人们审美的情感,所以说小说也是一种情感,无论它是风格上是节制的还是放纵的,它是简约的还是汪洋恣肆的,但是在写作者身上都是充满强烈情感的。

美国有一个我认为是短篇小说大师级的人物,二十世纪四五十年代写过很多美国的短篇小说,写得非常好。我很少听见中国人谈论这个作家,今天我们谈论卡佛,愿意推荐另外一个更丰腴一点的,叫约翰·契弗。卡佛,叫极简主义。约翰·契弗在一九七九年他曾经在芝加哥的一次宴会上做演讲,他在演讲当中说我们要热爱生活,热爱人与人的交往,但是他说这不只是为了社交,而是为了文学,他说文学是一种大众的幸福事业,大众的幸福事业应该时时存在于我们的良知之处,在我们的文明社会中,我认为没有比这个更重要的东西了。约翰·契弗他自己所有一生主要精力都集中在短篇小说写作上,过去我们已经习惯美国的短篇小说就是欧·亨利那样的,经过精巧布局的人,但是小说其实在往更自然更丰满更跟生活密切相关的那些部分发展,我们今天讨论的三个小说都有这样的特质。当然我们也觉得小说中通过情节巧妙的设计有某种深刻性,比如《警察与赞美诗》《最后一片绿叶》,但是你读这样一种人工小景一样的小说你觉得它不是充沛的元气淋漓的和生活接近的。小说正在往另外一个方面发生变化,那么要追踪这样一种变化,有很多人写得很好,我就不讲了,比如说海明威的很多短篇小说,我尤其给大家推荐他的一部短篇小说集《尼克·亚当斯故事集》,写一个少年,但是所有故事都以这个少年为中心,结合起来看是一个长篇小说。写《尤利西斯》的意识流大师詹姆斯·乔伊斯写过一本特别冷静的短篇小说叫《爱尔兰人》,写爱尔兰首都的那个城市的普通人的日常生活。胡安·鲁尔福,发明了魔幻现实主义这种创作方式的一个墨西哥作家,他创作的这种方式导致了像马尔克斯这样的人的出现,但是当他写出世界上第一部魔幻现实主义小说《佩德罗·巴拉莫》,以前他写过一本特别精彩的短篇小说集叫《燃烧的平原》,这些都是,前几年俄罗斯又发掘出来一个短篇小说大师巴比尔,写战争小说,经常写一千字两千字,这部小说叫《骑兵军》,还有一本小说叫《奥德萨故事》,我不知道大家知不知道这些作家,而这些小说正是在引起今天我们关于小说观念,小说体味,尤其是短篇小说体味的变化的一些人一些作品,他们已经提供了非常好的一种特别成功的实践。约翰·契弗还说没有文学,我们就不可能了解爱的意义,我们可以同样用对于爱的意义的肯定来肯定我们今天所举例子的后两篇小说。

《孕妇与牛》我们已经讲得很充分了,那么一个文本的丰富性是可以多个方向对它展开讨论。《王佛的保命之道》刚才我们提到最主要的是关于信仰的,艺术信仰的一个故事,那么它还有别的意义吗?有。信仰是基于热爱的,没有脱离开热爱的信仰,所以真正要做一个佛教徒是很难的,你爱你的师父爱到什么程度呢?但是艺术不设定这种界限,我们

/ 251 /

可以热爱它本身。本质上来讲,两个短篇都在揭示爱在生活中的具体呈现,所不同的是一种把存在于生活当中,我们所忽略了的情感现实加以了呈现。一种是把这样的情感关系在某种极端的情形下最可能的状态加以了冷静地呈现。我非常喜欢的一个文化批评家叫苏珊·桑塔格,她曾经说过这样一句话,说最好的批评而且是不落俗套的批评就是把我们对于内容的过分关注转化为对于形式的关注,今天我们很多时候总在讨论小说的意义,意义有什么?从古到今我们创造出来新的意义吗?

《诗经》里面写情感大家都知道"关关雎鸠,在河之洲",还有"汉之广矣,不可泳思""投我以木瓜,报之以琼琚",那个时候叙写爱情,难道今天我们写爱情的时候有突破这种手段吗?我们大多数就是网上写肉文突破,直接写身体,写感官,写复杂一点的关系,我们其实通过一种无奈的挣扎想去突破,但是从模式上我们能突破吗?

《诗经》里头几句话写了一个离别,"今我往矣,杨柳依依。"我出发的时候杨柳刚刚发芽,我回家的时候离家太久了,"今我来思,雨雪霏霏。"今天我们写种种离别能脱离这种模式吗?你能创造什么意义呢?你能创造出什么情感范式来?那么在什么地方突破呢?所以要转化为对于形式关注的批评。所以苏珊·桑塔格曾经说过,她写过一篇文章叫作《拒绝阐释》或者叫《反对阐释》,说我们的批评家包括我们的编辑,整个文学生产现场的人都在做一种在小说当中追寻寓意的事情。最厉害的有两种,一种是马克思主义,一种是弗洛伊德。

弗洛伊德把所有的意义都归在脐下三寸荷尔蒙,马克思主义把所有东西都归结为经济利益的驱动。果真如此吗?也许他们说出了这个世界的某些秘密,但是果真如此吗?艺术一定要按照它们所规定的路径,因为弗洛伊德学说就有很多提倡女性主义写作,说我的身体我做主,写点性。但是都写成性,所有东西都归结为性的时候其实也是挺无聊的。

你总得起床吃饭,那你得写写吃饭,吃饭就出现第二个问题,你要吃饭你得出去工作吧,一旦工作就有了人跟人的关系就有了社会对不对?如果马克思主义关于经济活动《资本论》当中的一些规定都是正确的话,大部分时候描述生产过程是正确的,但是用来描述艺术描述人的心理,那么王佛这样的小说是成立的吗?不能。所以西方还有一个文论家说过这样的话,说写作其实是关于生成的问题,就是看见一个逐渐生命成长一样的问题。

我们都知道刚才说到胎儿,每一个生命诞生的时候,带给我们孕育生命的个体的感受是为什么产生的,既然我们都明白了一个道理,那个道理就是意义。而真正产生作用的是感受,但当每一个胎儿出现在每一个独特的子宫当中,那个子宫的所有者的感受还可以继续往下写,所以写作是关于生成的问题。它总是未完成的,总是处于形成之中,以此超过任何经历的或者已经经历了的体验的内容。它是一个过程,是一个穿越了可经历的和已经经历过了的生命过程,因此写作与生成密不可分,所以在写作中人生成女人,动物和植物,生成分子,甚至生成不可感知物。

我想就小说来讲,这可能是我们最需要的更本质的看法,而我们在实践写作中更需要的刚好就是在三个地方的互动跟往返,一个是我们的生活现场,刚才已经讲了我们的经历或者是可经历的,但是这种经历往往是不够的;第二个超越它,超越它就是我们形式上的探索,美学上的追求;第三个也确实是需要一些理论上的指引,但是不是那些过去式的理论,而是前沿的,跟今天的创作状态紧密联系在一起的,相辅相成的。有些理论是死去的,不适用的,就像过期食物一样吃了只能使你中毒,而没有任何滋养。食物是能滋养的,但是过期的食物是有害的。今天我们的理论当中、观念当中有大量的过期有害的东西,我们要学会区分,包括今天我们常常给人贴标签,这是一个最有害的归类方法,那么今天到此为止。